신의
연기

신의 연기 6

초판 1쇄 인쇄일 2016년 6월 21일 ┃ **초판 1쇄 발행일** 2016년 6월 23일

지은이 백락 ┃ **펴낸이** 곽중열 ┃ **담당편집 팀장** 이범수
편집부 신연제 이윤아 홍현주 김유진

펴낸곳 (주)조은세상 ┃ 출판등록 제 2002-23호
주소 경기도 연천군 미산면 청정로 1355
TEL 편집부 02)587-2966 ┃ FAX 02)587-2922
e-mail bukdu@comics21c.co.kr

ⓒ백락 2016
ISBN 979-11-5832-586-2 ┃ ISBN 979-11-5832-460-5(set) ┃ 값 8,000원

6

신의 연기

백락 白樂 현대판타지 장편소설

NEO MODERN FANTASY STORY

북두

(주)좋은세상

CONTENTS

ACT 04.   2년, 그리고......   007

ACT 05.   Hollywood   027

ACT 06.   악독   081

ACT 07.   위대한 탄생   109

ACT 08.   가짜와 진짜 만들어가는 것   211

ACT 09.   연기대상   241

ACT 50.   새로운 바람   305

신의
연기

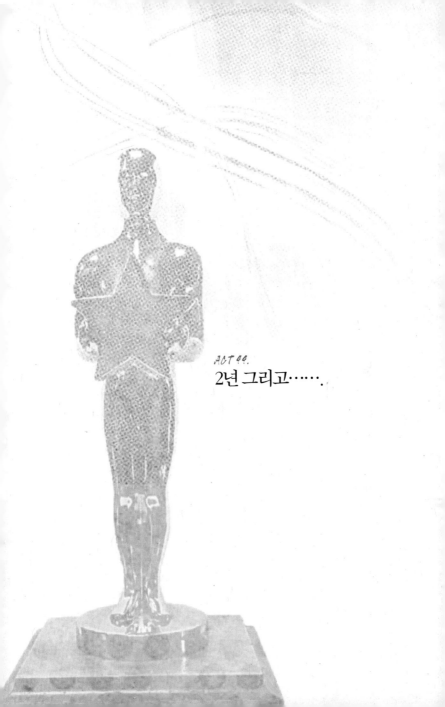

ACT 99.
2년 그리고…….

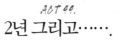

ACT 44.

2년 그리고…….

단상에 선 신은 거수경례를 취하며 힘차게 말했다.

"2022년 5월 4일부로 전역을 명받았습니다! 이에 신고합니다!"

신은 강원도 화천군에 있는 육군 24사단 '이기자 부대'에서 병역의 의무를 다했다. 그리고 전역식을 하는 이 날, 신은 사단장으로부터 상까지 받았다.

군 복무를 하면서 훈련에 성실히 임하고 솔선수범하는 모습을 내보이는 등 전우들에게 훌륭한 모범을 보였다는 게 이유였다.

'그렇게 한 거 별로 없는 거 같은데.'

그래도 상을 받으니 감회가 남다르긴 했다.

'1년 9개월의 시간은 짧지만 긴 시간이기도 했어.'

군대에서 보낸 시간이 낭비인 건 아니었다.

다양한 지역에서 다양한 삶을 지닌 사람들과 만날 수 있다는 것도 있었고, 영어 공부도 틈틈이 하고 어떤 연기가 더 훌륭한 연기고 나은 연기인지 치열하게 고민하며 자기 자신을 갈고닦는 내실을 다지는 기간이기도 했기 때문이었다.

'나름 편한 군대생활을 보낼 수도 있었고.'

신이 로만 내에서 비상임이사로 있어서 아이돌 걸그룹이나 여가수들을 웬만하면 다 부를 수 있는 데다 팬클럽 '신화'가 컴퓨터나 에어컨 같은 가전제품을 신이 있는 부대에 보내주는 등 각종 지원을 해서 다들 신의 눈치를 보며 행동했다.

덕분에 신은 꽤 평탄한 군대 생활을 보낼 수 있었다.

물론, 사건 사고가 아예 없었던 건 아니었다. 연예인 사병 안마방 사건이 터지게 되면서 연예인이 있는 부대가 발칵 뒤집힌 것이다.

불똥이 튀어 몇몇 연예인 사병들이 털리기도 했지만 신은 이런 시비에 휘말리지 않았다.

사람들은 신을 개념 연예인이라고 칭찬했다.

'가만 보면 이상한 일이지. 남들이 하는 것처럼 당연한 걸 한 것에 불과한데.'

사람들이 신을 칭찬하는 건 신이 연예인이라는 것도 있겠지만, 많은 연예인 병사가 행실을 똑바로 하지 않으니 신이 두드러져 보이는 것도 있었다.

'내 나이도 어느덧 25살…….'

신은 지금과는 다른 특별한 기록을 세우고 싶었다.

'할리우드 만만하지 않겠지.'

잘 풀릴지 아닐지 겁이 나기도 했지만 설레기는 했다.

'일단 조급해하지는 말자.'

신은 이런저런 상념을 뒤로하고 해방된다는 자유를 만 끽하며 부대를 나섰다. 수많은 인파가 신을 기다리고 있 었다.

신이 나타나자 사람들이 환호성을 내질렀다.

"기다렸어요. 오빠!"

"사랑해요, 강신!"

이것도 잠시.

마이크를 든 기자들이 신에게 앞다퉈 들었다.

"소감이 어떠십니까?"

"지금 어떤 말을 하고 싶습니까?"

"앞으로의 계획은요?"

신은 자리에 서서 이들의 질문에 대답해주었다.

"1년 9개월간의 긴 시간을 무사히 끝낼 수 있어서 허심 탄회합니다. 또, 무사히 마칠 수 있었던 건 많은 분이 사 랑을 주었기에……."

잠시 후. 신은 카메라 앞에서 포즈를 취하기로 했다. 플 래시가 팡팡 터졌다.

신이 제대했다는 소식이 거수경례를 한 신의 사진과 함께 인터넷포탈 사이트에 바로바로 올라갔다.

이 기사에 네티즌들은 실시간으로 반응했다.

'벌써 시간이 이렇게 흐르다니 놀랍다.', '내 군 생활은 느린데 남의 군 생활은 정말 빨리 지나가는 거 같다', '이제 강신을 작품에 볼 수 있어 기쁘다. 죽어도 여한이 없을 거 같다.', '군대에 다녀오면 아저씨 느낌이 나는데 더 남자다워진 거 같다.' 등등⋯⋯.

신은 간단한 인터뷰를 끝낸 뒤 신을 기다리고 있는 아름다운 여신을 바라보았다.

예리는 희미하게 웃으며 신에게 고무신을 내밀었다.

"자, 이거."

신은 허리를 구부려 예리의 발에 고무신을 신겨주었다. 그녀는 신데렐라가 된 듯 우아한 자태를 지었다.

"고무신 거꾸로 안 신어줘서 고마워."

"내가 할 말이야. 나만 바라봐줘서 고맙지."

두 사람은 뜨거운 포옹을 나눴다.

신은 예리의 손을 잡고 차에 탑승하며 사람들에게 한 사실을 공표했다.

"그리고 저희 두 사람 곧 결혼할 예정입니다."

그리고 이날 매스컴이 떠들썩했다.

'한류스타 강신 ♥ 주예리 연인에서 부부로!'

신은 제대하자마자 결혼발표를 함으로써 화려한 신고

식을 치렀다. 한편, 사람들은 이 두 사람의 결혼식이 남다르지 않을까 하고 호들갑을 떨었다.

이로부터 얼마 뒤, 신은 예리의 부모님과 만나 결혼 허락을 맡기로 했다.

신은 그녀의 부모님에게 절하며 말했다.

"장모님, 장인 어르신 따님을 제게 주십시오."

예리의 아버지 주경찬은 신이 군대를 다녀오지 않아 두 사람이 결혼하는 걸 반대하는 것도 있었다. 그러나 이제 신이 군대까지 다녀왔으니……

"우리 딸을 잘 아껴주게, 사위."

물론 그가 이 결혼을 허락하는 건 신이 예리를 진정으로 사랑하는 게 보여서였다. 또, 그는 딸의 행복을 바라는 아버지이기도 했다.

그리고 신과 예리는 특별한 결혼식을 하기로 했다. 단 한 번뿐인 결혼식이니 멋진 추억으로 남겨두고 싶어서였다.

두 사람은 머리를 맞댄 끝에 정선 덕우리라는 곳에서 결혼식을 올리기로 했다.

이 마을에서 이백 미터를 걸어 개울을 건너면 밀밭이 나오는데 이 밀밭이 정말 일품인 곳이었다.

신은 일정과 장소 모두 비밀공개하기로 했다. 하객을 초대하기보다 그냥 가까운 지인들만을 부르기로 했다. 기자들이 앞다퉈 찾아올 게 뻔했으니까. 두 사람은 식장이 번잡해지는 걸 원하지 않았다.

결혼식 당일.

신은 정장을 입고 하객들을 하나하나 맞이했다.

하객은 얼마 되지 않았다.

이강우, 이수연, 조광우, 예리의 부모님, 한이만, 강우진…….

조광우를 따라온 정화는 결혼행진곡이 울리며 신부가 입장할 때 붉은 장미꽃을 뿌려주는 역할을 맡았다. 그러나 지금 정화는 실의에 빠져 있었다.

"결혼하는 건 나랑 하기로 했으면서……."

솔직히 예리와 싸움이 되지 않는다.

그녀는 이제 숙녀의 태를 서서히 갖춘 소녀에 불과했으니까.

이때 정화는 좋은 생각을 떠올렸다.

'신이 오빠가 남자아이를 낳으면 신이 오빠와 닮겠지?'

외모도 그렇고 능력도 그렇고 신랑감으로 나쁘지 않을 거 같았다.

'이렇게 된 이상 신이 오빠의 아이를 노려야 하는 건가.'

정화가 이런 발칙한 생각을 하는 이때, 신은 왠지 모르게 소름이 오싹 끼치는 걸 느꼈다.

'아, 왜 이러지.'

신이 몸이 허해졌나 이상하다고 생각하던 순간이었다.

"신이야!"

신은 자신을 반갑게 부르는 소리에 뒤돌아섰다.

"수연이 누나."

신은 수연과 반갑게 인사했다. 수연은 두 사람의 결혼을 진심으로 축복해주었다. 신은 그녀의 축하가 정말로 고마웠다.

"너 이렇게 결혼하네. 언제 이렇게 네가 큰지 모르겠다, 정말."

"아직도 애 취급이야? 어른이 된 지가 언젠데."

"내 눈에는 아이 같거든?"

수연이 손뼉을 짝 치며 말했다.

"아 참, 좋은 소식이 있다."

"남자친구?"

수연의 눈꼬리가 사납게 휘었다.

수연에게 남자친구는 여전히 없었다.

글 쓰는 것에 푹 빠지다 보니 글 쓰는 게 수연의 애인이 되어버렸다.

신은 하하 웃으며 말했다.

"장난이야, 장난."

"넌 진짜 변함이 없어. 아무튼, 나 지난번에 말해준 거 대본이 거의 다 완성되어가고 있거든?"

"오, 제목은 뭔데?"

수연은 회심의 미소를 지으며 말했다.

"〈광복의 봄〉이야."

광복의 봄이라 뭔가 느낌이 오는 제목이다.

"자신만만해 보이는데?"

"당연하지. 이 작품 만드느라 내가 날린 작품만 해도 수십 개가 넘어."

수연은 얼마나 고생한 것인지 줄줄이 읊을 모양이지만 이에 대해 오래 이야기할 수는 없었다.

신은 예비신랑이었으니까.

게다가 주변의 눈초리도 있고…….

수연은 본론에 돌입하여 이야기의 핵심을 설명했다.

"일제 식민지를 살아야 했던 우리 조상들의 이야기야. 주인공은 이광복이고. 독립군이지만 일본군으로 살아가야 한 비운의 인물이야. 주인공에게는 하나뿐인 형이 있는데 일본군이 되거든? 그래서 이제 이 둘이 대립하게 돼."

"진짜 좋은데?"

빈말이 아니라 정말로 좋았다.

"이 주인공 이광복 네가 연기해주면 좋겠어. 주인공의 내면이 잘 드러나야 하거든. 뭐, 아직 한창 쓰는 중이라서 시간 좀 더 걸릴 수 있을 거 같아."

두 사람은 오래전 약속했다. 수연이 작품을 쓰면 신이 작품 속 배역을 연기하기로.

"좋아, 그렇게. 아, 우진이 형 어서 오세요!"

신은 다른 지인과 인사를 나눴다.

"누나 나 미안한데, 좀 가봐야 할 거 같아."

"아냐, 미안할 거 없어. 가봐. 오늘의 주인공."

수연은 저만치 멀어지는 신을 바라보며 빙긋 웃었다.

'네가 정말 행복해 보여서 다행이네, 신아.'

곧이어, 신과 예리의 결혼식이 시작되었다.

신부 측에 예리의 부모님 두 명이 있지만, 신 쪽에는 딱 한 명이 있었다. 이강우였다. 그가 박명우 역할을 대신해주기로 했다.

박명우가 이 자리에 서지 않는 거? 그는 스스로에 자격이 없다고 생각하니 이 자리에 서지 않는 것이었다. 그래도 신의 입장에서는 정말로 기분이 그랬다. 얼굴이라도 비칠 만도 한데……. 섭섭했다.

이강우도 신의 아버지로서 충분히 자격이 있는 사람이었다. 예리도 그렇고 예리의 부모님도 이런 복잡한 사정을 이해해주었다.

'참으로 멋진 분들이야. 내가 잘 모셔드려야지.'

한편, 신은 어머니의 빈자리를 바라보았다.

'엄마, 보고 있어요? 저 이제 결혼해요. 제가 사랑하는 사람과 아이도 낳고 행복하게 살 거예요.'

신은 중얼거렸다.

어머니도 이 자리에 있으면 참으로 좋았을 텐데…….

오늘은 울적해지는 날이 아니었다.

'기분 좋은 날이니 웃어야겠지.'

주례는 조광우가 하기로 했다.

그는 신의 인생선배이자 스승 같은 사람인지라 신은 그에게 주례를 봐달라고 직접 부탁했다.

곧이어, 식이 진행되었다. 신과 예리는 조광우 앞에 나란히 섰다.

"……조금 전 두 사람은 서로가 사랑한다고 말했습니다. 이곳에 있는 모든 이가 그 증인입니다. 그럼 두 사람 검은 머리가 파 뿌리가 될 때까지 서로 보듬어주고 지켜줄 것을 맹세합니까?"

두 사람은 네라고 대답했다. 이윽고 두 사람은 입을 맞췄다.

신과 예리는 지인들의 축하 속에서 백년가약을 맺었다.

☆　★　☆

달콤한 신혼여행도 잠시 신은 로만 엔터테인먼트에 출근하여 제 사무실에 들렀다.

그러던 이때 누군가가 문을 똑똑 두드렸다.

"네, 들어오세요."

콘텐츠 사업부장 이영식이 안으로 들어섰다.

신이 그를 향해 인사했다.

"오래간만에 뵙네요. 이영식 부장님."

"간만입니다. 결혼하신 거 진심으로 축합니다. 웨딩

사진 정말 멋지게 나왔던데요."

밀밭을 두고서 선남선녀가 마주 보며 웃고 있는 사진은 최고라 해도 과언이 아니었다.

한편, 신과 예리가 결혼식을 올린 정선 덕우리는 대중에게 공개되면서 관광명소가 되어가고 있었다.

"그보다 좋은 소식이 있습니다. 이사님."

이영식이 씩 웃었다.

"〈아만다〉 영화 블라인드 오디션이 있습니다."

"감독이 누구예요?"

"콘 아르톤 감독입니다."

신은 웃음을 흘렸다.

"이렇게 또 새로운 출발을 하게 되었네요."

☆　　★　　☆

의사는 CT로 촬영한 사진과 MRI로 촬영한 사진을 번갈아 바라보며 침중한 표정을 지었다. 장내로 말이 없었다. 그는 책상 바닥을 툭툭 두드리다가 안경을 고쳐 썼다.

"이런 말을 하기가 대단히 송구스럽지만……. 위암입니다."

오민석은 담담한 표정을 지었다.

그도 최근 상태가 꽤 좋지 않다는 거 알고 있었으니까.

"언제까지 살 수 있습니까?"

의사는 오민석의 말에 잠시 머뭇거리다 한숨을 내쉬며
말했다.

"길어봐야 1년입니다."

"그렇군요."

"정말 안타깝습니다. 일찍 오셨어도 이리되지 않았을
겁니다."

오민석은 아무 말도 하지 않았다가 입을 열었다.

"괜찮습니다."

스스로에 뇌까리는 말이었다.

☆　★　☆

〈아만다〉는 '아만다' 라는 여인에 관한 이야기다.

아만다라는 평범한 이름이기는 하지만 이 아만다는 평
범한 여인이 아니다. 전직 '킬러' 출신이다.

그녀는 이 활동을 청산하고 몇 년간 평범한 삶을 살게
된다. 그러나 한번 발들인 어둠의 세계에서 쉽게 헤어나
올 수 없는 법. 어느 날 그녀는 한 사건에 휘말리게 되면
서 '킬러' 로서의 본능을 다시금 일깨우게 된다.

이 '아만다' 가 각성하는 과정에서 동양인 '장춘동' 이
라는 인물이 나온다.

그녀의 각성과 관련 있기에 비중 있는 인물이라고 생각

할지 모르겠지만 아쉽게도 이 배역의 분량은 짧은 편이다.

영화 분량상으로 따진다면 대략 5에서 7분 정도.

'〈아만다〉에 출연하는 할리우드 주연 배우들과 비교한다면 잠시 등장했다가 사라지는 것에 불과하지.'

신도 배역의 분량이 짧은 게 아쉬웠다. 그러나 아쉬워할 건 없다. 강렬하고 굵은 인상을 주면 그만이니까.

'오히려 분량이 짧은 게 나에게 좋은 기회가 될 수 있어.'

이런 역경에도 영화가 끝나서도 신의 연기가 외국 관객들 뇌리에 인상이 남는다면 외국 관객들은 신이라는 배우에 대해 어떻게 바라볼까. 아마 호의적으로 바라보지 않을까?

'다만 이렇게 하는 게 쉽지 않다는 게 문제지.'

일단 신의 과제는 짧은 시간에 이 배역에 잠재된 에너지를 어떤 식으로 압축적으로 보여주고 감정선을 어떻게 터뜨릴지가 중요한 것이라 할 수 있었다.

장춘동을 훌륭히 해석해내고 창조해낸다면 신만의 장춘동이 만들어질 수 있었다.

이것이 지금 신으로 할 수 있는 최선이었다.

'역시 단역이라고 해도 우습게 생각할 게 아니야.'

전체를 이루는 부품이라 할지라도 이 부품이 제 역할을 해내지 못하면 전체가 삐끗거리기 때문이다.

'작은 배우는 있어도 작은 배역은 없다.'

신은 이 모토와 함께 신인으로 시작한다는 기분으로 〈아만다〉의 블라인드 오디션을 봐보기로 했다.

블라인드 오디션은 〈아만다〉 제작사인 〈넷플릭스〉 본사에서 볼 예정이었다. 때문에, 신은 인천국제공항에서 미국 캘리포니아주 LA에 있는 할리우드로 향하기로 했다.

'전 세계 영화인이 꿈꾸는 영화의 메카……'

신의 로만 엔터테인먼트 사람들과 함께 할리우드에 도착했다. 특별한 건 없었다. 이곳도 사람들이 사는 곳이었다.

'건물들이 하늘을 찌를 정도로 높은 것도 아니고 아담한 형태의 건물들이 많네.'

뭔가 할리우드에 대한 환상이 깨진 거 같다.

신은 할리우드가 라스베이거스처럼 정말로 화려할 줄 알았다.

'음, 할리우드 영화를 만들고 세계 영화를 주도하는 제작사들이 많구나.'

한편, 신의 눈길을 끄는 건물들이 있었다.

돌비 시어터와 차이니즈극장이었다.

이 돌비 시어터는 매년 세계인들이 주목하는 축제인 오스카 시상식이 열리는 곳이었다.

돌비 시어터 입구 쪽에 쳐놓은 금빛 커텐을 지나 돌비

시어터 내부로 들어서면 기다란 통로가 안으로 쭉 이어진다. 신은 이 통로를 따라 쭉 걸어보기로 했다.

'이 통로 위로 할리우드 배우들이 밟을 레드 카펫이 펼쳐지는구나.'

신은 레드 카펫이 깔린 이곳 위를 밟으며 손 인사를 흔드는 걸 상상했다.

'생각만 해도 짜릿하다.'

한편, 기둥에는 여태껏 매년 오스카 상을 받은 작품과 배우가 기록되어 있었다. 훗날 신이 주연으로 한 작품과 강신이라는 이름이 이 기둥에 걸린다면······.

'그래도 내가 이곳에서 상을 타는 건 무리겠지.'

신이 이렇게 생각하는 것도 무리가 아니다. 이곳 오스카에는 악명높은 별명이 있으니까.

바로 '백인들의 잔치.'

오스카가 이런 불명예스러운 별명으로 불리는 건 유색인이 노미네이트가 되지 않기 때문이다.

최근 오스카에서 'We all dream in gold'라는 표제어를 내걸지만, 이 'We'가 모든 인종을 가리키기는 한 것인지에 대해 말이 많았다.

이어서 신은 돌비 시어터 옆쪽에 있는 차이니즈극장을 구경했다. 콘크리트 앞뜰에 할리우드 스타들이 손바닥 또는 발바닥 도장을 찍어놓은 곳이 있었다.

'혹자는 이곳을 '명예의 전당'이라 부르기도 하던데.'

신도 기회가 된다면 이곳에 자취를 남기고 싶었다.

할리우드를 관광하는 것도 잠시, 신은 블라인드 오디션을 봐보기로 했다.

한데, 사람들이 장난 아니게 와 있었다.

신은 살짝 긴장했다.

'이거 힘들어질지도 모르겠는데.'

〈넷플릭스〉에서도 사람들이 붐빌 걸 예상한 것인지 커다란 건물을 통째로 빌린 상태였다.

신은 오디션 순서를 기다리며 호텔에 숙박하기로 했고 경쟁률이 얼마나 빡빡한지 알게 되었다.

'경쟁률이 1,323 : 1이 될 예정이라니.'

극 중에 길게 등장하지 않는 배역에 불과한데 사람들이 미친 듯이 몰린 것이 뜻밖이라고 할지 모른다.

물론 배우들 입장에서 어떻게든 할리우드 영화에 등장해보려는 것도 있겠지만, 그와 작업한 배우들 대부분이 배우로서의 성공을 거뒀다.

이는 콘 아르톤 감독이 배우를 보는 안목이 무척 뛰어나다는 걸 보여주는 것이기도 했다.

이런 걸 본다면 배우들이 그의 눈에 어떻게든 들려고 아우성을 치는 게 당연한 걸지도 몰랐다.

신은 이런 것에 관심이 없었다. 배역을 어떻게 해야 잘 살려낼 수 있을까 하고 고민할 뿐.

'콘 아르톤 감독은 할리우드 감독 중에 거장 축에 속하

지는 않지만, 개성파 감독이지.'

그는 〈나쁜 녀석들〉 등 마초적인 작품을 많이 만들어냈
다. 그의 작품 특징을 꼽으라고 한다면 야수처럼 꿈틀거
리는 생동감이다. 일각에서는 그를 '피와 복수의 콘'이라
고 부르기도 했다.

'오디션 통과해서 그와 작업해볼 수 있으면 좋겠다.'

그리고 신은 신의 바람대로 블라인드 오디션을 통과할
수 있었고, 〈아만다〉 제작관계자들과 만날 수 있었다.

이 2차 오디션에는 신 말고도 여러 후보가 있었다. 제
작사 입장에서 배역을 제대로 소화할 줄 아는 배우를 건
지는 게 중요했기에 후보군을 만들어둔 것이다.

만약의 가정이지만 이 중에서 배역에 어울리는 배우가
나오지 않을 수 있었다. 뭐, 이렇게 되면 제작 관계자들은
오디션을 다시 처음부터 치를 작정이었다.

주연의 경우 정말로 괜찮은 배우가 나오지 않으면 기간
을 길게 잡고 오디션을 치르기도 하는 편이기는 했다 하
나 주연도 아닌 배역에 이렇게 신경 쓰는 건…….

'이 영화에서 나름의 의의를 지니는 배역이라고도 할
수 있지.'

그리고 신은 배역을 당당하게 따냈다.

매스컴은 신이 할리우드 영화 〈아만다〉에 출연하는 게
확정되었다며 줄기차게 떠들어댔다.

인터넷포탈 사이트에서는 '풍악을 올려라!', '오늘만큼은

'국뽕'에 잔뜩 취해도 자랑스러울 거 같다.', '막걸리 한잔 따르게 주모 불러와야겠다.' 등등 우스갯소리를 하는 등 난리가 났다.

신은 솔직히 겸연쩍었다.

'내가 출연할 부분은 얼마 되지도 않는데……'

고작 몇 분이라고 할지라도 할리우드 영화에 출연하는 건 정말 대단한 일이었다.

신은 일단 이 소기의 성과를 거둔 것에 만족하기로 했다.

'원래 첫술에는 배부를 수 없는 법이니까.'

모든 일이 그렇듯 점차 나아가야 하는 법이었다.

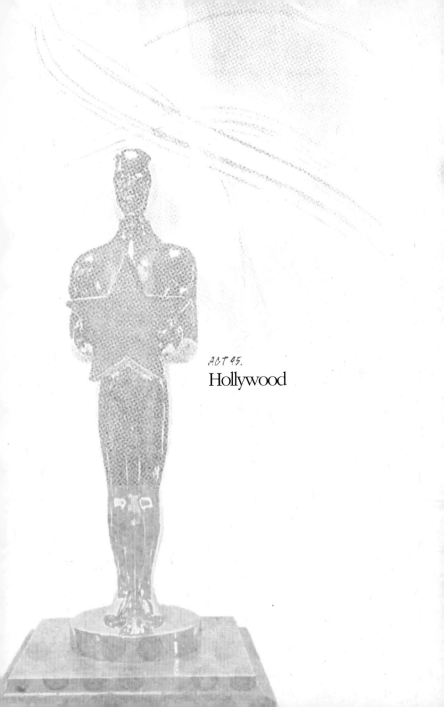

ACT 45.
Hollywood

Hollywood

〈아만다〉 주연은 할리우드 배우 아만다 로렌스로 확정 난 상황이었다. 신은 그녀가 이 〈아만다〉를 찍게 된다는 걸 듣고는 뜻밖이라고 생각했다.

'로맨스를 전문으로 찍어오던 배우가 액션물에 도전하다니……'

배우가 다른 장르에 도전하는 건 연기 스펙트럼을 넓히려는 좋은 시도가 될 수 있지만, 대중이 받아들이지 못하면 이도 저도 아니게 될 수 있었다.

그녀도 이런 위험부담을 각오하고 자기 변신을 꾀하려는 것일 테다.

'아만다 로렌스의 액션물 데뷔작으로 만들어진 작품이라……'

한편, 신은 누군가를 주인공으로 한 작품에 주인공을 빛나게 해주는 부분으로 들어가는 것에 기분이 묘해지는 걸 느꼈다.

'조연들도 내가 주연으로 출연하는 작품에 이런 감정을 느꼈겠지.'

어느샌가 신은 이런 감정을 느끼지 못했다. 죄다 주연 배역만 들어왔으니까. 이렇다고 주연 배역을 맡지 못해서 분하다거나 슬픈 감정은 들지 않았다. 조연들의 입장과 기분을 역지사지해볼 수 있는 거 같아 기분이 좋기만 했다.

신은 가슴 속으로 초심을 되새겼다.

'정말 신인 때로 되돌아온 거 같다.'

한편, 신은 신이 나오는 부분은 초반부에 해당하는지라 촬영에 일찌감치 들어가기로 했다.

장춘동이라는 인물에 관해 이야기해본다면 이렇다.

'아시아 조폭 중 칠성을 이끄는 젊은 부두목. 냉혈한. 깽판을 잘 친다. 제 마음에 안 드는 인물이 있으면 바로 축출해버린다.'

한 마디로 장춘동은 '악인' 이다.

'그나저나 어느새 악역 전문 배우가 되어버렸네.'

신은 영화 〈양과 늑대〉에서 악역을 하지 않으리라 마음 먹었다. 그런데도 악역에 눈길이 가는 걸 보면 아무래도 악역에게 계속해서 끌리는 모양이다.

'어쩌면 악역에 중독된 건지도 모르지.'

한편, 신은 혹여나 감정적으로 영향을 받는 게 아닐까 싶어 이강우와 심리상담도 진행하기도 했다.

이것 말고도 준비할 게 많았다. 신은 이곳에서는 신인이나 다름없어서 누가 신을 챙겨주는 사람은 딱히 없었다. 때문에, 스스로가 알아서 챙겨야 했다.

또, 문화가 달라서 그런지 잘 적응되지 않는 부분도 있었다.

바로 회식문화였다.

보통 촬영을 끝내면 뒤풀이도 가지고 친목을 도모하고 그러는데 이곳에서는 촬영은 촬영으로 공적인 관계로 끝내버린다. 뭐랄까. 팀워크가 사적인 관계로까지 무조건 이어지지 않는다고 해야 할까.

신은 한국인 계열 관계자로부터 할리우드에 어째서 이런 환경이 조성된 것인지 듣게 되었다.

"이들은 프로젝트에 따라 계약자이자 동업자로 공동으로 작업하고 흩어집니다. 탄력적이고 유연하죠."

사람에 따라서 이런 관계가 딱딱하고 정감이 없다고 느낄지 모르겠지만, 신은 이런 관계도 나쁜 거 같지는 않았다.

'어차피 회식해봤자 술만 미친 듯이 퍼부어 마시니.'

어쨌건 곧 있을 촬영에 집중해야 할 때였다. 신은 속으로 영어 대사를 쉴 새 없이 되뇌었다.

'대사를 한국말로 하면 대사가 차지고 좋을 텐데.'

이에 관해 이야기를 나누지 못한 게 신으로서는 아쉽기만 했다.

'어쩔 수 없지. 이 부분은 감독의 재량이니까.'

그러던 이때 신은 주연배우 아만다 로렌스와 시선을 마주쳤다.

'장난 아니게 예쁘네.'

그녀는 다른 여배우에 비해 조그마한 편이기는 했으나 비율이 장난 아니었다. 외모도 외모, 몸매도 몸매지만 에메랄드 눈동자가 특히 인상적이었다.

한편, 그녀는 신을 묘한 시선으로 바라보고 있었는데 그녀의 감정 구체는 호감인지 호기심인지 모를 감정을 내비치고 있었다.

'내가 이들 입장에서는 외국인이라 그런가.'

잠시 후, 신은 다소 펑퍼짐한 정장을 입고 머리를 헝클고는 분장 스태프가 내미는 눈 보호구를 안면 쪽에 썼다.

그리고 신은 얼굴 쪽에 정교한 분장을 받았다. 핏물이 얼굴 위로 쫙 뿌려진 거 같았다.

촬영에 들어가기 전에 리허설이 잠시 있었다.

'영어를 진짜 열심히 해둬서 다행이다.'

전문통역사도 이곳에 있기도 하지만 사람들이 말하는 바를 곧바로 알아들을 수 있는 건 중요한 일이었다.

말이 통하지 않으면 상호 간에 불편한 게 많았으니까.

다행히도 신은 감독이 요구하는 바를 거의 알아들을

신의
연기6

수 있었다.

잠시 후.

배우들이 감독의 지시하에 카메라 위치로 이동했다.

"스탠바이! 큐!"

카메라고 돌아가는 지금 이 순간 인종과 성별 그리고 나이는 중요하지 않았다. 배우로서의 저 자신을 얼마나 잘 나타내느냐가 중요했다.

신은 낙후된 통로를 따라 걸었다. 동양인 배우들이 신의 뒤를 따라 움직였다.

발걸음 소리가 통로를 따라 울려 퍼졌다.

카메라는 신의 패거리를 담아냈다.

콘 감독은 속으로 중얼거렸다.

'여기에 음산한 음악이 깔리면 딱 맞겠는데.'

이윽고 신은 한곳에 멈춰 섰다. 신의 시선이 한곳으로 닿는다. 지금 이 순간에 있는 모든 이가 신을 바라보기 시작했다.

신은 철문의 문고리를 잡고 열었다. 오래된 쇠 경첩이 삐걱 소리를 울렸다.

신은 내부로 들어섰다.

동작은 간소했다.

크지 않았다.

신은 콘 감독이 요구한 카메라 사각 틀에 정확하게 들어섰다.

'움직임이 효율적이군.'

신은 카메라가 앞에 바로 있는데도 카메라를 바라보지 않고 눈 보호구를 벗어냈다.

훌륭한 시선 처리였다.

콘 감독의 시선이 신의 움직임을 뒤쫓았다.

'흐음……'

콘 감독은 신이 본능적인 직감을 지니고 이에 충실한 연기를 하고 있다는 걸 온몸으로 느낄 수 있었다.

'그는 대단히 감각적이군. 나와 통하는 게 많아.'

이때 신은 한숨을 내쉬었다.

"후우……"

어딘가 무료함이 깃든 숨이었다.

그리고 신은 시선을 아래로 내리깔았다.

어딘가가 살짝 지쳐 보였다.

신은 의자에 묶여있는 아만다를 바라보고는 자리에 앉았다. 이때 부하가 신에게 담배를 내밀었다. 신은 입에 담배를 물었다. 부하가 라이터를 켰다. 찰칵.

신이 필터로 공기를 빨아들이자 담배에 불이 붙었다.

치이익.

'정말 담배는 왜 피우는지 모르겠네.'

담배의 몸체가 빨갛게 타들어 가며 연기를 토해냈다.

치이익.

신은 담배 연기를 공중으로 내쉬었다.

"후."

'주위로 연기가 풀풀 피어오르니 분위기가 확 살아난다.'

뭐라고 해야 할까.

퇴폐미가 맴돈다고 해야 할까.

"물건은 어디에 숨겨졌지?"

아만다는 대사를 내뱉지 않고 신을 노려볼 뿐이었다.

신은 무료한 시선으로 그녀를 바라볼 뿐이었다.

신의 시선을 받아드는 그녀는 두려움에 몸을 움찔 떨었다.

'뭐야, 귀여운 인상과는 다르잖아.'

신은 그녀가 어떻게 생각하건 말건 담배 연기를 그저 뻑뻑 내쉴 뿐이었다.

콘 아르톤 감독은 신이 연기하는 걸 스크린으로 주의 깊게 바라보았다.

'딕션, 표정, 눈빛 모두 좋다.'

이때 콘 아르톤 감독은 촬영을 끊어야겠다는 결정을 내렸다.

그리고 그는 신을 힘차게 불렀다.

"Mr. 강!"

스태프들은 콘 감독의 돌발행동에 놀란 표정을 지었다.

콘 감독은 배우가 연기하는 걸 끊고 배우를 잘 부르지 않기 때문이었다.

그가 이렇게 하는 경우는 정말로 특별할 때였다.

'저 동양인 장난 아닌데.'

'머나먼 오지에서 인기가 많다던데…….'

'과연…….'

이때 한구석에서 신의 연기를 바라보는 한 외국인 남자가 있었다.

'저 옐로우 치킨(*동양인을 비하하는 말) 묘기를 제법 부릴 줄 아는군.'

이때, 신은 불쾌한 시선을 느낄 수 있었다. 누군가가 뒤통수를 뚫어지라 쳐다보는데 모를 리가 없다.

신은 고개를 스리슬쩍 돌려 구석에 있는 남자를 바라보았다.

그의 이름은 테일러 헨더슨.

정말로 뛰어난 연기력을 지니고 있는 건 아니지만, 그럭저럭 괜찮은 연기력으로 호평을 받는 배우였다. 잘 생긴 외모로 여자 팬들에게 인기가 많았다.

다만 한 가지 흠이 있다면 여성편력이 심하다는 점? 이 개월에 한 번씩 애인이 바뀌어 플레이보이라는 별명도 있었다.

'할리우드 배우 중에 사생활이 지저분한 배우가 많으니 그가 유별난 건 아니지.'

그리고 그 또한 영화 〈아만다〉에 출연할 예정이었다. 이제 그가 이곳에 와 있는 건 영화 극 초반부 촬영이 잘

36 신의
연기6

이루어지는지 구경하러 온 모양이었다.

그러던 이때, 신과 테일러가 시선을 부딪쳤다. 그는 신을 향해 같잖다는 미소를 흘렸다. 여기까지는 괜찮다. 거만한 성격을 지니고 있으면 사람을 무시할 수도 있으니까.

한데, 문제는 이거다. 테일러가 눈을 일부러 가늘게 뜨고 있다는 것. 이는 눈이 작은 동양인을 비하하는 의미였다.

콘 감독이나 스태프들이 지금 이 장면을 바라봤으면 그에게 무어라고 말했을지도 모르지만, 테일러는 신만 알아챌 수 있도록 표정을 지었다.

그러던 이때 콘 감독은 신이 응시하는 곳을 슬며시 바라보았다.

테일러는 콘 감독에게 인사하고는 신을 향해 어깨를 으쓱였다. 아무렇지 않은 척 연기하는 모습은 얄밉게 보이기까지 한다.

'내 참 어이가 없어서.'

신은 그의 얌체와도 같은 짓에 반응하지 않기로 했다.

'여기서 열을 내면 나만 바보 되겠지.'

신이 뭐라고 해도 테일러는 잡아떼면 그만이다.

더군다나 그는 잘 나가는 할리우드 배우다. 명확한 증거가 없는 이상 사람들이 누구의 말에 귀를 더 기울여주고 편을 들어 줄지는 안 봐도 뻔한 일이다.

이곳에서 신의 입지에 객관적으로 말하자면 이렇다 할 인지도가 없는 동양인 배우니까.

신은 일단 기회를 엿보기로 했다. 지금으로써는 신의 편을 들어줄 우군을 만드는 게 최선이다.

'일단 지금 내가 할 수 있는 건 연기로 말하는 것이겠지.'

인종이 다르다는 이유만으로 차별당하는 건 기분이 솔직히 더러웠다. 신은 속에서 부글부글 끓어오르는 감정을 억누르며 콘 감독과 대화를 나누기로 했다.

"캐릭터의 대사가 죽은 거 같습니다."

신이 이게 무슨 말인가 싶어 그를 바라보았다. 콘 감독은 하하 웃으며 말했다.

"오해는 마시기 바랍니다. Mr. 강의 연기가 이상하다는 건 아니니까요."

신은 속으로 안도의 한숨을 내쉬었다. 그가 신의 연기를 지적하면 어쩌나 싶었다. 그는 펜으로 박박 그은 대본을 보여주었다.

"인물의 색이 좀 더 강렬하게 드러나면 좋겠는데, 이 대사로는 인물의 개성이 드러나지 않습니다."

"대사를 바꿀 필요성이 있겠군요?"

콘 감독은 고개를 끄덕이며 말했다.

"이 대사를 무작정 바꾸기보다 Mr. 강의 모국어로 대사를 번역해보는 게 어떨까 합니다."

신은 이 말에 깜짝 놀랐다. 신도 대사를 내뱉으면서 이 생각을 하고 있었으니까.

'콘 감독은 배우가 바라는 걸 잡아내는 본능적인 직감이 있는 것일까.'

"저는 배역 장이 지닌 신비한 동양적인 매력을 강조하고 싶습니다. 이건 그 나라의 언어로만 표현할 수 있겠죠. 언어에는 그 언어만의 감성과 매력을 지니고 있으니까요."

신은 더 나은 장면을 얻기 위해 대사를 날려버리는 것도 서슴지 않는 콘 감독이 참으로 멋지다고 생각했다.

'그보다 이거 좀 쑥스럽네. 은근슬쩍 나 챙겨주는 거 같기도 하고⋯⋯.'

물론 신이 김칫국을 마시는 것이라고 할지 모르겠지만, 그는 신을 확실히 배려하고 있었다.

일단 신은 감독과 각본가 겸 스크립터 그리고 통역사와 함께 이야기를 나눠보기로 했다.

"장춘동은 아시아인일 뿐 중국인인지 일본인인지 한국인인지 정해져 있지 않죠. 그는 중요인물이 아니니까. 그런데 어차피 국적이 중요한 것도 아니고, 국적이 작품에 막대한 영향을 끼치는 것도 아니니 인물설정을 변경해도 상관없을 거 같습니다."

OK 사인이 떨어지자 신은 통역사와 머리를 맞대며 고민했다.

"어떤 단어들을 써야 배역의 개성을 좀 더 드러낼 수 있을까요?"

"어렵게 생각하지 않아도 될 거 같아요."

"흠, 역시 최대한 직관적으로 표현하는 게 좋겠죠?"

어차피 대사도 쉽고 짧은 편이라 수정시간은 얼마 되지 않았다. 감독도 그렇고 스크립터도 신의 설명을 듣고는 OK를 했다.

한편, 아만다는 흥미로운 표정으로 신을 바라보았다.

'콘 감독님이 이 정도로 배우에게 신경 쓰는 건 정말 드문 편인데. 하물며 먼 나라에서 온 동양인 배우에게 이렇게 한다는 건…….'

이때 그녀의 머릿속에서 번뜩 스쳐 지나가는 생각이 있었다.

'혹시 그 작품 때문일까?'

콘 감독이 미국 전역을 히트하고 세계적인 베스트셀러가 된 작품을 맡는다는 소문이 있었다. 물론 뜬 소문이라 확실한 건 아니었다.

'하지만 이 소문이 맞는 것이라면……. 콘 감독님은 저 동양인 배우를 자신의 배우 풀로 생각하고 있다는 말이 되는 건가.'

그보다 주연 배우인 그녀를 이렇게 기다리게 하다니 제법이었다.

그러던 이때 테일러가 아만다를 바라보았다. 그녀는 그와 시선을 마주치려고 하지도 않았다.

'흥, 넘볼 나무를 넘봐야지.'

그녀는 테일러가 느끼한 시선으로 그녀를 바라보고

치근덕거리는 게 정말 싫었다.

한편, 신은 두 사람이 보이는 감정 행태를 보고는 이 영화가 걱정되기 시작했다.

두 사람 간의 문제는 신이 나서서 해결할 수 있는 게 아니다. 감독이 나서야 중재할 일이었다.

이때 신은 콘 감독과 시선을 마주쳤다. 그는 다 알고 있다는 듯 신을 바라보고 있었다.

'감독님도 지금의 사태를 지켜보고 있는 건가.'

어찌 이야기가 재밌게 돌아갈 거 같다.

잠시 후.

콘 감독은 장내를 정리하고 촬영에 들어가기로 했다.

"인물들이 크게 움직이지 않으니 정적인 샷들의 위주로 갈 겁니다."

샷의 종류는 웨이스트 샷과 바스트 샷.

콘 감독의 말처럼 크게 움직일 건 없었다.

이때 신은 속으로 되뇌었다.

'이 순간은 오로지 나를 위한 순간이다.'

신이 맡은 배역은 비중 없는 배역이지만 지금 이 순간 신은 주인공이 되어야 했다.

이 영화에서 아만다가 주인공이지만 〈아만다〉라는 내부세계에서는 신이 연기하는 배역도 주인공이다. 실제에서 사람들에게 저마다의 삶이 있듯 배역에게도 저마다의 삶이 있는 것이다.

물론 이렇다고 주연인 그녀보다 돋보이려고 해서는 안된다.

신은 그녀를 빛나게 해주어야 한다.

"스탠바이. 큐!"

슬레이트가 탁 부딪쳤다.

신은 카메라를 앞에 두고 아만다와 마주 보았다.

신의 시선이 카메라 렌즈를 응시하지 않고 그녀의 눈가위로 매끄럽게 떨어져 내린다.

콘 감독은 감탄사를 토해냈다.

'시선 처리가 유리 표면 위로 미끄러져 내리는 것처럼 해내는군.'

눈빛 연기는 하는 게 아니다. 배우가 상황에 몰입하고 배역에 집중하면 눈빛은 자연스레 따라오기 마련이다.

눈가의 근육에 괜히 집중하고 인상을 좁히면 과장 연기가 나온다.

지금 이 순간 신은 눈빛 연기를 하고 있지 않았다.

한편, 아만다는 의자에 묶여있다.

그러나 그녀는 맹수의 발톱을 숨긴 상태다.

신은 담배 연기를 내쉬었다. 어딘가 나른해 보이면서도 권태로움이 넘쳐 보인다.

신은 말문을 열며 물건이 어딨느냐고 물어보았다. 그녀는 아무 말도 하지 않았다.

쿤 감독은 끌끌 웃으며 속으로 중얼거렸다.

'이제 서로 호흡을 주고받기 시작하는군.'

배우는 대사의 흐름 안에서, 호흡이나 감정의 변화가 있는 곳을 찾아 호흡을 구성해낸다.

배우의 대사는 아무렇게나 구성되어 있지 않다.

단어 하나, 쉼표, 온점에도 뜻이 있다.

배우는 이 문장의 단위를 구분 짓고, 문장의 단위에 따라 호흡을 바꾸는 것이다.

이때 이 '호흡'은 외적인 몸짓으로 드러나기도 하고 내적인 동작으로 드러나기도 한다.

지금 같은 경우 내적인 호흡이었다.

신은 그녀의 눈동자를 응시하고 있었다. 아만다도 신을 응시했다. 서로의 시선이 뒤엉키며 빨아당겼다. 이 시선 호흡 교환은 서로의 연기를 끌어주기 시작했다.

'……!'

쿤 감독은 속으로 중얼거렸다.

'이 둘의 연기를 보고 있자니 머릿속에서 불꽃이 탁 튀겨대는 거 같군.'

강렬하게 꿈틀거리는 감각적인 연기였다.

쿤 감독의 시선이 신에게 닿았다.

'자기 자신을 낮출 줄 안다.'

배우라는 직업 특성상인지 자신을 돋보이게 보이려는 이들이 모여들어서 그런 것인지 모르겠지만, 자기 자신을 드러내는 것에 집중하는 배우들 정말로 많다.

43

남들과 호흡하려는 척하면서 자신을 의도적으로 튀게 보이려는 경우도 부지기수다.

만약 신이 그에게 좋은 모습을 보이기 위해 돋보이려고만 했다면 그는 신에게 뭐라고 했을지도 모른다.

'그러나 자기 자신을 죽이지 않는다. 제가 보여줄 매력과 캐릭터의 개성을 뚜렷하게 보여주고 있다.'

이 점이 기가 막힌다.

'그리고 그가 하는 연기에 눈길이 자꾸 간다. 이는 사람을 휘어잡는 장악력이 있다는 것이지.'

또, 배우들은 연기하다가도 순간의 감정에 도취하는 경우가 많다.

이런 증상은 젊은 배우에게서 많이 드러나는 편이다. 경험이 없다 보니 미숙한 점이 곧바로 드러나게 되는 것이다.

또, 감정을 삭이지 못하고 몸에 힘을 빼고 이완할 줄 모른다.

그러나 콘 감독은 신에게서 노련미를 엿볼 수 있었다.

'감각에 충실하지만, 감각에만 무작정 빠지지 않는다.'

이 나이 또래에서 자기 자신을 제대로 조절할 줄 아는 배우가 몇이나 된단 말인가.

그는 흡족한 표정을 지었다.

'Mr. 강이 점점 마음에 들어. 아니, 탐이 난다.'

이때 신은 중얼거렸다.

"난 영화 보는 걸 좋아했지."

뭉게뭉게 퍼지는 담배 연기와 읊조림이 잘 어울린다.

'감정을 과장되지 않게 토해내면서 인물에 자연스레 잘 녹아들고 있다.'

이것이 신이 보이는 '호흡'이었다.

느리지도 빠르지도 않게.

잔잔하지만 격정적으로.

'Allegro, non troppo! (빠르게, 하지만 지나치지 않게!)'

콘 감독은 신의 연기에 가랑비에 옷 젖어가듯 서서히 젖어들기 시작했다.

"영화란 게 다 그렇더라고. 꿈과 희망이 넘치고. 선이 악을 이기고. 용사는 악당을 물리치고."

이때 신은 검지와 중지를 무릎 위를 올리고 사람이 움직이는 것처럼 두 손가락을 움직였다. 그리고 콧노래를 흥얼거리기 시작했다.

"따라 단, 따라 단. 따라 단."

콧노래가 흥겨운 리듬에 따라 흘러나오면서 신의 입가에 미소가 맺혔다.

'Werner Muller 오케스트라가 연주한 Aranjuez, Mon Amour이군!'

콘 감독은 하마터면 웃음을 터뜨릴 뻔했다. 이런 식으로 즉흥연기를 펼치는 게 재밌기만 했다.

'이거 새로운데.'

"영화는 영화고. 인생은 인생이잖아. 그리고 이런 말이 있지. 인생은 실전이라고."

신은 입가에 미소를 띠고 말문을 열었다.

"내 말이 무슨 말인지 이해하겠지?"

'이야 이건 물건이야, 물건.'

콘 감독은 제법 만족스러운 장면을 건져낼 수 있었다.

"컷!"

촬영이 끝나자 아만다가 눈을 흘겨 뜨며 신에게 말했다.

"연기하시는 거 장난 아니시더라고요."

그녀는 신이 무슨 말을 하는지 몰랐지만, 어떤 내용을 말하는 것인지 대략 알아들을 수 있었다.

겨우 짧은 순간인데도 이미지가 선명하게 전달되는 건 참으로 신기한 경험이었다.

'얼마나 전달력이 뛰어났으면······.'

배우로서 정말로 최고의 재능을 지닌 거나 다름없었다.

그녀는 신을 괴물 바라보듯이 바라보았다.

'이런 배우가 동양에도 있었다니······.'

"감사합니다."

신은 그녀의 눈빛이 초롱초롱하게 변한 게 부담스럽기만 했다.

"그보다 저······."

그녀가 용기 내어 "연락처 좀 알 수 있을까요." 라고 말하려는 순간이었다.

"앞으로 잘 부탁하겠습니다."

신은 이 말을 하고서 그녀와 멀어졌다.

아만다는 황당한 표정을 지었다.

'뭐야, 나 방금 차인 거야?'

이 광경을 본 테일러는 신을 향해 질투심을 활활 불태우고 있었다.

'저 동양인 자식이! 감히 나의 그녀를!'

신은 그가 질투하건 말건 신경 쓰지 않기로 했다.

'저 멍청이 신경 쓸 시간에 연기에 고민하는 게 더 건설적이겠다.'

곧바로, 이어지는 장면은 아만다의 액션 장면이었다.

주인공이 위기를 겪게 되지만 기지를 발휘하여 도망치는 순간이었다.

신은 콘 감독이 촬영하는 걸 구경하기로 했다.

'역시…….'

신은 그가 배우의 역량과 개성을 극대화할 수 있는 동물적인 직감을 지닌 감독이라는 걸 확신할 수 있었다.

'세상에 이런 감독이 있다니.'

신은 차후의 촬영이 정말 기대되었다.

'그는 나의 색을 어떻게 살려줄 수 있을까?"

설렘과 기대 속에서 할리우드에서의 첫 촬영은 성공적으로 마무리되었다.

☆　★　☆

　– 사랑해.

　"나도."

　신은 예리와 통화를 끝내고는 창문 바깥을 바라보았다. 언덕 위로 할리우드를 상징하는 간판이 자리 잡고 있는 게 보였다.

　신은 무덤덤하다가도 이 할리우드 상징물을 보다 보면 기분이 묘했다.

　'내가 할리우드에 있긴 있구나.'

　배우로서 할리우드 위에 있는 건 정말로 즐거운 일이었다. 그러나 한편으로 마음이 무거워지기도 했다.

　'이곳에 오길 원하는 배우들이 한국에도 정말로 많은데.'

　신은 저 자신이 너무 잘나서 이곳에 있다고 생각하지 않는다.

　요 몇 년 사이에 농후한 연기력을 지닌 중년 배우와 뛰어난 역량을 지닌 감독이 할리우드에 진출하면서 시장에서 좋은 반응을 얻었기에 신이 편한 길을 걸을 수 있는 것도 있었다.

　'선배들이 후배를 위한 반석을 미리 닦아 놓았듯 나 또한 길을 닦아야겠지.'

　신은 제 행보가 훗날 후배 배우들의 이정표가 되길 희망했다. 나아가 '강신'이라는 이름을 빼놓으면 한국 배우

역사를 논할 수 없는 위치까지 오르고 싶었다.

전설!

신은 감히 전설을 논하고 싶었다.

위대한 연기자!

연기의 신!

신은 속으로 후후 웃었다. 그렇기에 신은 최선을 다해
볼 생각이었다.

'그보다 서효원은 뭐하면서 지낼까.'

신은 서효원과 미처 못다 한 연기대결을 겨뤄보고 싶었
고, 대단한 연기실력을 지닌 할리우드 배우인 '그'와도
연기를 해보고 싶었다.

'앤드류 넬슨.'

신은 여기서 더더욱 성장하고 싶다. 앞으로 계속해서
나아가고 싶었다.

그러나 2년 전부터 신을 고민케 하는 화두가 있었다.

바로 형식과 틀이었다.

이는 박명우와 연기 경연을 하면서 얻은 깨달음과 관련
된 것이기도 했다.

신의 머릿속에서 맴도는 질문은 이것이었다.

'형식과 기예에 얽매이지 않는 연기를 펼칠 수 있을
까?'

사실상 형식과 기예 어느 분야건 필요한 법이었다. 그
러나 궁극적으로는 버려야 할 것들이었다.

이는 미술의 세계로 따진다면 피카소가 그림을 기교적으로 정교하게 그리다가 새로운 화풍을 창조해낸 것과 같았고, 음악의 세계에서 존 케이지가 악보와 형식을 버린 4분 33초라는 곡을 만들어내면서 음악계에 파문을 일으킨 것처럼 말이다.

'예술가는 형식과 기틀에서 벗어날 필요가 있다.'

신은 연기의 최종 경지가 이런 게 아닐까 싶었다.

연기의 틀과 형태를 과감히 버리는 것.

그리고 자신만의 세계를 똑바로 정립하고 그 속에서 연기와 하나가 되는 것!

'어렵다.'

확실히 어려웠다.

'내가 평생 몰두하면서 풀어야 할 숙제.'

신은 막막하면서 엄청나게 커다란 벽과 마주한 걸 느꼈다.

그러나 신은 이 연기가 어떤 연기일지 상상하고는 했다.

감히 가늠조차 되지 않는다.

신은 중얼거렸다.

'이 연기를 어떻게 불러야 할까?'

인간의 연기라고 불러야 할지 아니면 신의 연기라고 불러야 할지 참으로 고민되었다.

'끙, 고민해도 풀리지 않고.'

신은 이 골치 아픈 문제에 관해서는 신경 쓰지 않기로

했다.

'언젠가는 풀리겠지.'

신이 침대에 눕던 이때, 폰이 울렸다.

쉔다 그룹의 회장 왕제원으로부터 연락이 왔다.

신은 그의 연락을 받고는 인사했다.

"안녕하세요, 회장님. 잘 지내시죠?"

- 언제나 그렇습니다. 그보다 촬영에 본격적으로 들어가신 거 진심으로 축하합니다.

신은 그의 인사를 받으며 하하 웃었다.

"감사합니다."

- 그런데 영화에서 비중이 적은 거 같아 정말 아쉽기만 합니다. 다음번에 제가 큰 힘을 써서 도와드리고 싶군요. 중요한 비중을 지닌 동양인 배역 알아볼까 싶은데…….

"저를 챙겨주시는 호의는 정말 감사합니다."

신은 그의 요청을 정중히 거절하기로 했다.

"이런 말을 드리기 실례일지 모르겠고 제가 건방져 보일지 모르겠지만 저는 제 연기가 할리우드에 얼마나 통하는지 시험해보고 싶습니다."

신은 쉔다 그룹과 전략적인 제휴를 맺으면서 그에게 기댈 생각은 없었다.

때문에, 신은 블라인드 오디션을 할 때도 다른 배우들과 승부를 정정당당하게 겨룬 것이었다.

- 하하하!

왕제원은 정말 커다랗게 웃었다. 그는 정말 기뻐하는 거 같았다.

– 쉬운 길을 내버려두고 굳이 험한 길을 가시려 다니······.

만약 신이 그의 요청에 순순히 응했다면 그는 실망했을지도 모른다.

– 제 선택은 역시 틀리지 않았군요.

신의 말처럼 할리우드는 쉽게 접수될 수 있는 장소가 아니었다.

그는 신이 앞으로 어떤 활동을 보여줄지 기대되었다.

☆　★　☆

신의 할리우드 촬영은 곧 마무리될 예정이었다.

비록 짧은 시간이었지만 신은 눈으로 보고 귀로 들으며 정말 많은 것을 체험할 수 있었다.

'이곳에서의 촬영이 끝나가는 게 아쉽다.'

할리우드 작품에 참여할 기회는 앞으로도 언제든지 생길 테지만 아쉬운 건 아쉬운 법이었다.

신은 아쉬움을 뒤로 접어두기로 하고 잠시 후 있을 촬영을 준비하기로 했다.

그러던 이때, 아만다가 활짝 웃으며 신에게 다가왔다.

"신!"

두 사람 사이에 소소한 일이 있었던 것도 잠시 신은 아만다와 친해지게 되었다.

아만다가 이렇게 친근하게 행동하는 이유? 그녀는 신이 유부남이라는 걸 알게 되면서 자신이 잘못했다는 걸 인정하게 된 것에 있었다.

'그녀 나름대로 사과방식인가.'

물론 그녀의 매니저가 그녀의 행동을 말리기도 하였지만, 그녀는 이를 신경 쓰지 않았다. 물론 신도 개의치 않았다.

신은 속으로 미소를 슬며시 지었다.

'이런 인연도 나쁘지 않을 지도.'

혹시 알까? 나중에 이 여인과 함께 오스카 시상자로 초대될지?

이때 테일러가 신에게 이죽거렸다.

"촬영장이 연애하는 곳인가 보지?"

어투가 날 선 게 신이 아니꼬운 모양이었다.

테일러는 신에게만 시비를 걸 요량이었지만 아만다는 친구가 공격당하는 걸 가만두고만 볼 수가 없었다.

"어머, 연애라니? 이게 어떻게 연애죠."

아만다가 눈을 흘겨 뜨며 신을 향해 말했다.

"우린 좋은 친군데. 그렇지 않아요? 신?"

테일러는 그녀가 신의 편을 들어주는 것에 헛웃음을 흘렸다.

"둘이 죽이 아주 척척 맞네."

이제는 신을 감싸주는 그녀도 싫어진다.

'이 동양인의 어디가 어떻게 마음에 들어서……'

"친구니까 잘 맞겠죠."

"남녀 사이에 친구가 어딨다고."

아만다는 테일러에게 지려고 들지 않았다. 그녀도 한 성깔이 있었다.

"여기 있잖아요. 여기."

그녀의 말에 테일러는 흥하고 웃을 뿐이었다. 아만다의 얼굴에 테일러가 싫다는 기색이 역력했다.

'아, 이 녀석 안 그래도 싫어죽겠는데 점점 더 싫어지네.'

그녀가 테일러를 째려보자 테일러도 그녀를 바라보았다. 두 사람의 감정이 격해지려는 순간이었다. 콘 감독이 다가와 말했다.

"세 사람 무슨 일 있습니까?"

"아무것도 아닙니다."

"정말 그런가?"

테일러에 이어 아만다가 말했다.

"네. 이상 없습니다."

아무 이상이 없을 리가 없다. 장내의 분위기에 문제 있다고 딱 적혀 있으니 말이다.

'촬영에 곧바로 들어가기 직전인데 이런 식의 감정 충돌은 좋지 않아'

콘 감독으로서는 사건에 곧바로 개입하기보다 배우들에게 감정을 풀 시간을 주고 싶었다. 다들 성숙한 사고를 할 수 있는 성인들이었으니까.

'Mr. 강은 곧 촬영에서 하차하게 되어 문제가 없는데……'

이제 두 주연 배우가 문제다. 이후로 본격적인 촬영에 들어가게 되면 많은 장면에서 맞닥트리게 되어 있으니 말이다.

'아무리 프로라고 해도 감정 관리에 한계가 있을 수밖에 없다. 촬영 당시에 아무렇지 않은 척 연기해도 실제 사이가 완전히 틀어져 버리면 어느 순간에는 감정의 골이 터지기 마련이다.'

콘 감독이 생각할 때는 일단 촬영에 들어가면서 배우들이 서로에게 기분이 상하지 않도록 살살 구슬리는 게 최고의 방법일 거 같았다.

'한번 이들의 반응을 지켜봐야겠어.'

한편, 〈아만다〉 촬영진이 곧 촬영할 부분은 극 초반부에서 하이라이트에 해당하는 부분이었다.

신은 리허설을 끝낸 후 촬영에 들어가기로 했다.

촬영은 순탄치 않았다.

콘 감독은 배우들에게 지시를 계속해서 내리며 촬영을 반복하고 또 반복했다.

"캐릭터가 살아나지 않잖아요!"

"대사! 대사를 좀 더 느낌이 있게!"

"연기가 판에 박혔어. 상투적이야!"

배우들은 볼멘소리를 내지 않았다. 신은 군말 없이 따라야 하는 입장이지만 주연 배우의 입장은 달랐다.

그러나 이들도 감독의 지시를 순순히 따르는 건 콘 감독의 지시 방향이 자신들의 특색을 잘 드러내게 해준다는 걸 느끼고 있기 때문이었다.

잠시 휴식을 취하는 사이 테일러가 신에게 말했다.

"이봐, 표정이 왜 그리 굳어 있어? 긴장도 풀고 몸도 좀 풀고 그래."

신은 테일러의 말에 대꾸하지 않았다. 말로는 신을 생각해주는 척하지만, 말에 뼈가 있기 때문이었다.

'너 때문이다, 이 자식아.'

"어깨에 힘줄 필요가 있어? 사람이 유들유들하게 살 필요가 있잖아. 심각하게 살지 말자고, 친구."

아만다는 한숨을 내쉬었다.

"뭐야 그 한숨은? 내가 뭐 잘못이라도 했어?"

"당연히 잘못했지."

"지금 뭐라고 한 거야?"

험악해지는 분위기 속에서 아만다와 테일러의 언성이 점점 높아져 가기 시작했다.

"그는 네 짜증을 들어주는 사람이 아니야. 소중한 동료라고!"

콘 감독이 나서서 두 사람의 사이를 중재해보기로 했다.

"잠시만, 잠시만. 두 사람 진정하지. Mr. 강은 괜찮나?"

"전 진정할 것도 없습니다. 화가 무척 나 있으니까요."

두 사람과 다르게 감정 표출을 좀처럼 하지 않는 신의 모습은 콘 감독의 눈에 무척 인상적으로 다가왔다.

"뭐 때문인가?"

신은 제 심정을 담담하게 말하기로 했다.

"촬영현장에서 최선을 다하지 않는 건 배우로서 책임의식을 저버린 거나 다름없다고 생각합니다."

"뭐야, 내가 연기를 대충했다는 거야?"

신은 발끈하는 테일러를 바라보며 말했다.

"가슴에 손을 얹고 자신 스스로에 치열했다고 말할 수 있습니까?"

테일러는 아무 말도 할 수 없었다.

"난 그쪽이 나를 어떻게 생각하는지 상관없어요. 그런데 이곳은 촬영장이잖아요. 당신이 배우라면 자신에게만큼은 예의를 갖춰야 하지 않겠어요?"

테일러는 신의 말에 반박하려다가 포기했다. 신이 지적하고 있는 것은 지금 테일러 또한 느끼고 있는 것이기 때문이었다.

"혹여나 말하는 건데 오해하지 말았으면 좋겠네요. 전 지금 배우로서의 마음가짐에 대해 말하고 있는 것이니까."

신이라면 이런 말을 할 자격이 충분히 있었다.

'이 동양인 말 어떻게 보면 상당히 건방지기도 하지만…… 솔직히 맞는 말이기도 하지.'

테일러 또한 한 사람의 배우이기에 신의 말에 느끼는 게 많았다.

그는 입술을 꾹 다물고는 고개를 숙였다.

"문제를 일으켜 죄송합니다. 제가 경솔했던 거 같습니다."

아만다는 그가 이런 반응을 보이는 것에 솔직히 놀랐다.

'그래도 주제에 배우긴 배우인 모양이구나.'

그녀는 신을 슬며시 바라보았다.

'멋진 동양인이야.'

무엇보다 신이 말하는 대사에 진중한 깊이가 느껴져서 정말로 좋았다. 통쾌함이 느껴진다고 해야 할까.

'아쉽다 정말. 유부남만 아니었으면 낚아채는 건데. 아니, 미친 척하고 한번 들이대 볼까.'

그녀가 이렇게 생각할 정도로 신은 정말 매력적이었다.

한편, 이로써 어수선한 장내가 대충 수습되었다. 콘 감독은 신을 조용히 불러냈다.

"그의 도발을 참으로 잘 참아냈군. 사실 자네가 차별받고 있는 거 알고 있었다네. 난 자네가 어떻게 대처하는지 보고 싶었어."

'역시……'

콘 감독은 신의 어깨에 손을 툭 얹었다.

신은 그에게서 신을 배려하고 생각하는 마음을 읽을 수 있었다.

"자네는 이곳에 오면서 텃세 같은 장벽에 맞부딪힐 각오를 하고 왔겠지?"

"네."

단단한 각오가 느껴지는 대답이었다.

콘 감독은 하하 웃었다.

"역시 자네는 탐이 나는 배우야. 그래서 하는 말인데……."

"네."

"난 자네가 내 차기작 작품에 출연해주면 좋겠어."

신은 눈을 휘둥그레 떴다.

"감독님의 차기작 말입니까?"

"한번 긍정적으로 검토해보면 좋겠어. 그 배역에는 자네가 정말 잘 어울릴 거 같으니까."

신은 잠시 고민하며 말했다.

"일단 알겠습니다."

잠시 후.

신은 어떠한 안전장치도 없이 도로 위를 달리는 트럭 위에 매달려 아만다를 추적하는 장면을 찍기로 했다.

신이 연기할 배역의 잔혹함이 잘 드러나는 대목이었다.

"레디! 액션!"

슬레이트가 탁 부딪쳤다.

　전문 스턴트 레이서가 액셀러레이터를 밟자 트럭 엔진
이 배기음을 토해냈다.

　부우우우우우웅!

　저음이 뱃고동같이 널리 울려 퍼졌다.

　타이어 바퀴가 회전하기 시작하면서 대형 트럭이 일방
통행로 위를 출발하기 시작했다.

　트럭에 속도가 점차 붙자 차량용 특수장비 스콜피오 암
들이 트럭의 전면과 측면 그리고 후면을 따라붙었다.

　〈아만다〉 촬영진은 이 장면을 찍어내기 위해 주말 동안
고속도로 구간을 빌리기로 한 상황이었다. 도로 위로는
촬영차량을 제외하고는 오가는 차는 없었다.

　신은 시원하게 뻥 뚫린 도로에 가슴이 확 트이는 걸 느
꼈다.

　'역시 할리우드는 통이 정말 크네.'

　한편, 신은 트럭의 몸체에 난 고리를 꽉 붙잡았다.

　얼굴과 몸쪽에 거세게 부딪히는 바람 때문에 타이타닉
호 선상 갑판 위에 오른 듯한 느낌이 들었으나, 이런 여흥
에 젖을 여유는 없었다.

　'이거 잘못하면 굴러떨어지겠다.'

　지금 신이 별다른 안전장치를 하지 않는 건 카메라에
안전장치가 노출될 수 있어서였다.

물론 전문 묘기 스턴트맨이 지금 신이 펼치려는 맨몸 연기를 펼칠 수도 있었다.

그러나 이럴 경우 여러 문제가 있었다. 스턴트 배우가 배역이 무모하고 거친 성격을 온전히 나타낼 수 있는가와 또 신이 풍기는 특유의 분위기를 흉내 낼 수 있을까 하는 것이었다.

콘 감독은 신이 어떤 배우도 대체할 수 없는 매력을 지니고 있다고 생각하는지라 대역을 쓰고 싶지 않았다. 물론 배우의 안전을 생각한다면 대역을 써야겠지만…….

신도 소화해낼 수 있는 것이라면 웬만하면 소화해내고 싶었고, 또, 극 중 인물이 처한 상황을 사실적으로 묘사해내고 싶었다.

그러나 신은 이 문제에 관해 〈아만다〉 제작진과 함께 심도 있게 상의해야 했다. 행여나 다치기라도 하면 결국 신의 손해로 이어지니 말이다.

배우에게 있어 몸은 정말로 커다란 자산이었으니 신은 좀 더 심사숙고할 필요가 있었다.

결국, 신은 지금의 이 장면을 직접 연기하기로 했다.

'그래, 정신만 바짝 차리면 위험한 건 없으니까.'

심장이 벌렁벌렁 뛰는 게 단점이기는 하지만 이점이 있다면 지금 아슬아슬한 상황을 겪고 있다는 게 동작으로 절로 드러나는 것이라고 해야 할까.

'그래, 이게 극 중에 녹아든 사실적이고 생생한 연기

라고 할 수 있겠지.'

사실 연기에서 동작과 감정은 깊은 관련성을 지닌다 할 수 있다.

예를 든다면, 슬픈 감정이 들면 신체는 울게 되어 있고, 기쁜 감정이 들면 신체는 웃게 되어 있으며 화가 나는 감정이 들면 신체는 화가 나게 되어 있다.

감정이 일어나면 동작이 일어나는 것이다.

배우는 대사를 통해 감정과 동작을 파악하고, 이 동작으로 통해 감정을 유도하기도 하고 감정으로 동작을 유도하기도 한다.

쉽게 말해 배우는 감정이 일어나게 되면 동작을 일으킬 줄 알아야 하고, 동작이 일어나게 되면 감정을 일으킬 줄 알아야 한다는 거다.

즉, 몸과 마음이란 건 별개로 떨어진 것이 아니라 동전의 앞과 뒤와 같은 관계라고 할 수 있다.

신은 스타니슬랍스키 신체적 행동 방법론을 속으로 되뇌며 조광우가 가르쳐준 가르침을 머릿속으로 떠올렸다.

'감정이 없는 동작은 공허하고 동작 없는 감정은 맹목적이다.'

잠시 후.

신은 프롭 총기를 들고 트럭 운전석 쪽으로 곧장 이동했다. 신을 찍는 카메라도 신을 따라 움직였다. 신이 움직이는 걸 바라보는 사람들은 사고가 일어나는 게 아닐까 싫어 긴장하기 시작했다.

사람들이 주먹을 꾹 쥘 정도로 신은 위태위태했다.

'후우……'

'조금만 더……'

지금의 신도 사람들과 같은 심정이었다.

손을 어찌나 쥔 것인지 손바닥에 땀이 서릴 정도다.

다행히 아무 사고도 없었다.

신도 사람들도 그제야 안도의 한숨을 내쉴 수 있었다.

그러나 신도 콘 감독도 긴장을 끝까지 놓치지 않았다.

'아직 끝나지 않았어.'

'이제 시작이다.'

한편, 조수석에 있던 촬영팀 퍼스트가 스테디 카메라로 바깥에 있는 신을 찍고 있었다.

신의 시선이 운전석에 완전히 고정되었다.

시선의 이동은 없다.

그저 너머를 응시할 뿐이었다.

신의 침중한 눈동자와 굳게 다문 입술은 뭐라고 해야 할까. 감정이란 게 없어 보이는 기계 인간 같이 보인다고 해야 할까.

콘 감독이 신의 연기에 깊은 감탄사를 토해낼 정도로 지금 신의 눈빛은 정말로 강렬했다.

'그저 바라보는 것만으로도 사람의 시선을 휘어잡을 정도다.'

그는 신의 눈빛에는 수많은 체험이 담긴 내공이 깃들어 있다는 걸 파악할 수 있었다.

'정말 진국이군, 진국이야. 탐이 나. 정말로 탐이 나.'

바야흐로 신이 수많은 작품을 찍은 경력이 빛을 발하는 순간이기도 했다.

그러던 이때, 신의 입가에 미소가 맺혔다. 덩달아 콘 감독의 입가에도 미소가 맺혔다.

'연기를 보는 게 이렇게 흥겨워질 줄이야.'

신은 프롭 총기의 방아쇠를 당겼다.

탕!

콘 감독이 때에 맞춰 만족스러운 표정으로 사인을 내렸다.

"컷!"

트럭은 속도를 서서히 낮추고 멈췄다.

촬영진은 분주하게 움직였다.

이어서 신은 얼굴에 피도 바르고 몸쪽을 비롯한 팔에 상처 분장을 받기도 했다.

신이 트럭 위에서 굴러떨어진 걸 찍기 위해서였다.

잠시 후.

신은 몸에 와이어를 매달고 와이어 액션을 소화하기로 했다.

"레디! 액션!"

감독의 사인에 맞춰 크레인이 신의 몸을 위로 끌어올

렸다. 신의 몸이 허공으로 향했다.

이윽고 신은 바닥에 착지하여 때에 맞춰 바닥 위를 데 굴데굴 굴렀다.

사람들은 신이 바닥에 구르는 것도 참으로 실감 나게 연기하자 고개를 끄덕였다.

'과연 대역 배우 없이 와이어 액션을 펼칠만해.'

한편, 사람들은 신이 정말 다친 게 아닌가 싶기도 했다.

물론 실제로 다친 건 아니지만 신은 지금 이곳에 있는 사람들을 감쪽같이 속여야 했다.

'나는 이 순간 거짓말쟁이. 사람들을 속이고, 나마저도 속이는 거짓말쟁이다.'

바닥에 엎어진 신은 자리에 일어서기 시작했다. 신음하나 흘리지 않았고, 표정 하나 바꾸지 않았다.

이때 신의 눈길이 팔 쪽에 난 상처에 닿았다.

유리파편이 박힌 게 위중해 보이는 상처다. 신은 손가락으로 상처를 헤집었다.

사람들은 몸서리쳤다.

'아, 진짜 아프겠다.'

'으......'

사람들은 신이 다쳤다고 생각한 걸 취소하기로 했다.

지금의 신은 통증이라는 걸 느끼지 않는 무감각한 인간 같이 보였으니까. 또, 태연자약한 태도를 보이는 게 감정 이란 게 존재하지 않는 기계 인간 같이 보이기도 했다.

그리고 신은 상처에 자리 잡은 유리파편을 서서히 뽑아
냈다.

상처 사이로 모조 혈액이 주르륵 흘러내렸다.

진짜 상처인 것만 같다.

한편, 콘 감독은 속으로 끌끌 웃고 있었다.

'Mr. 장의 거칠고 야만적인 성격을 외부묘사로 잘 표
현해주고 있어.'

이 대목에서 인상적인 건 신이 아무 대사도 내뱉지 않
는다는 거다.

'때로 아무 대사가 없는 게 강력한 법이지.'

열 마디의 말도 그 순간의 분위기나 느낌을 전달하지
못할 때가 많다. 여기서 대사가 하나라도 있다면 비장한
분위기가 깨졌을 테다.

'대사의 절제가 인물의 내부에 도사리고 있는 감각적이
고 야수적인 면모를 잘 드러나게 해주고 있다.'

콘 감독은 만족스러운 표정으로 고개를 끄덕였다. 그리
고 장내를 수습하기로 했다.

"컷! 좋아요! Mr. 강!"

〈아만다〉 촬영진을 촬영을 여러 번 반복하여 찍을 예정
이었다. 때문에, 촬영 차량들을 원위치로 이동시켜야 했
다. 더군다나 촬영장비도 이동시켜야 해서 이동만 하는데
도 시간이 정말 오래 걸렸다.

지금 촬영하는 장면을 영상으로 본다면 길이가 얼마

되지 않는 장면일 테지만 장면을 찍는 데 할애되는 시간
은 장난이 아니었다.

'고작 촬영 몇 번 했을 뿐인데 몇 시간이 훌쩍 지나가네.'

시간이 흐르면 흐를수록 촬영장의 열기는 점점 뜨거워
져 갔다.

"3, 2, 1! Go!"

콘 감독의 사인에 맞춰 트럭이 도로 위를 출발했다. 트
럭이 적당한 지점을 통과할 때 콘 감독은 무전기에 대고
지시를 내렸다.

"트럭 멈춰요! 멈춰!"

트럭은 아스팔트 위로 미끄러져 내렸다. 타이어가 아스
팔트 바닥과 마찰하면서 기다란 바퀴 자국을 남겼다.

적당한 위치에서 크레인이 트럭을 뒤집기로 했다. 대형
트럭은 단숨에 전복되었다.

"좋습니다!"

〈아만다〉 촬영진이 이어서 촬영할 부분은 '총격전'이
었다.

지금 〈아만다〉의 구체적인 상황은 이렇다.

장춘동 패거리에 도망치는 과정에서 상처를 입은 아만
다는 트럭을 타고 도망 중이다.

그러나 장춘동 때문에 트럭이 뒤집히게 되고 그녀는 장
춘동에게 사로잡히게 되는 목숨이 경각에 다다르는 '위
기'에 몰리고 만다.

그러나 주인공은 쉽게 잘 죽지 않는다.

그리고 이때 한 집단이 혜성처럼 등장한다.

바로 CIA!

이 CIA는 모종의 사건으로 아만다를 예의주시하며 그녀의 행보를 계속해서 추적하는 상황이었다.

장춘동은 이 과정에서 CIA와 부딪히게 되는데 수적 열세를 극복하지 못하고 결국 죽고 만다.

'이런 거 보면 장춘동이라는 역도 은근 비중이 있는 역이란 말이지.'

물론 아쉬운 건 있었다.

'등장은 아주 멋진데 허무하게 죽는 게……'

조연도 아닌 역이었으니 어쩔 수 없었다.

신은 아쉬운 마음을 달래기로 했다.

'뭐, 별수 없지. 다음에 좀 더 비중 있는 역을 노리는 거로 해야지.'

어쨌거나 〈아만다〉 촬영진이 이번에 촬영할 장면에서의 포인트는 할리우드 블록버스터에서 주로 보이는 화려한 폭발 장면들이다.

이 일련의 장면들의 경우 부분은 실제로 촬영하고 나머지 부분은 CG를 입히기로 했다.

콘 감독은 사람들의 기운을 북돋우기도 하고 살짝 축 늘어진 분위기를 추슬렀다.

"자, 여러분! 마지막까지 힘내봅시다!"

새벽 일찍부터 해서 쉴 새 없이 달려오던 촬영이 어느새 끝으로 달려가고 있는 게 보였다.

그리고 신과 배우들은 리허설을 한 후 촬영에 돌입하기로 했다.

"총소리를 가까이서 들어야 하는 경우도 있어서 청력이 약하신 경우라면 청력 손실이 일어날 수도 있습니다."

콘 감독은 신신당부하며 배우들을 일일이 챙겨주었다.

"제 오래된 지인도 〈터미네이터〉라는 영화를 찍다가 오른쪽 청각이 가버렸어요. 참고로 청력이 손상되면 되돌아오기 힘듭니다. 그러니 주의할 필요가 있습니다, 여러분."

배우들은 촬영에 들어가기 전에 이어플러그를 귀에 착용하기로 했다.

잠시 후.

콘 감독은 메가폰에 대고 말했다.

"레디! 액션!"

극의 상황은 긴박하게 흐르기 시작했다.

촬영이 순조롭게 진행되어 가던 이때 신이 차고 있던 왼쪽 이어플러그가 빠져버렸다.

신은 상황에 한창 집중하고 있어서 이를 신경 쓸 겨를이 없었다.

극의 진행도 최고조로 향해 달려가고 있었다.

프롭 총기가 내뿜는 총소리가 신의 귀를 때려가는 이때!

거센 폭발음과 함께 한 차량이 뒤집혔다.

쾅!

신은 이 차량과 다른 배우들보다 비교적 가까운 거리에 있었다. 커다란 굉음이 신의 귓전을 세게 울렸다.

음향감독이 헤드셋을 거칠게 내던지며 욕지거리를 내뱉었다.

"누가 터뜨린 겁니까!"

촬영이라는 건 아무렇게 진행되는 게 아니다.

과정을 따라 모두가 합을 맞춘다.

음향 감독도 이 진행과정에 맞춰 음향을 조절한다. 한데, 상황이 갑작스럽게 진행되면 음향 조절을 하지 못할 수 있었다.

"아, 내 귀야."

안전사고가 발생하면서 촬영은 곧바로 중지되었다.

"괜찮습니까? Mr. 강!"

콘 감독이 신이 있는 쪽으로 달려와 신의 안위를 확인했다.

'다행이다. Mr. 강이 다친 건 없어.'

그러나 신은 왼쪽 귀가 아린 통증과 함께 먹먹해지는 걸 느끼고 있었다.

'왼쪽 귀 소리가 잘 안 들려.'

신은 콘 감독이 무어라 말하는지 잘 들리지 않았다.

그리고 장내에서 울리는 소리도…….

"Mr. 강! Mr. 강!"

콘 감독은 신을 재차 불렀지만, 신은 별다른 반응을 보이지 않았다.

'혹시 공황상태에 빠진 건가.'

촬영장 사람들 대부분이 갑작스럽게 발생한 안전사고에 충격을 받은 상태다. 더군다나 신은 다른 이들보다 폭발장소에 가까이 있었으니 혼란 상태에 빠지는 것도 무리도 아닐 터였다.

그러던 이때 아만다가 신에게 다가왔다.

"이봐! 괜찮은 거야?"

그녀도 지금의 상황에 놀라기는 했지만, 그녀는 괜찮기만 했다. 그녀가 볼 때 다른 사람들보다 신이 문제였다. 신의 상태는 다른 이들보다 좋지 않아 보였으니까.

신은 그녀가 한걸음에 달려오는 모습에서 예리가 뛰어온 것만 같았다.

'헛게 보이네.'

아만다는 신을 붙잡고 신의 볼을 툭툭 쳤다.

"이봐, 정신 차려!"

그녀에게 있어 신은 촬영하면서 알게 된 동양인 친구이자 같은 연기의 길을 걷는 배우 동료다.

게다가 그녀는 신이 보여준 연기력에 감탄한 상황인지라

신이 이런 안전사고를 겪게 된 게 인간적으로 안타깝기만 했다.

행여나 이 사건으로 신이 트라우마에 휩싸이게 되면 그녀는 슬플 거 같았다.

"일단 여기 위험해요. 벗어나야 할 거 같아요."

"그래야겠지."

세 사람과 다소 떨어진 거리에서 차가 화염에 활활 타오르고 있었다. 이곳에 계속 있다간 폭발에 휘말릴 수도 있었다.

"하나, 둘!"

두 사람은 신을 붙잡고 장내에서 벗어나기 시작했다.

신은 이 두 사람에게 괜찮다고 말하려고 했으나 정신이 없었다.

아만다는 신이 정신을 차릴 수 있도록 물통에 있는 물을 마시게 했다.

신은 심호흡을 내쉬었다.

"후……!"

"그보다 감독님 이게 어떻게 된 일이에요?"

〈아만다〉에서 특수기술을 담당하기로 한 팀 〈스콜피온〉은 콘 감독과 오랫동안 일을 함께 해온 파트너다.

이 특수기술팀은 안전확인도 그렇고 관리를 상당히 꼼꼼히 하는 편이라 사고를 일으킨 적이 단 한 번도 없었다.

또, 촬영에 들어가기 전에도 안전확인을 단단히 하였

으니, 콘 감독은 지금 상황이 관리 미숙으로 벌어진 게 아니라고 확신하고 있었다.

"아무래도 내 생각으로 기계가 오작동을 일으킬 가능성이 큰 거 같은데."

지금으로써는 조사를 해볼 수 없으니 구체적인 이유까지는 알아낼 수 없었다.

일단 신을 챙기고 장내를 정리부터 하는 게 우선이었다.

한편, 신은 한쪽 청력을 잃은 게 아닌가 걱정되기만 했다.

'부대에서 사격 훈련을 하다가 재수 없게 귀먹은 사람 본 적 있었는데.'

신도 혹여나 이렇게 되는 게 아닌가 불안했다.

오른쪽 귀마개를 빼어보니 오른쪽 귀는 잘 들렸다.

'왼쪽 귀만이 문제구나.'

이때 콘 감독은 신의 눈앞에 손가락 두 개를 흔들며 말했다.

"Mr. 강, 이거 잘 보이죠?"

신은 살짝 망한 표정으로 고개를 끄덕이며 말했다.

"잘 보입니다."

"몇 개죠?"

"두 개죠. 괜찮아요. 크게 다친 건 없습니다."

신은 미간을 좁히며 말했다.

"그런데 왼쪽 귀가 잘 들리지 않아요."

"이런! 일단 병원부터 가봅시다."

콘 감독은 조감독과 스태프들에게 장내를 수습하게 했다. 대기하고 있던 응급구조 인원들이 재빨리 움직였다.

소방대원들이 불에 타오르고 있는 차에 물을 뿌렸다.

구급차 사이렌이 울렸다.

신은 촬영에 몰두하고 싶었지만, 지금 촬영이 중요한 게 아니었다. 신의 상태가 구체적으로 어떤지 확인하는 게 더 중요했다.

또, 지금 장내의 분위기가 완전히 침체 되어 촬영할 수도 없었으니…….

콘 감독은 막막한 표정으로 촬영현장을 바라보다 속으로 한숨을 내쉬었다.

'이거 골치가 아파지는군.'

본격적인 촬영에 들어가기도 전에 이런 안전사고가 터지다니……. 앞으로 촬영을 어떻게 이끌어갈지가 난관이었다.

'투자사 사람들과 한동안 씨름해야 할 테고 배우들도 추슬러야 할 테고. 꽤 고생하겠어.'

그보다 콘 감독은 신이 이런 안전사고에 휩쓸리게 한 것에 미안하기만 했다.

또, 신은 그가 내심 눈여겨보고 있는 배우이기도 하였으니 신이 신경이 더 쓰이는 것도 있었다.

'이 사건이 액땜이었으면 좋겠군.'

잠시 후.

신은 구급차를 타고 인근에 있는 병원으로 이동하기로 했다.

그리고 신은 의사로부터 왼쪽 청각이 원래보다 어두워지게 되었다는 말을 듣게 되었다.

청천벽락과도 같은 말이었지만 신은 충격에 휩싸이지는 않았다. 그저 이 검진을 듣고 이런 생각을 했다.

'나에게도 이런 일이 일어나는구나.'

사실 촬영장에서 촬영하다 보면 많은 사고가 일어나기 마련이다.

물론, 제작진 입장에서야 배우들 신체보호와 안전에 신경을 많이 쓴다. 그러나 사람이 하는 일이다 보니 완벽이란 건 있을 수 없었다.

'한 스턴트 배우의 경우 위험천만한 와이어 연기를 하다가 척추가 부서진 적도 있었고 한 대역 배우는 주연을 대역하다가 크게 다친 적도 있었고…….'

신은 이처럼 크게 다치지 않은 게 다행이라고 긍정적으로 생각하기로 했다.

'그래, 청력이 완전히 나가지 않은 것만 해도 어디겠어.'

그리고 신은 이 사고 문제를 어물쩍 넘기고 갈 생각은 없었다.

사고가 일어났고 신체적인 피해를 보았기에 책임 소재
는 분명히 따져야 했다.

'할리우드에서 이 사고를 무작정 덮으려고 하지는 않겠
지.'

만약 이런 천인공노할 짓을 하게 되면 배우들이 일어나
는 건 물론 업계에서 퇴출당할 게 뻔했으니 할리우드에서
이런 일이 일어날 리가 없었다.

한편, 신은 한쪽 귀에 이상이 있다는 걸 몇몇 사람에게
만 알리기로 했다. 신이 이렇게 행동하는 건 동네방네 소
문내면서 크게 떠벌리고 싶지 않아서였다.

'다친 건 자랑거리가 아니니까'

또, 신은 매스컴이나 사람들이 신의 부상에 관해 제 마
음대로 떠들길 원치 않았다.

'그나저나 누나에게는 이걸 말해야 하나.'

예리가 이 사실을 알게 되면 울 게 뻔했다.

신은 기분이 좋지만은 않아 쓴 미소를 지었다.

'후……'

☆　★　☆

그리고 자동차 내부의 폭발물이 터진 건 기계의 오작동
이라고 밝혀지게 되었다.

사건이 이렇게 터진 건 누구의 잘못도 아니었지만, 〈아

만다〉촬영진은 이번 사고로 피해를 본 사람들에게는 금
전적으로 보상도 해주고 심리 상담을 받게 해주는 등 각
종 지원을 약속했다.

신의 경우 로만 엔터테인먼트 내의 법무부 팀이 나서서
〈아만다〉측과 구체적인 보상에 관해 심도 있는 이야기를
나누기로 했다.

신의 측도 그렇고 〈아만다〉측도 그렇고 이 사건을 크
게 떠벌릴 생각은 없었기에 완만한 합의점에서 이야기를
끝내기로 했다.

그리고 신은 촬영을 마저 끝내기로 했다.

부상은 부상이고 촬영은 촬영이기 때문이었다.

콘 감독은 촬영장에서 신에게 머리까지 숙이며 미안함
을 표하기도 했다.

"이런 사고가 일어난 건 다 내 잘못이라네. 자네가 다친
거 내 책임인 거 같군. 원망하려면 나를 원망하도록 하
게."

이는 돈 문제를 떠나 감독과 배우 간의 믿음이 달린 문
제이기도 했다.

그가 신을 외면했다면, 모든 배우에게서 신임을 잃게
될지도 몰랐다.

한편, 신은 그의 진실된 마음을 보고 느낄 수 있었다.

'사람이 이렇게 나오는 데 사과를 받아야지.'

신은 콘 감독의 손을 꼭 붙잡으며 말했다.

"제가 감독님을 왜 원망합니까. 촬영 중에 충분히 일어날 수 있는 일인데요."

신의 말에 콘 감독은 비로소 안도의 한숨을 내쉴 수 있었다.

☆　★　☆

〈아만다〉의 촬영을 무사히 끝낸 신은 한국으로 돌아가기로 했다.

그리고 신이 한국으로 떠나는 날, 콘 감독과 아만다는 LA 공항까지 마중을 나왔다.

"그동안 잘 놀다가 가네요."

신은 콘 감독에게 인사했다.

"감독님, 절 Mr. 장으로 만들어 주셔서 감사했습니다."

"아니죠, 아니죠. Mr. 강이 열심히 한 건데. 전 거든 게 답니다."

두 사람이 서로 바라보며 하하 웃었다.

이때 스피커에서 방송이 울렸다.

신은 두 사람에게 말했다.

"이제 한국으로 향하는 비행기에 올라타야 하는 순간이 다가왔네요."

아만다는 섭섭한 감정을 표했다.

"신, 짧은 기간이었지만 촬영하는 거 정말 즐거웠어요.

좋은 경험이 된 거 같기도 하고요. 우리 친구가 될 수 있는 것도 기뻤어요."

"저도 즐거웠어요, 아만다."

신은 그녀와 껴안는 거로 작별인사를 하기로 했다.

그리고 신이 손을 흔들며 사람들과 헤어지려는 순간이었다.

그녀가 잠시 머뭇거렸다.

"신!"

그리고 그녀는 용기내어 말했다.

"그게 있잖아요."

신은 그녀의 감정을 안다는 듯 그녀에게 희미하게 웃었다.

'아……'

아만다도 신을 향해 미소를 지었다. 그리고 그녀는 소리를 크게 질렀다.

"영화 한국에 개봉하면 한국에 무대 인사 하러 갈게요!"

한국 국민의 수는 적지만 1인당 영화를 소비하는 건 정말 장난이 아니었다.

미국을 추월하는 수준이었다.

세한국은 세계 영화시장에서도 꽤 커다란 규모를 지닌 시장이었고, 할리우드 영화가 한국에 개봉될 때 할리우드 배우들이 내한하는 편이기도 했다.

"좋아요."

신이 기껍게 말하자 그녀는 기쁘게 웃었다.

"네!"

그녀는 끝내 신에게 좋아한다는 말을 말하지 못했다.

그러나 상관없었다.

사람을 인간적으로 좋아한다는 그 자체만으로 정말로 멋진 일이었으니까.

'신은 정말 멋진 사람이야.'

☆　★　☆

신은 LA에서 국내에 도착했다.

인천국제공항에 들어서니 사람들이 신을 반겨주고 있었다.

'이렇게까지 할 필요 없는데.'

기자들이 신에게 달려들었다.

"할리우드에서의 촬영은 어떠셨죠?"

"할리우드 데뷔 어떠신가요."

신은 사람들의 반응이 부담스럽기도 했지만, 한국에 돌아왔다는 걸 느낄 수 있었다.

'역시 집이 최고야.'

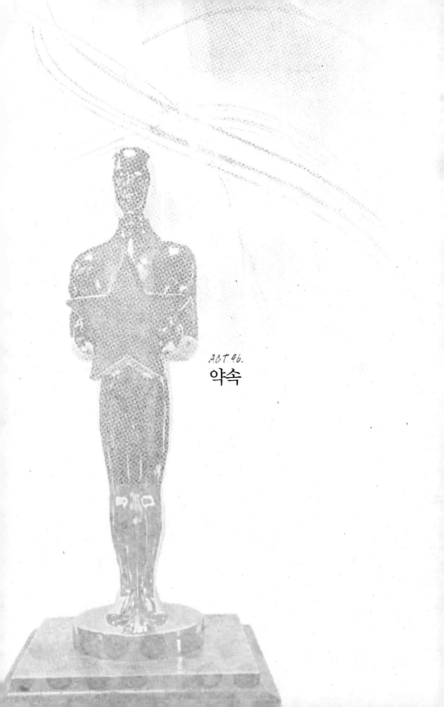

ACT 46.
약속

ACT 96.

약속

신은 오 PD와 오래간만에 만나기로 했다.

장소는 여의도에 있는 한정식 가게였다.

"오 PD님!"

신은 그와 반갑게 인사했다.

"그래, 잘 왔다."

신은 그가 앉아있는 자리에 앉았다. 이때 오민석은 신에게 신문을 내밀었다.

연예계 소식을 다루는 스포츠 신문의 머리기사에는 이런 글자가 떡하니 적혀 있었다.

'배우 강신의 할리우드의 성공적인 진출?!'

오민석은 찻잔에 홍차를 졸졸 따랐다.

"요새 잘 나가더구나."

신은 코를 쓱 비비며 말했다.

"잘 나가긴요. 이제 시작이잖아요."

신은 오민석이 내미는 신문을 받아들고는 기사의 하이라이트 부분을 읽기 시작했다.

"한편, 콘 감독은 연기자 강신의 연기에 대해 '동물적으로 꿈틀거리는 감각적인 연기.'라고 평했으며 연기자 강신에 대해서는 '참으로 인상적인 배우'라고 대답하며, '차후 할리우드에서의 활동이 가장 기대되는 한국인 배우'라고 덧붙였다. 이거 참, 부끄럽게……."

"그거 아주 인상적인 평이구나."

두 사람은 서로를 바라보고는 흐뭇하게 웃었다.

'녀석 그대로구나.'

보통 신의 위치까지 오르면 사람이 거만해질 만도 한데 신은 이전이나 지금이나 변함이 없다.

'이래서 내가 신이를 좋아하는 것이겠지.'

"그보다 얼굴이 요새 많이 수척해지셨네요."

오 PD는 신의 말에 하하 웃기만 했다.

"요즘 잘 지내시죠?"

"잘 지내다마다."

오민석과 신은 이런저런 이야기를 나누기 시작했다. 시시콜콜한 소소한 이야기에서 촬영장에 있었던 에피소드까지……. 오 PD는 신과 담소를 즐겁게 나누다 단단히 결심했다.

'역시 신이에게 꼭 말해줘야 해.'

"이렇게 얘기하다 보니 추억이 새록새록 떠오르네요."

그러던 이때, 오 PD가 신을 불렀다.

"신아."

"네?"

"다름이 아니라 할 말이 있어서 이 자리에 너를 불렀다."

"뭔데요?"

오 PD는 아무런 말도 없이 종이 한 장을 신에게 내밀었다. 종이 접는 부분이 너덜너덜해져 있는 게 종이를 수없이 접었다가 펼치기를 반복한 거 같았다.

'오 PD님이 이럴 사람이 아닌데.'

분위기도 뭔가 심상치 않다.

"이게 뭐예요?"

"일단 보기나 해봐라."

신은 불안감과 함께 종이를 펼치고는 내용을 들여다보았다.

판도라의 상자를 여는 것만 같다.

"이거 진짜예요?"

신은 검진표를 그에게 보여주며 믿을 수 없다는 표정을 지었다. 종이를 쥐고 있는 신의 손이 떨리고 있었다. 오 PD는 담담한 태도로 고개를 끄덕였다.

"그래."

신은 무슨 말을 해야 할지 몰랐다. 아니, 당황스러웠다.

"잠시만요. 이게 무슨 일인지 이해가……."

신은 지금의 이 상황을 받아들이기가 힘들었다.

오민석은 〈바람의 공주〉로 신이 배우로 본격적으로 데뷔할 수 있도록 도와주었으며 〈스파이〉라는 드라마로 신이 톱스타 반열로 들게 해주었다.

조광우가 신에게 연기라는 반석을 세워준 스승이라면 오민석은 이 토대 위에 기둥을 만들어 준 인물이라고 해도 과언이 아니었다.

그런데…….

신은 하하 웃으며 주변을 둘러보았다.

"이거 혹시 몰래카메라 아니죠? 막 여기에 카메라 숨겨 있다거나……."

신도 그가 이런 걸로 장난치는 인물이 아니라는 걸 알고 있었다. 신은 그저 이 상황을 부정하고 싶었을 뿐.

오 PD는 신이 지금의 상황을 받아들일 수 있도록 기다리기로 했다.

"이 사실을 누구보다 먼저 너에게 알려주고 싶었다."

그는 씩 웃었다.

웃는 미소인데 왜 슬퍼 보일까.

"……."

"세상에 떠나기 전에 마지막 작품을 찍고 싶다."

그는 입안이 텁텁한 것인지 미지근한 물을 들이켜고는 말했다.

"예술가라면 죽기 전에 걸작 하나 남겨놓아야 하지 않겠나?"

신은 그에게서 묘한 열기가 일렁거리는 걸 느낄 수 있었다. 광기라고 해야 할까. 예술가로서의 소명의식이라고 해야 할까.

"신아."

오민석은 희미하게 웃으며 말했다.

"네가 펼치는 연기를 원 없이 보다 가고 싶다."

신은 그의 눈동자를 들여다본 순간 할 말을 잃어버렸다. 그의 눈은 심지가 얼마 남지 않은 초가 마지막으로 화려하게 타오르는 것처럼 타올라 있어서였다.

신은 가만히 있다가 말문을 열었다.

"······이네요."

순간 목이 메어온다.

그의 고백에는 신에 대한 진심어린 애정이 담겨 있었다.

신은 이를 외면하며 애써 아무렇지 않은 척 연기했다.

"반칙이네요."

그러나 신의 눈물은 거짓말을 하지 않았다. 아니, 하지 못했다.

신은 작품 시나리오를 덮으며 말했다.

"언제나 느끼는 것이지만 작품 고르는 거 정말 어렵네요."

신의 맞은편에 앉아있는 오 PD가 신의 말에 대답했다.

"그러게 말이다. 이 이야기에도 이렇다 할 특색이 없구나."

이 말은 그 이야기가 그 이야기 같고 저.이야기가 저 이야기 같다는 거다.

신은 고개를 끄덕이며 오 PD의 말에 동감을 표했다.

"그러게요."

한편, 두 사람은 슬픔과 실의에만 무작정 빠질 수만 없었다.

시간은 기다려주는 법이 아니었으니까.

신과 오민석은 어떤 작품을 차기작으로 할지 오 PD의 작업실에서 머리를 맞대며 고민하기로 했다.

'백지장도 맞들면 낫다지만……. 어렵다, 어려워.'

이제 오 PD는 능력이 있는 연출 PD다 보니 들어오는 작품제의는 많았다.

그러나 그는 이런 이유를 들며 퇴짜를 놓았다.

"깊이가 없다."

"너무 상투적이다."

"재미와 감동이 없다."

이에, 신도 혹시나 싶어 로만 엔터테인먼트에 들어오는 작품 중에서 제법 괜찮은 작품을 추려 오민석에게 보여주었지만, 그는 고개를 가로젓기만 했다.

두 사람 마음에 쏙 드는 작품을 찾는 건 쉬운 일이 아니었다.

이렇다고 신은 그저 그런 작품을 골라서 그저 그런 성적을 얻고 싶지 않았다.

'내 연기 인생에도 남을 작품이기도 하니 좀 더 많은 고심을 해야 해.'

작가가 작품을 쓰면 작품이 작가의 뒤꽁무니를 따라다니듯 배우들 또한 작품 속의 배역이 꼬리표로 따라붙어다니는 법이었다.

더군다나 신이 제대하고 난 이후의 국내 첫 데뷔작이니 사람들이 많은 관심을 가질 테다. 이러니 작품을 고르는 게 쉽지 않다.

신은 사람들의 높은 기대치를 충족해줄 필요가 있었다.

이것이 신의 짐이었다.

'하물며 오 PD님을 생각하면……'

신은 또다시 작품 시나리오에 집중하기 시작했다.

책상 위에 쌓아 올려진 작품 시나리오 탑이 낮아져 갈수록 커피 머그잔의 수도 서서히 늘어나고 있었다.

오 PD가 중얼거렸다.

"결정적인 한 방이 있으면 좋겠는데……."

작품마다 그의 마음을 확 끄는 구석이 없다고 해야 할까.

'뭔가 의미를 지닌 뜻깊은 작품이라……'

신은 오 PD와 콤비인 조일국 작가를 속으로 떠올렸다가 이내 고개를 저었다.

'조일국 작가님은 영화 시나리오를 쓰느라 바쁘시지.'

그러던 이때 신의 머릿속에서 한 사람이 떠올랐다.

'그래! 수연이 누나!'

오민석이라면 그녀의 작품을 잘 살려줄지도 몰랐다.

신은 오민석에게 수연이 쓴 〈광복의 봄〉에 관해 이야기했다.

☆　★　☆

"안녕하세요. 이수연이라고 합니다."

수연은 미소를 활짝 지으며 오 PD에게 인사했다.

"이런 작업실에서 오 PD님 뵙는 건 처음인 거 같네요."

오 PD도 허허 웃었다.

그 또한 수연과 이런 식으로 만나게 될 줄 몰랐다.

"신이에게 재밌는 이야기를 들어서 한번 불러봤어요."

신이 그녀를 향해 어깨를 으쓱였다. 이제 그녀에게 달린 일이었다.

"오 PD님과 신이가 직접 봐주시면 좋겠어요."

그녀는 고개를 숙이며 말했다.

"저야 봐주시면 그것만으로도 고마운 일이니까요."

오 PD는 〈광복의 봄〉 기획의도를 읽기 시작했다.

"우리 시대에서 그리 멀지 않았던 일제강점기. 그 시대를 살았던 그들의 인간적인 고뇌와 갈등을 그리며 갖갖은 인간군상을 조명해보고자 한다."

수연은 긴장한 표정으로 오 PD를 바라보았다.

"또, 일제강점기라는 역사가 남기고 간 상처는 여전히 아물지 않았다. 우리 사회에서 이 일제강점기는 오늘날 우리에게 어떤 의미가 있는지 환기하고자 한다. 흐음, 기획의도는 일단 괜찮은데. 꽃사슴 작가님?"

오 PD도 그녀가 대박 친 소설이 영화화되고 나름 준수한 성적까지 얻은 걸 잘 알고 있어 수연에 관해 어느 정도 알고 있었다.

이제 꽃사슴은 그녀가 인터넷 소설연재사이트에서 연재할 당시의 필명이었다. 출판할 때는 이수연이라는 본명으로 출판했지만.

'내 필명을 아는 걸 보니 내가 연재한 걸 본 것일까.'

그녀는 그저 부끄럽기만 했다.

"과찬이세요."

한편, 오 PD는 이야기를 읽어보기 시작했다.

시간이 흘렀을까.

오 PD의 입에서 희망적인 이야기가 나왔다.

수연은 감격스러웠다.

"그렇지 않아도 이곳저곳에서 까이고 있어서 이 작품을 포기해야 하나 싶었거든요."

"왜?"

수연은 신의 말에 속상하다는 표정을 지으며 말했다.

"그게 일본에 수출을 못 할 거 같다면서 회의적인 반응을 보이더라."

신은 얼굴을 굳혔다.

"우리나라 역사 이야기인데?"

조선 시대 사극은 대체로 잘 팔리는 편이는 지라 영화나 드라마로 많이 만들어지는 편이다.

"그게 일본강점기 이야기라서 그런 건가 봐."

"충분히 일리 있는 말이구나."

신은 일단 이야기부터 읽어보기로 했다.

'작품 배경은 이렇구나.'

때는 조선이 일제 식민지가 된 지도 1919년 되던 해 3월.

'거리 곳곳은 태극기로 덮이고 만세삼창이 강산을 떠들썩하게 하나 독립에 대한 열망은 일본제국의 탄압 속에서 무참하게 무릎을 꿇고 만다.'

─ 대한 독립만세!

─ 대한 독립만세!

"조선총독부는 삼일 운동에 가담한 주동자를 대대적으로 잡아들인다. 서대문형무소 주변의 신음이 마를 날이 없고 피비린내가 가실 날이 없다."

'일제의 잔악한 문초에 굴복하지 않는 성은 유씨요 이름은 관순인 여성 독립투사가 있었고.'

– 내 육신이 갈기갈기 찢어지고 백골이 된다 한들 내 너희에게 무릎을 꿇지 않을 것이다. 대한 독립만세!

그녀가 외치는 굳건한 한 마디가 신의 귓전을 울렸다.

"모든 사람이 그녀같이 굳센 의지를 지니는 것은 아니다. 더군다나 비밀에는 영원한 비밀이 존재하지 않는 법. 이 삼일운동에 한 가문이 깊게 연루된 것이 밝혀지게 된다."

신은 대목을 읽다 중얼거렸다.

"바로 '이가李家'."

가문에 대한 설정은 이렇다. 예부터 병조판서는 물론 정승과 같은 높은 관직을 여러 대 동안 배출해온 명문 가문,

그리고 이 가문은 한일합병이 되던 해 모든 재산을 다 팔아 치우고 만주로 독립기지의 기틀을 세우러 간다.

"한편, 삼일운동이 지닌 한계점을 깨닫게 된 독립군은 무장투쟁을 활발히 전개하고 1920년 독립군이 봉오동 전투와 청산리 대첩에 승전고를 울린다. 이에, 일본은 독립군의 기반을 발본색원한다는 명분으로 간도에 무자비한 학살을 자행한다."

신은 턱을 쓰다듬으며 말했다.

"이것이 바로 경신참변이다."

내용에서부터 준비한 티가 많이 났다.

"누나 사료 조사 좀 열심히 했나 보네?"

수연이 씩 웃었다.

"작가라면 당연히 해야 하는 거 아니야?"

신의 눈동자가 다음 부분으로 이동했다.

[시뻘겋게 타오르는 화마 속에서 모든 것이 불타오른다. 사람들이 내지르는 비명이 하늘 가득 널리 울려 퍼지고…….]

신의 머릿속에서 극 상황이 상상이 되었다.

ㅡ 으아아아!

ㅡ 이 천인공노한 놈들!

탕! 탕! 탕!

신의 눈앞에 일본군이 잔혹한 행위를 벌이는 게 펼쳐졌다. 일본군에게 자비란 없었다.

일본군은 사람들의 목을 베기도 하고 누가 더 목을 많이 베었는지 내기하기도 했다.

신은 피 냄새를 맡으며 속이 메슥거리게 되는 걸 느꼈다.

'아마 지옥이라는 말이 있다면 이곳을 위해 존재하는 단어인 게 틀림없을 거야.'

[눈앞에서 벌어지는 참상에 어린 광복이 할 수 있는 건

아버지의 등에 업혀 도망치는 거다.]

이제 광복이란 인물은 경신참변에서 살아남은 이씨 가문의 직계자손이었다.

'광복의 형인 광남은 혹여나 아버지의 손을 놓칠까 봐 억센 손을 꼭 붙잡고 뛰고 있으나 산길이 워낙 험하기도 한데다 앞이 캄캄해서 제대로 달릴 수가 없는지라 빠른 속도로 뒤를 쫓아오는 포위망과 거리를 벌리기엔 역부족이다.'

신은 침을 꿀꺽 삼켰다.

시나리오를 읽었을 뿐인데 긴장감이 전해진다.

'이들은 다행히 숨을 수 있는 장소를 발견해 일본군의 추격을 가까스로 따돌리지만, 상황은 점점 최악으로 흘러간다.'

[일본군은 개 한 마리라도 놓치지 않기 위해 주변 일대를 차단한다. 대대적인 수색을 시작한 것이다.]

신은 주인공 일행이 무사히 도망칠 수 있을까 하는 조마조마한 심정으로 다음 부분을 재빨리 읽었다.

[이에, 위기감을 느낀 이하인은 아들 둘과 헤어지기로 한다.]

'여기서 흩어져야만 아들들이 무사할 수 있을 테니까.'

여기서 어린 광복은 이렇게 말한다.

— 죽어도 같이 죽고 살아도 같이 살아야죠!

'당돌한 자식이네. 마음에 든다.'

그러나 그는 자식들이 어려서부터 고생만 하게 하고 비싼 비단옷을 입혀주지도 못하고 맛있는 음식도 많이 먹여주지도 못한 못난 아비다. 자식을 죽게 내버려둘 수 없다.

신은 그의 구구절절한 심정이 가슴에 와 닿아 시나리오 지문을 읽어보기 시작했다.

"일본군의 포위망은 점점 좁혀져 오면서 결정의 순간이 다가온다. 아버지는 여기서 부탁의 말을 남긴다."

신의 말을 오 PD가 이어받았다.

"광남아, 형인 네가 광복이를 지켜줘야 한다. 광복이는 형 말 잘 따르고. 어떤 일이 있어도 서로 의지하고 우애 있게 지내야 한다."

신은 그녀에게 말했다.

"이게 복선이구나?"

그녀는 고개를 끄덕였다.

'곧이어 세 부자는 반드시 살아서 회령군(*함북 북부)에 있는 비밀 집결지에서 만나자는 말과 함께 헤어지기로 하고, 아버지 이하인은 형제가 제대로 도망칠 수 있도록 일본군을 유인하는 미끼가 되기로 한다.'

신은 종이를 넘기며 다음 이야기를 훑었다.

'여기에서 광복은 아버지의 부하이자 조선 최고의 무술 간부 수호라는 인물과 만나게 되고……'

이후의 이야기를 간단히 축약하면 이렇다. 아버지는 두 아들을 위해 미끼가 되다 일본군에 잡히고, 형제 광복과 광남은 달아나는 과정에 헤어지게 된다.

'참으로 기구한 운명을 겪게 되는 형제구나.'

신은 중얼거렸다.

"형이 기억상실증 걸린다는 게 클리셰이기는 하지만……."

솔직히 기억상실증은 우려먹고 우려먹은 사골 같은 소재라 물린다고 할지 모른다. 그러나 이 클리셰도 어떻게 활용하느냐에 따라 재밌는 설정이 될 수도 있었다.

이 〈광복의 봄〉은 후자의 경우였다.

'형인 광남은 기억상실증을 앓게 되면서 과거를 까먹게 되지. 즉, 광복의 존재를 떠올리지 못하게 되는 것이고.'

한편, 광복은 광남이 죽은 줄로만 생각한다.

그러니까 요약하자면 두 사람은 서로가 살아있는 줄 모르고 각자의 삶을 살아가게 되는 것이다.

'광복은 독립군 세작으로 일본군으로서, 광복의 형 광남은 독립군을 때려잡는 일본군으로서 살아가는구나.'

운명은 이 두 사람을 기구하게 헤어지게 하였으나 이 두 사람을 끌어당기게 한다.

'이것이 운명의 아이러니.'

광복의 봄 테마는 기구한 운명을 살아가게 된 형제의 이야기였다.

'갈등 구조는 이 두 사람을 중심으로 이뤄지는 것이지만 주변 인물 간에 얽혀가는 이야기도 정말로 재밌네.'

한편, 신은 광복의 봄에서 중요한 인물이 주인공 광복이라는 걸 알아차렸다.

'이광복은 막막한 현실 속에서 살아가는 인물이야.'

솔직히 말해 독립운동을 하는 사람이 일본 인사를 죽여도 바뀌는 건 없었다. 일본 입장에서는 새로운 인사를 보내면 그만이기 때문이다.

'독립운동가 입장에서는 자기네 사람이 죽는 건 손해야.'

독립운동가를 기르는 건 돈과 시간이 많이 드는 일이었다. 이런 사람이 폭탄 테러로 목숨을 잃게 되면 독립운동가 입장에서는 당연히 손해였다.

'이원봉도 이러한 점에 대해 젊은 피가 안타깝게 스러져간다고 한탄하기도 했던가 그랬을 텐데.'

신은 문득 조상들의 위대함을 느꼈다.

'솔직히 일본에 대항하는 건 달걀로 바위 치기라는 걸 누구보다 잘 아셨을 분들인데 이 땅을 찾으려고 하신 건……'

말이 도무지 나온다.

'이 무슨……'

신은 독립운동가의 숭고한 정신에 말을 꺼낼 수 없었다.

지금의 신이 이런 막막함을 느낄 정도인데 그 시대를 살아가야 했던 조상들 아니, 이광복은 어땠을까.

'하물며 그는 독립군 세작으로서 살아가야 했어.'

이건 정말 힘든 일일 테다.

그의 속내를 털어놓을 친구를 만들 수도 없고, 사랑도 함부로 하지 못한다.

혹여나 그의 정체가 들키기라도 한다면…….

'그는 혼자서 살아야 해.'

내적인 갈등을 끊임없이 겪는 인물 아무나 표현하지 못한다.

신은 한숨을 푹 쉬며 말했다.

"이래서 저번에 누나가 나에게 주인공을 연기해달라고 말한 거구나."

"응."

신이 잠시 고민하다 오 PD에게 말했다.

"전 이 이야기 정말 재밌어요. 누나라서 입에 발린 말을 하는 게 아니고……. 주인공이 이건 정말 말이 안 나와요. 막막해요. 이건 개인이 감당할 수 없는 짐이에요."

광복은 이 풍운의 시대 속에서 아파하고 끊임없이 고뇌하는 인물이다.

그는 하루에도 되묻는다.

나는 올바른 길을 가고 있나?

"윤동주 시인의 〈서시〉의 대목이 떠올라요. '죽는 날까지 하늘을 우러러 한 점 부끄럼이 없기를. 잎새에 이는 바람에도 나는 괴로워했다.'"

신은 벅차오르는 걸 느꼈다.

"이거 해야 해요. 이거라고요!"

신이 흥분하자 오 PD가 하하 웃었다.

"이거 신이가 작품에 단단히 빠졌나 보구나."

오 PD는 두 사람을 바라보며 말했다.

"문제는 방송 편성을 협의하는 과정이다. 배우들이 이 드라마에 출연하길 꺼릴 거다."

"설마 그럴까요?"

"그 이유를 너라면 잘 알지 않을까?"

배우들이 드라마에 출연하길 꺼린다면 이런 이유일 가능성이 컸다.

"아까 누나가 말했듯 일본 시장에서 활동에 지장 받을 수 있어서겠죠."

한숨이 푹 나온다.

물론 이들의 행태를 무작정 욕할 건 아니었다.

애국심이라는 게 밥 먹여주는 게 아니었으니까.

그래도 나라의 역사에 자본의 논리가 끼어드는 건 서글픈 일이었다.

오 PD가 말했다.

"나도 이 작품이 마음이 드는구나."

이때, 신이 씩 웃었다.

"저에게 좋은 묘수가 있어요."

왕제원은 신을 바라보며 말했다.

"⋯⋯그래서 드라마에 투자해달라는 것이군요."

"단도직입으로 말한다면 그렇습니다."

신은 〈광복의 봄〉이라는 작품을 꼭 해보고 싶었다.

단순히 일제강점기라는 아픈 역사를 잊지 말아야 하는 사명감만으로 하려는 것이 아니라 광복이라는 인물이 어떤 굴곡을 지니고 있고 이를 어떻게 해야 표현할지 깊이 고민해보며 예술로 승화해내고 싶어서였다.

'인물의 내적 갈등을 나타내려는 건 참으로 쉽지 않은 일이겠지.'

압도적인 수적 열세 속에서 제 정체를 숨기며 독립운동을 펼쳐야 했을 이광복이 느낄 심정은 어땠을까.

'어렵다, 어려워.'

솔직히 신에게 있어 이런 인물의 내적 갈등을 어떻게 표현할지 고뇌하는 것이 작품의 수출 여부보다 더 고심되는 문제였다.

어쨌건 촬영은 돈이 많이 드는 작업이다.

배우를 고용하는 비용, 촬영장 스태프에게 주는 임금, 각종 부대비용 등등⋯⋯.

만약 중국의 거대 투자사가 작품을 투자하기로 했다는 소식이 국내에 돌면 어떻게 될까.

'투자사를 끌어모으는 건, 식은 죽 먹기가 될 테지.'

신이 왕제원과 만나는 건 바로 투자사를 유치하기 위해서였다.

한편, 왕제원은 신의 제의에 흥미로운 표정을 지었다.

'솔직히 뜻밖이군.'

그가 힘을 써서 할리우드에서 배역을 따내게 해주겠다는 제안을 신은 거절했었다.

그런데…….

'이 작품을 해야 하는 그만한 이유가 있는 것이겠지.'

그는 신의 눈빛을 바라보았다.

'신념에 차 있는 훌륭한 눈빛.'

하나, 사업이란 건 돈과 돈이 오가는 철저한 관계다. 온정이 끼어들 자리는 없다.

"그런데 제가 투자하기로 한 건 강신 씨가 할리우드 작품에 참여할 때지요."

그는 지금 '네가 개인적으로 하려고 하는 작품은 지원해주지 않겠다.'라는 표현을 은유적으로 돌려 말하는 것이기도 했다.

"그랬죠."

"더군다나 강신 씨께서 말씀하셨지만, 배우들이 작품에 참여하기 어렵다고 말씀하셨는데……."

배우가 없으면 작품이 만들어지지 않는다.

그는 지금 이를 지적하고 있는 것이었다.

신의
연기6

한데, 신은 득의만만한 미소를 지으며 말했다.

"제 이야기를 한번 들어보는 것도 나쁘지 않을 겁니다."

도대체 어떤 이야기를 할 작정이기에 이리 자신만만하게 구는지 궁금해진다.

"일단 이야기나 들어보도록 하겠습니다."

신은 본격적인 이야기를 슬슬 꺼내기 시작했다.

"크라우드 펀딩을 열 겁니다."

크라우드 펀딩이란 대중으로부터 자금을 지원받는 걸 일컫는 말이었다. 투자사로부터 자금을 얻을 수 없을 때 주로 이 크라우드 펀딩을 여는 편이었다.

"단순히 자금을 모으는 게 목적이 아닙니다."

왕제원은 신의 의도를 곧바로 파악했다.

"사람들의 관심을 끌겠다는 거군요?"

"맞습니다."

역시 그는 이해가 빨랐다.

신의 계획은 이랬다.

'사람들의 관심이 늘어나게 되면 세간의 쟁점으로 떠오르게 될 테고, 많은 사람이 작품에 관심을 지니게 되겠지.'

그리고…….

"사람들이 자금을 내게 되면 작품에 애정을 가지게 될 것이고 작품 진척 상황이 잘 되어가는지 살펴보게 되겠죠."

만약 배우들이 잘 구해지지 않게 되면 사람들이 무어라고 할까. 아니, 배우들이 일본 시장을 의식하여 출연하는 걸 꺼린다는 걸 사람들이 알게 되면 말이다.

한국 사람들은 '일본'에 관해 악감정을 지니고 있으니 십중팔구 분노할 것이고 출연을 거부하는 연예인들에게 일본으로 꺼지라고 할 테다.

이런 분위기가 형성되면 작품에 참여하려는 배우들이 자연스레 늘어나게 될지도 몰랐다.

'배우들은 사람들 시선을 의식할 테니까.'

"나쁘지 않은 전략이군요."

왕제원은 속으로 중얼거렸다.

'후후, 영리한 여우군.'

두 사람은 서로를 바라보았다.

'이 사람 설득하는 거 만만치 않아.'

그리고 두 사람의 심리 싸움은 치열해져 가기 시작했다.

"사실 이게 가장 제일 중요한 질문이겠죠. 제가 이 드라마에 투자하면 얻는 이득은 뭡니까?"

신은 씩 웃었다.

"중국 내의 방영에 대한 독점권."

중국 또한 일본을 싫어한다.

대표적인 근대사 사례를 꽂으라고 하면 일본이 전면부인하고 있는 난징대학살과 상해 하얼빈에 있는 마루타 731 실험부대라 할 수 있다.

중국 내에서 반일이 심하다 보니 일본 브랜드 자동차라고 하면 다 부수는 사건도 있었고, 한 중국인이 자기 딸이 일본인과 결혼하겠다고 하자 게거품을 물고 반대한 사건이 있을 정도다.

중국 사람들의 반일 감정을 건드리라는 드라마라면 충분히 통할지도 몰랐다.

왕제원은 머릿속으로 계산기를 두드려댔다.

'확실히 구미가 당기는 제의군.'

게다가 아시아 스타 강신이 주연으로 하는 드라마다. 영화 〈광군〉으로 인지도도 확실하게 굳혔으니 중국 내에서 많은 사람이 관심을 가지고 볼 테다.

'히트할 가능성이 대단히 크다.'

만약 쉔다 그룹이 독점권을 가지고 중국에서 방송을 방영하게 되면?

'돈 냄새가 난다.'

그리고 신의 생각은 이랬다.

'어차피 일본 시장에서 못 벌어들이는 수입은 중국 시장에서 벌어들이면 그만이지.'

그렇지 않아도 지금 일본에서는 혐한 돌풍이 한창 부는 상황인지라 한류 열풍이 이전만큼 못했다. 때문에, 일본 사업에 손을 떼는 엔터테인먼트사들도 많았다.

동아시아 대에서 한류가 한창 뜨고 있는 곳은 베트남이나 필리핀 그리고 태국이라 할 수 있었다.

이제 일본 시장은 한물간 지 오래다.

이때 신이 말했다.

"항일운동과 관련하여 한국과 중국은 역사적인 관계도 있죠."

일본은 역사적으로 조선을 병참기지로 삼으며 동아시아를 제패하려는 야욕을 부린다. 이 과정에서 일본은 중국과 갈등을 빚게 되고 전쟁까지 일어나게 된다.

이것이 1937년에 일어난 중일전쟁이다.

그리고 한국 독립군은 중국 군대와 일본에 대항하기 위한 합작 운동을 전개하게 된다.

"촬영하는 장소 중에 상해 영시낙원도 있으니 중국 투자사 측의 도움이 필요하긴 합니다."

이 영시낙원은 근대화된 중국의 모습이 잘 조성된 곳이었다.

이곳은 대한민국 임시정부로 나올 예정이었다.

"흠, 작품 속에서 중국 측 인물이 나옵니까?"

"작가의 말로는 나중에는 그렇다고 합니다."

신은 지금 이 순간 수연의 대변인이 된 거 같았다.

'누나, 우리 약속 이렇게 지키게 되는 거구나.'

오래전 했던 약속이 점점 현실이 되어가는 것에 신은 흐뭇하기만 했다.

"강신 씨가 제의하는 건 이런 것이군요. 우리 측의 배우들도 이 작품에 참여하게 해달라?"

"그렇습니다."

그가 나서준다면 일이 한결 수월하게 진행될 테다.

"듣고 보니 이거 참 흥미로운 이야기군요."

"그렇죠?"

왕제원이 신을 향해 싱긋 웃었다.

"아무래도 우리는 좋은 파트너인 거 같습니다."

두 사람은 기분 좋은 웃음을 터뜨리며 손을 맞잡았다.

"회의 일정을 잡아가면서 자세한 이야기를 해보죠."

"좋습니다."

아마 어마어마한 규모를 지닌 작품이 탄생할 거 같았다.

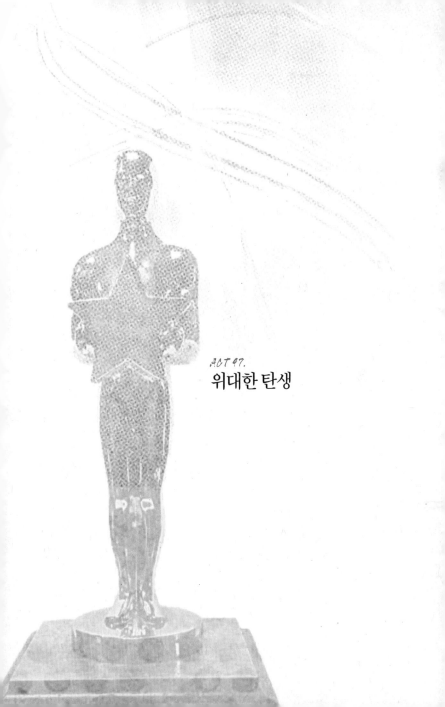

ACT 47.
위대한 탄생

ACT 47.

위대한 탄생

쉔다 그룹이 〈광복의 봄〉 투자사가 되었다는 소식이 돌자 중국 투자사들이 하나둘 붙었다.

또, 한국 투자사들도 서서히 모이기 시작했다.

신이 발에 땀 나도록 열심히 뛰어다닌 보람이 있었다.

'이제 기자회견을 슬슬 열어볼까.'

신은 기자회견을 통해 크라우드 펀딩에 관해 대대적으로 밝혔다.

"크라우드 펀딩을 통해 모이는 자금은 불우하게 사시는 독립운동가의 후손분들이나 6.25 전쟁에 참전하신 분 중에 어렵게 사시는 분들을 위해 쓰일 예정입니다."

신이 크라우드 펀딩을 하려는 건 바로 이런 이유이기도 했다.

자금 조달은 부수적인 것일 뿐.

"〈광복의 봄〉은 1920년대에서 1940년 그리고 광복에 이르기까지의 시간대를 배경으로 하는 작품이지만 우리 나라의 현대사를 아우르는 작품이기도 합니다."

수연은 한국의 근현대를 작품 안에 담아내면서 이런 질 문을 녹여내는 게 목표였다.

'사람은 과연 어떻게 해야 주체적인 삶을 살 수 있을 까?'

나라를 지킨 사람들은 이 질문에 훌륭히 답한 자들이었 다. 이런 이들이 폐지를 줍고 팔아 하루를 연명해가는 건 말이 되지 않았다.

신은 이들에게 도움을 주고 싶었다.

"자금 명세에 관련하여 투명하게 공개할 예정입니다. 제 이름 두 글자 책임지고 이 일을 진행하도록 하겠습니다."

신은 이왕이면 좋은 일하는 거 제대로 하고 싶었다.

"저는 우리 사회에 해결되지 않은 문제들이 많다고 생 각합니다. 특히 위안부에 관해서 정말 안타깝게 생각하고 있습니다."

이는 신이 혼자서 해결할 수 있는 문제가 아니었다.

사람들의 지속적인 관심과 지속적인 도움이 필요했다.

"제가 말하고 싶은 건 이거 하납니다. 역사를 잊은 민족 에게는 나라는 없고 민족을 잊은 역사는 공허할 거라는 걸요."

이후 〈광복의 봄〉에 관한 크라우드 펀딩이 열렸다.

사람들의 반응은 폭발적이었다.

물론 신이 전면적으로 나선 것도 있겠지만, 애국에 관해서라면 두 팔 벗고 나서는 사람들이 많다는 게 한몫했다.

신은 사람들의 참여 소식을 접하고는 마음이 훈훈해지는 걸 느꼈다.

'역시 우리나라 사람들이야. 같은 한국인이란 게 자랑스럽네.'

그보다 모두가 함께 만들어가는 작품이라니 정말로 멋졌다.

'위대한 작품이 탄생할지도……'

그러나 일이 계획한 대로 잘 돌아가는 건 아니었다. 오 PD가 우려한 대로 배우들이 잘 모이지 않았다.

사람들은 드라마가 배우 모집에서 난항을 겪게 되는 걸 알게 되자 출연을 꺼리는 배우들이 도대체 누구냐면서 화를 토해냈다.

물론 이 배우들의 명단은 공개되지 않았다.

마녀사냥이 펼쳐질 게 뻔했다.

게다가 드라마에 참여하고 싶지 않으려는 이들에게 작품에 참여하라고 강제하는 건 폭력이나 다름없었다.

이것도 잠시.

배우들이 작품에 하나둘 합류하기 시작했고 각 배역에 어울리는 배우들도 뽑히고 촬영장소도 서서히 굳혀졌다.

113

합천테마파크, 수원 효원공원을 비롯한 식민지 시대상을 잘 보여주는 곳들과 중국 상해의 영시낙원이 촬영지가 될 주요 장소들이었다.

한편, 〈광복의 봄〉을 방영할 방송국은 공영방송사 KTS로 굳혀지고, 연출은 오 PD가 각본은 수연이 맡기로 결정되었다.

〈광복의 봄〉은 이렇게 세간의 관심 속에서 착실히 준비되어 갔다. 이 준비과정에서 아무 난관이 없는 건 아니었다.

방송국은 작가가 드라마 쪽으로는 많은 활동을 해보지 않은 걸 이유를 들며 이 작품을 끝까지 끌고 갈 수 있는지 의문을 제기했다.

작품이란 건 중간의 흐름을 잘 유지해가며 마무리를 제대로 맺는 게 중요했다. 행여나 흐름을 잃게 되면 작품은 무너지게 되어 있었다.

이에, KTS 방송국 드라마 전문가들이 수연의 작품을 깊게 검토하기도 했고, 보조작가 팀을 붙이기로 했다.

이야기가 튼튼한 대본을 뽑아내기 위해서였다.

어쨌건 KTS 입장에서는 대박 작품을 건질지도 모르는 일. 이들은 투자를 아끼지 않기로 했다.

〈광복의 봄〉은 사전제작으로 가기로 했다.

비축분을 충분히 확보하여 방송에 차질이 빚어지지 않도록 하는 것도 목적이기도 하지만, 오 PD가 아프다는 걸 사람들에게 숨기기 위한 것도 있었다.

기대와 설렘 그리고 '우려' 속에서 촬영 날이 성큼 다가왔다.

☆　★　☆

신은 〈광복의 봄〉 촬영을 구경하러 가보기로 했다. 촬영이 잘 이루어지는지 궁금한 것도 있었고 오 PD의 건강이 걱정된 것도 있기 때문이었다.

〈광복의 봄〉 촬영 장소는 경남 함양에 있는 백암산.

바로 합천 영상테마파크였다.

이곳은 수많은 영화 드라마 촬영진이 다녀간 곳이기도 했다. 이제 〈광복의 봄〉의 촬영은 이곳 촬영지 중에서도 야산 형태 같은 곳에서 이루어질 예정이었다.

신이 촬영장에 도착해보니 촬영장은 사람들로 한창 붐비고 있었다.

"빨리빨리 움직여봅시다."

배우들은 대본을 훑으며 자기가 연기할 배역을 소화하고 있었다.

배우들은 두 부류로 나뉘었다. 일본군 복장을 하거나 무명 한복을 입은 사람들.

한편, 장내로는 말에 탄 일단의 일본군 무리가 있었는데 한 인물이 선두에 서 있었다.

일본군 사령관 엔도 히로히토.

'광복에게 있어 가장 막강한 적이라 할 수 있는 인물.'

이 인물을 소개해보자면 이렇다. 광복의 아버지를 사로잡아 사형선고를 받게 하는 사람이자 경신참변을 주도한 인물.

'주인공 광복에게는 같은 하늘을 이고 살아갈 수 없는 원수지.'

엔도 히로히토를 연기하는 배우는 이갑수라는 중년 배우였다.

그는 드라마에서 악역으로 자주 등장하는 배우였다.

이때 신은 그와 시선이 마주쳤다.

'대본리딩에서 멋진 연기를 보여줬었는데.'

신은 그가 이 촬영에서 어떤 악역 연기를 보여줄지 기대되었다.

그리고 신의 시선이 한 남자에게 향했다.

'오 PD님……'

오 PD는 어딘가 지쳐 보이기는 했지만 흐트러지지 않는 모습을 보여주고 있었다.

'정신력으로 버티고 계시는 것이겠지.'

신은 그가 걱정되기만 했다.

'촬영이 끝날 때까지 아무 일도 없어야 할 텐데.'

잠시 후, 배우들이 제 자리에 위치를 잡았다. 오 PD의 지시하에 카메라가 돌아갔다.

시작은 풀샷(F.S., full shot)

신의
연기6

카메라 사각 틀이 인물 전체를 꽉 차게 잡았다.

이갑수가 언짢은 기색을 토해냈다.

"크흠!"

지금 엔도 히로히토는 불만족스럽기만 하다.

'경신참변'을 통해 많은 독립군을 죽이고 이가의 주요 인물을 여럿 죽인 것을 생각한다면 정말 쾌거에 가까운 승리를 거뒀다.

그러나 완전한 승리를 거둔 건 아니었다.

그리고 이때.

한 일본 부하가 그에게 다가와 보고를 해왔다.

"독립군 부대가 산속이나 중국과 소련 국경지대로 이동했다 합니다."

이갑수는 미간을 좁혔다. 일본군이 독립군 근거지의 뿌리를 뽑아 버리는 데 실패한 것이다.

그는 혀를 쯧 차며 나지막이 중얼거렸다.

"참으로 끈질기면서 지긋지긋한 잡초 같은 놈들이로고. 아무리 밟아대도 사라지질 않아."

그런데도 그의 입가에는 후후하는 미소가 맺혔다. 이가의 주축인 '이하인'을 이번에 생포하였으니 앓던 이가 시원하게 뽑힌 것만 같았다.

그러던 이때 일본군 수색대가 무언가를 장내로 데려왔다.

짐승에게 뜯어먹혀 얼굴을 알아볼 수 없는 두 소년의 시체.

이갑수는 두 시체를 바라보며 흥분하지도 기뻐하지도 않았다. 표정이란 걸 짓지 않으니 그의 얼굴은 싸늘하게 보이기만 했다.

"이하인의 자식놈들이 맞는지 알아내라."

"하잇!"

일본군들을 생존한 주민들을 끌고 오는데, 사람들은 겁에 질려 벌벌 떨고 있었다.

"시끄럽다!"

그리고 일본군은 이들에게 시체를 보여주었다. 확인 작업을 거치는 것이었다.

"이 두 사람이 그 형제가 맞느냐."

한 주민이 말을 얼버무리자 히로히토는 고개를 끄덕였다. 한 일본군 단역이 희미한 웃음기를 띠며 허리춤에 차고 있던 검을 빼내 휘둘렀다.

남자는 "악!" 하는 비명과 함께 바닥에 쓰러졌다.

일본군이 조선인을 아무런 망설임 없이 죽이자 사람들의 표정에 두려움이 서렸다.

이갑수는 무어가 그리 좋은지 낄낄 웃었다.

이 모습이 정말 야비하게 보인다.

"조선인이란 존재는 짐승만도 못한 열등한 존재. 너희를 죽이는 건 참으로 손쉬운 일이지."

사람들은 자칫하다가는 죽을지도 모른다는 걸 깨닫고는 시체를 유심히 살펴보기 시작했다.

살기 위해서였다.

"광복과 광남 형제임이 틀림없습니다."

"네, 맞습니다."

"정말 확신하느냐?"

사람들이 이구동성으로 말했다.

"네네, 맞습니다."

"맞고 말고요."

"그렇군."

이갑수는 만족스러운 표정과 함께 고개를 끄덕였다. 사람들의 표정에는 살 수 있다는 안도감이 서렸다. 그러나 이갑수의 입에서는 그들의 희망과는 다른 대사가 흘러나왔다.

"모조리 죽여라."

사람들을 죽이라는 히로히토의 말에 사람들은 따지듯 말하기 시작했다.

"이, 이건 말과 다르지 않습니까!"

그러나 그는 코웃음을 치며 말했다.

"내가 말하라고 했지. 말하면 살려준다고 하지 않았다. 이 멍청한 조센징놈들. 여기에 있는 모든 요보ㅋ보(*조선인을 비하하는 은어, 늙다리) 죽여라!"

일본군들이 일사불란하게 척척 움직였다. 곧이어 사람들은 절망과 비탄이 담긴 비명을 내질렀다.

탕! 탕! 탕!

총소리가 울렸다.

학살을 자행하는 군인들의 얼굴에는 죄의식은 없다.

그저 누군가가 이 이 일을 시켰으니까 하는 행동이라고 합리화하고 있었다.

일본인 군인들은 한술 더 떠 이런 말을 하기까지 한다.

"누가 조선인을 더 죽였는지 내기해보자고."

그리고 촬영은 여기서 잠시 끊어가기로 했다.

일본인 군인 배역을 맡은 배우들은 핏물이 얼굴에 흐르는 분장을 받기로 했다.

잠시 후, 카메라는 일본인 군인들의 표정과 죽어 나가는 사람들의 표정을 초점에 맞춰 표정 연기를 섬세하게 잡아냈다.

스태프들이 카메라 바로 옆에 서서 배우 얼굴 위로 핏물을 흩뿌리기도 했다. 어차피 스태프들은 카메라에 나올 일은 없으니 상관없었다.

신은 대본을 훑었다.

[이곳에 있는 사람들 전체가 광기의 기류에 휩쓸려 있다.]

이 미친 학살이 벌어지는 현장 속에서 어느 한 일본인 배역이 굳은 표정으로 서 있었다.

카메라가 '그'를 비췄다.

그는 지금 벌이는 행위가 잘못됐다고 생각하지만 이를 입 바깥으로 말하는 용기는 내지 못한다. 항명은 상관인 히로히토를 거스르는 행위이자 일본을 거스르는 행위니까.

그가 할 수 있는 저항은 눈앞의 참상을 똑똑히 마주하며 잘못되어도 한창 잘못되어가고 있다고 속으로 외치는 것이 고작이다.

'일본은 이 피로 얼룩진 업보에 상응하는 대가를 치르게 될 날이 올 게 분명하다.'

일이란 건 결국 옳은 방향으로 돌아가는 것이었으니까.

신 또한 그를 바라보며 속으로 중얼거렸다.

'양심 있는 일본인을 대표하는 인물.'

오늘날 모든 일본인이 자국이 저지른 극악무도한 역사를 부인하는 건 아니었다. 이 인물은 양심이 있는 소수의 일본인, 이들을 대표하는 인물이기도 했다.

한편, 이갑수는 지금 벌어지고 있는 상황을 등에 지고서 중얼거렸다.

"이하인의 자식들이 이곳에서 무사히 도망쳐나간 게 분명하다."

이가의 잡초같이 질긴 핏줄이 허망하게 죽을 리가 없다.

"나는 느낄 수 있다. 그놈들이 살아있다는 걸 말이지."

만일 그의 생각대로 형제가 살아 있는 것이라면…….

"잡아야 한다."

그는 중얼거렸다.

"그 형제를 반드시 잡아들여야 할 것이야!"

그리고 주먹을 꾹 쥐며 힘차게 말했다.

"수색대를 편성하여 그놈들의 뒤를 쫓아! 어서!"

그의 말에 사람들이 일제히 대답했다.

"하잇!"

"하잇!"

이때, 오 PD가 외쳤다.

"컷!"

제법 괜찮은 장면이 나왔다.

신 또한 만족스러운 표정으로 고개를 끄덕였다.

'순조롭네.'

☆　★　☆

"허어…… 허어……."

두 소년이 서로의 손을 붙잡고 산기슭을 달리고 있었다.

카메라가 두 아역의 동선을 쫓고 있었다.

신의 시선도 대본을 따라가고 있었다.

'광복 일행은 나무뿌리를 캐서 허기를 달래며 아침과 낮에는 자고 밤과 새벽 사이에 최대한 이동하는 식으로 강행군한다.'

그러나 어린 광복이 고된 행정을 버티기는 어려운 일이다.

광복의 어린 시절을 연기하는 아역의 몸은 한눈에 보기에도 무거워 보인다.

"혀, 형! 못 가겠어."

"광복아!"

육체를 정신력으로 버텨내는 것도 한계가 있으니 광복은 거의 탈진한 상태에 이르고 만다.

광복의 형인 광남 또한 기진맥진하면서 이동하는 속도가 현저히 더뎌진 상태다. 그러나 힘을 내야 한다. 여기서 쓰러질 수 없다.

"조금만 더 가면 된다. 광복아. 갈 수 있어. 정신 차려라! 아버지가 뭐랬어."

"힘들어. 힘들어⋯⋯."

"정신 차려! 고지가 코 앞이야!"

어린 형제는 서로의 기운을 북돋우며 회령에 있는 임시 집결지에 도착한다.

사실 이 두 아역이 도착해야 할 장소는 정말 코 앞이었다.

아역 배우들이면서 어찌나 힘든 척 연기를 잘하는지 신의 입가에 훈훈한 웃음기가 서렸다.

'그런데 어찌 된 것인지 일본군 선발대가 회령으로 찾아온다.'

이하인이 이곳에 대해 실토했을 리가 없다. 두 아들을 죽게 내버려 두는 아버지는 없을 테니까.

'일본군 수색대가 이곳을 찾아온 건 우연이 아닐 가능성이 크고, 만약 그들이 사전에 이곳을 알고 찾아온 것이라면 한 가지를 뜻한다. 독립군 간부 중에 일본군과 내통하는 배신자가 있다는 것.'

이것이 〈광복의 봄〉에서의 전환점이다. 어쨌건 광복 일행이 직면한 상황은 좋지 않다. 그나마 다행인 건 일본군 부대가 소규모로 움직였다는 것이랄까.

'광남과 광복은 일단 숨기로 한다.'

한편, 광남은 이들을 지켜줄 독립군 간부 수호가 올 때까지만 어떻게든 버텨내기로 한다. 궁여지책으로 넝쿨과 수풀이 있는 으슥한 기슭 쪽에 숨으려 한다.

"어서 숨어!"

광복은 성공적으로 숨지만 광남은 일본군 수색대에 발각되고 만다.

"여기에 있다!"

"찾았다!"

광복은 광남과 행여나 헤어질세라 손을 꼭 붙잡으려고 하나 광남은 광복의 손을 붙잡는 대신 도망치기 시작한다.

이곳에 광복이 있다는 걸 일본군에게 알릴 수는 없다. 광복마저 잡히면 누가 억울하게 죽은 이씨 세가의 일원들의 넋을 달래준단 말인가.

설령 광남 자신이 죽는 한이 있더라도 광복은 반드시 살아남아야 한다.

또, 광복은 세상에 남은 단 하나의 혈육이자 소중한 동생. 그러니 형인 자신이 광복을 반드시 지켜줘야 한다.

그러던 차에 총소리가 울렸다.

탕!

광남은 일본군 장교가 발포한 총에 맞고 만 것이다. 하필이면 머리 쪽을 맞고 만다. 광복으로서는 이게 웬 꿈인가 싶다.

광남이 바닥으로 서서히 고꾸라지다니. 이건 약속과는 달랐다. 같이 살자고 분명히 약속했는데……. 광남은 광복을 바라보며 괜찮다는 미소를 지으며 일본군에게 붙잡힌다.

'난 괜찮으니 넌 어떻게든 무사해라, 소중한 내 동생.'

신은 긴장한 표정으로 장내를 바라보기 시작했다.

한편, 일본 수색대는 광복을 찾기 위해 주위 일대를 샅샅이 뒤지기 시작하는데, 한 일본인 군인이 광복이 숨어 있는 곳으로 아주 가까이 다가왔다.

광복은 들키지 않기 위해 입술 바깥으로 터져 나오려는 울음을 억지로 억누르지만, 형제를 잃은 슬픔을 완전히 억누를 수는 없는 노릇이다.

"흐윽!"

그는 어린 광복이 있는 쪽을 정확히 응시한다.

'명령을 수행하는 군인으로 행동해야 할지 아니면 한 인간으로서 행동해야 할지 갈등에 휩싸이고 만다.'

아마 전자를 선택하면 공이 인정되어 계급이 진급되겠으나 평생 죄책감에 시달릴 것만 같고 후자를 선택한다면 자기 자신은 학살을 자행한 일본군과 다르다는 비겁한 면죄부를 줄 수가 있을 것만 같다.

사실 전자를 선택하더라도 상관이 공을 가로챌 게 분명하지만, 그는 마음속에서 울려 퍼지는 양심의 소리를 따르기로 한다.

"아무 이상도 없습니다!"

광복 입장에서는 참으로 이상한 일이다. 분명히 시선이 마주쳤는데 그냥 지나치다니 말이다. 설마 모른 척을 한 것이란 말인가.

그보다 단 며칠 만에 소중한 사람들과 모두 헤어져 세상 속에 홀로 덩그러니 남겨진 현실이 광복으로서 실감나지 않는다.

지금 당장에라도 모두 만나서 웃고 떠들 수 있을 거 같은데. 지금 당장에라도 광복을 반겨줄 것만 같은데. 광복은 이 모든 것이 그저 엊그제만 같기만 하다.

이제 그들을 만날 수 없는 현실에 울음이 나올 것만 같다. 하지만 울어서는 안 된다. 울어봤자 바뀌는 건 아무것도 없으니까.

또, 열 살이라는 나이는 어리광부릴 나이가 아니다.

간도에서 자라나는 아이들은 다섯 살 때부터 총기를 만지고 일곱, 여덟 살부터는 총을 쏘는 연습도 하며 각종 생존훈련을 터득하니 광복의 나이는 어린 것이 아니다.

그러니 앞으로 이 차갑고 혹독한 현실에서 살아가기 위해서는 홀로 살아남는 방법은 알아야 할 테다.

곧이어, 수색대는 광남을 데리고 부대에 일단 복귀하기로 한다.

'이후 광복은 수호라는 인물과 함께 산둥 반도를 경유하여 조선으로 밀항하는데 장장 석 달이라는 긴 시간 만에 경성에 도착하고 박인이라는 사람을 찾아간다.'

한편, 오 PD는 이광남 역의 아역 배우를 어깨에 짊어지고 걸어가는 일본군을 카메라로 찍다가 미간을 잠시 좁혔다.

'아…!'

찡그린 표정은 순식간에 나타났다가 사라져서 주위 사람들은 오 PD가 병마에 시달리고 있다는 걸 알아차리지 못했다.

오 PD는 다행이라고 생각하며 속으로 한숨을 내쉬었다.

'지금은 상태가 괜찮아 다행이지만…….'

한 장면을 촬영할 때에 같은 순간을 되풀이하여 찍다 보면 장면에 익숙해지게 되면서 무뎌지게 될 때가 있다. 이럴 때 배우들의 연기에서 놓치는 부분이 생길 수 있었다.

오 PD는 이제 이런 부분이 생기게 되는 게 걱정되었다.

지금이야 정신을 바짝 차려 집중하면 괜찮다지만…….

일단 그는 여기서 촬영을 끊기로 했다.

"컷!"

오 PD는 배우들을 불러모으며 피드백을 하기 시작했다.

"배우분들 연기 다 좋았습니다. 그리고 아역배우분들 연기 정말 잘해주었어요."

오 PD의 칭찬에 아역 배우들은 희희낙락하며 즐거워했다. 웃는 모습이 닮은 게 실제 형제 사이를 보는 거 같았다.

오 PD는 지금의 기세를 몰아 촬영을 쭉쭉 나가기로 했다. 몸 상태가 최고조일 때 촬영을 바짝 하는 게 낫다고 오 PD는 판단한 것이다.

사람들은 오 PD가 빡빡한 일정에 맞춰 촬영을 진행하는 것에 뭔가 서두르는 거 같다고 느끼기도 했지만 별 대수롭지 않게 여겼다.

지금 촬영하는 부분은 드라마 상으로 짧게 스쳐 지나가는 장면이다 보니 촬영을 짧고 굵게 하는 편이 효율성 면에서도 좋았다.

그리고.

다음 촬영은 막사 내부에서 진행하기로 했다.

극 중의 배경 상으로는 일본군 사령부가 주둔하는 곳이었다.

촬영진 스태프들은 배우들과 함께 이동하기로 했다.

대규모 촬영 세트장의 좋은 점은 촬영장소가 곧바로 있다는 것에 있었다.

잠시 후, 오 PD는 배우들을 불러모으고 어떤 샷으로 촬영할지 설명하기 시작했다.

"우선 여러분 다수를 촬영장면에 담아내다 리버스 샷으로 배우분들의 대화를 촬영할 겁니다."

이 리버스 샷이란 카메라로 비추고 있는 대상을 반대편에서 촬영하는 걸 일컫는 샷이었다.

오 PD는 배우들과 함께 카메라 구도를 맞춰갔다.

사람들은 오 PD가 앞으로 나서서 지시하는 모습에서 그가 내뿜는 열정을 느꼈다. 어느 사람도 오 PD가 병마와 싸우는 환자라고 생각하지 않았다.

스탠바이가 완료되고 배우들이 제 위치를 잡고 오 PD가 외쳤다.

"레디! 액션!"

슬레이트가 탁 부딪쳤다.

히로히토 역을 맡은 이갑수가 일본군 단역이 생포해 온 이광남 아역을 바라보았다.

"참으로 질긴 목숨이구나. 아직도 죽지 않고 살아있다니……."

"동생은 발견하지 못했습니다."

"흠……. 그렇단 말이지."

그는 알 수 없는 표정으로 이광남의 아역을 바라보았다. 도대체 무어 때문에 이 조그마한 소년이 이승의 끈을 악착같이 붙잡고 있는 것인지 그로서는 알 수 없다.

"난 이래서 이가의 핏줄을 증오한다."

이갑수는 허리춤에 차고 있던 총을 이광남의 아역에 겨눴다. 이광남의 아역 배우는 머리에 피를 흘리는 채로 신음을 흘리고 있었다.

"으으……."

실눈을 뜨고 히로히토를 바라보는 아역 배우의 상태는 비몽사몽 해 보인다. 아역 배우는 바짝 마른 입술로 중얼거렸다.

"내 동생……."

이갑수는 무표정으로 일관하다 코웃음을 흘렸다.

"일단 이놈을 살려봐라."

그의 입에서 나온 말은 뜻밖이기도 하였으나 뒤에 시립해있던 일본군 단역이 경례하며 말했다.

"하잇!"

여기서 이어지는 부분은 일본에서 최고의 수술 실력을 자랑하는 외과 전문의 야마토가 광남을 살리기로 하는 장면이었다.

'이 야마토는 731 마루타 부대와 연관이 있는 인물.'

그가 외과수술을 잘한다는 부분이 미래에 일어날 사건과 이어지는 '떡밥'이었다.

한편, 신은 대본을 읽어보기로 했다.

[광남의 머릿속에 탄환이 머리 깊숙하게 파고들지 않은 상태. 야마토는 탄환을 무사히 빼내는 데 성공한다.

탄환이 0.001mm만 더 파고들었어도 불구가 되거나 죽었을 상황. 아니, 이 당시의 의술 실력으로는 광남을 살리지 못했을 것이다.

머리에 총을 맞아도 사는 게 극의 설정이었다.

당시의 기술력을 생각해본다면 말이 아예 되지 않는 설정까지는 아니었다.

'하늘이 도와준 거겠지.'

신은 작품 속의 설정을 너그럽게 이해하기로 했다.

[광남은 이로써 기적적으로 살아나게 된다. 그러나 이건 기적이 아니었다. 앞으로 다가올 비극의 시작이었다.]

'이 사고로 광남은 손과 발을 절거나 말을 더듬는 신체적인 부작용은 겪지 않으나 한 후유증을 겪게 된다. 바로 기억상실증. 광남은 자신과 관련된 모든 기억은 깡그리 잊고 만다.'

이때 오 PD가 외쳤다.

"컷! 수술하는 부분은 나중에 촬영하기로 하겠습니다."

분장팀 스태프들이 나서서 아역 배우의 머리에 붕대를 둥둥 감기 시작했다.

그리고 배우 한 명이 곧바로 투입되었다. 이하인 단역을 맡은 배우였다.

'이 '이하인'은 광남과 광복 형제의 아버지이자 신흥무관학교에서 독립군을 양성하기도 하는 등 독립군을 이끄는 대장이지.'

곧이어 촬영진이 촬영할 부분은 일본군에 생포된 이하인과 그의 아들 이광남이 일본군 사령관 히로히토의 막사 내부에서 감동적인 재회를 하게 되는 부분이었다. 보는 이에 따라서 눈시울을 붉히게 될 장면이기도 했다.

"레디! 액션!"

오 PD의 지시에 맞춰 슬레이트가 탁 부딪치자 배우들은 제 배역에 집중하기 시작했다. 그리고 이들은 극의 인물로 살아가는 사람들이 곧장 되었다.

이하인 역의 배우는 양손이 포박된 채로 되어있었다.

그러던 이때.

그의 눈앞에 한 일본군과 함께 남자아이가 나타났다.

남자는 아역의 이름을 내뱉었다.

"광남아! 광남아!"

이하인 역의 배우는 아역 배우에게 어떻게든 다가가기 위해 엉금엉금 다가갔다.

"광남아!"

뜨거운 부성애를 보이는 배우의 모습이 너무 처절해 보여 몇몇 사람들이 장면에서 고개를 돌렸다.

이윽고 그는 아역 배우를 제 아들처럼 거세게 끌어안으려고 했다. 그러나 아역 배우는 고개를 갸우뚱거릴 뿐.

"저를 알아요?"

이 천진난만하면서도 잔인한 말에 그는 제 아들에 무슨 일이 생겨났다는 것을 알게 된다.

"광남아……."

그는 아들이 아버지를 알아보지 못한다는 사실에 말을 잇지 못했다. 그의 눈가가 붉어지더니 눈물이 또르르 흘러내렸다.

그리고 그는 고개를 아래로 떨구고 몸을 떨었다.

지금의 상황에 가슴 아파하고 절망하는 것이었다.

스태프들은 눈물을 훔쳤다.

'인물들이 불쌍해.'

'이런 사연을 지니고 있다니…….'

장내가 숙연해지는 것도 잠시.

누군가가 장내로 들어섰다.

뚜벅.

뚜벅. 뚜벅.

발걸음이 심상치 않았다.

오 PD는 예의주시하며 이 장면을 살피고 있었다.

'이 대목에서 긴장감을 살리는 게 정말 중요하다.'

오 PD는 이 대목에서 진중하면서 어두운 분위기를 지닌 배경음악을 깔아 긴장감을 높일 작정이었다.

'좋아, 잘 되어가고 있다.'

이윽고 어스름한 형체는 아이 옆에 가까이 다가섰다.

133

걸음이 멎었다.

걸음의 정체는 히로히토 역의 이갑수.

그를 찍는 카메라가 발에서 목 언저리까지 올라왔다. 한편, 그는 광남의 머리를 부드럽게 쓰다듬으며 귓가에 속삭였다.

"네 이름은 엔도 토야. 내가 네 아비 되는 사람이다."

히로히토가 이런 이중적인 면모를 가지고 있다는 게 특이하다고 할지 모른다.

그러나 그가 이렇게 행동하는 것에 이유가 있었다.

"토야……? 아버지……?"

"네놈!"

이하인 역 배우의 눈가 근육이 부들부들 떨렸다.

이에, 이갑수는 싱긋 웃을 뿐이었다.

한 대 쳐주고 싶을 정도로 얄밉게 보였다.

"지금 무슨 짓을 하는 거냐!"

이하인 역의 고함에 아역 배우가 눈물을 뚝뚝 흘리기 시작했다.

"소리치지 마요. 아파요. 머리가 너무 아파요."

이갑수가 아역 배우의 귓가에 다정하게 속삭였다.

"약 때문에 머리가 아파서 그런 거란다. 가서 자자꾸나."

어투와 말의 내용은 다정하지만. 아역 배우를 바라보는 그의 눈가는 아버지의 눈빛처럼 자상하지 않았다. 또, 그의 입가 한쪽은 올라가 있었다.

배우가 연기를 잘해준 덕분에 극의 긴장감이 잘 살아나고 있었다.

한편, 오 PD는 지금 이 순간을 카메라로 포착하며 고개를 끄덕였다.

'이 부분이 히로히토라는 악역이 지닌 매력!'

좋은 장면을 건져내니 그의 속에서는 엔돌핀이 솟구치고 있었다.

오 PD는 지금 이 순간이 정말로 좋았다.

'이곳이 역시 나의 고향이다.'

한편, 이하인 역의 배우는 이갑수를 노려보았다. 이것이 지금 그가 할 수 있는 최선이었다.

잠시 후, 장내에는 둘만 남게 되었다.

이갑수는 의자에 앉고서 그를 향해 말했다.

"난 네 아들이 기억을 잃었다는 걸 알게 되면서 양자로 삼기로 했다."

히로히토가 광남을 양자로 거두려는 건 온정적인 차원에서 하는 행동도 결코 아니고 그가 개과천선을 하여서 하는 행동도 아니었다.

천우신조로 살아남은 그 경이로운 생명력은 이가 족속의 성질을 그대로 지니고 있어 진절머리가 날 정도니까.

그런데도 양자로 들이려는 이유?

"한때 그 조선인 여인의 마음을 앗아간 사람이 바로 너이니 나 또한 너에게서 소중한 무언가를 앗아가야 하지

135

않겠느냐?"

한편, 신은 속으로 중얼거렸다.

'이 대사로 통해 이하인과 히로히토와의 오래된 악연이 드러나게 되지.'

한때 히로히토가 소유하려 했던 조선인 여인의 마음을 앗아간 사람이 바로 이하인이다.

히로히토는 이하인이 정말 미웠고 또 가증스러웠다.

지금 이 순간 히로히토는 이를 부득부득 갈며 대사를 내뱉고 있었다.

"난 너희의 운명을 내 뜻대로 조종하여 놀고 싶었다. 마치 장난감을 주물럭주물럭 가지고 노는 것처럼 말이다."

복수.

어쩌면 복수인 건지도 모른다.

"그러다 문득 이런 생각이 들더구나. 네놈의 아들을 일본에 충성하게 하고 독립군을 전문적으로 잡아들이는 일본인으로 키우는 게 어떨까 하는 생각 말이지."

그는 일본인이라는 대목에 힘을 주며 말했다.

이하인 역의 배우는 소리를 버럭 질렀다.

"참으로 악마적인 생각이구나!"

"악마라……."

어쩌면 그의 말이 맞는 건지도 모른다. 이하인 시각에서 보면 히로히토는 악이니까.

그는 고개를 끄덕이며 그의 말에 수긍했다.

"그러나 선과 악은 상대적이지 않은가. 일본 입장에서는 그대가 악이고 나는 선이다. 그대는 독립운동가가 아닌 한낱 테러범에 불과할 뿐이다."

카메라가 이갑수의 표정을 비췄다.

그가 씩 웃었다.

"그리고 넌 이제 사형선고를 받고 죽게 될 거다."

히로히토는 광남을 자신의 색으로 완전히 물들어버릴 작정이다. 지금 광남의 상태는 무슨 색이든지 칠할 수 있는 백지나 다름없어서 반복적인 학습으로 통해 세뇌가 충분히 가능하다.

특히 심리 상태가 불완전한 경우라면 무언가에 매달리려 할 테고 히로히토는 광남의 구원자가 되는 거다.

또, 당근과 채찍으로 히로히토라는 존재가 거역할 수 없는 존재임을 뼛속 깊이 각인시킬 작정이다.

훗날 이광남이 기억을 되찾는다고 해도 상관없다. 두 손은 동족의 피로 이미 더럽혀진 지 오래일 테니 기억을 떠올리는 건 스스로 제 무덤 파기다.

이광남은 나중에 아비를 죽인 원수를 아버지를 따르게 된 걸 알게 되면 무어라고 말할까. 자신이 일본인인 줄로만 알고 동포를 잡아들인 자신에 대해 뭐라고 말할까.

어쩌면 이대로 기억을 잃은 채로 계속해서 사는 것이 나을지도 모른다.

"후후……."

이갑수는 히로히토에 완전히 빙의하여 대사를 중얼거렸다.

"독립의 기틀을 세운 일가의 자식이 저 스스로 독립의 기틀을 부수는 것! 참으로 웃긴 그림이 아닐 수 없군."

이윽고 그는 웃음을 토해냈다.

"하하하하하!"

그리고 이갑수는 일본 국기를 향해 두 팔을 벌리며 외쳤다.

"덴노 헤이카 반자이! (천왕, 폐하, 만세)!"

오민석 PD가 만족스럽게 말했다.

"컷!"

☆　★　☆

오 PD와 배우들은 피드백하는 시간을 지니기로 했다.

"이갑수 씨. 엔도 히로히토라는 인물이 지닌 악랄한 면모를 잘 살린 게 특히나 인상적이었습니다."

오 PD가 엄지를 척 내밀자 이갑수가 머쓱한 표정을 지었다.

그동안 연기 현장을 전전해오며 다져온 탄탄한 내공이 빛을 발하던 순간이기도 했으나 다른 사람에게 칭찬을 듣는 건 낯이 간지러워지는 일이었다.

그러나 오 PD를 비롯하여 촬영 스태프들 그리고 배우

들은 그가 이런 배역을 소화해주는 게 고맙기만 했다.

배우는 악역으로 출연하는 것에 많은 고심을 한다. 배우의 이미지는 배역의 이미지를 따라가는 게 빈번하기 때문이다.

그가 드라마 상으로 악역으로 자주 등장한다고들 하지만 누구나 잊고 싶어하는 일제강점기라는 역사적 배경 속에서 악랄한 일본군 사령관이자 주인공을 위협하는 막강한 적으로 등장하기로 한 건 쉬운 결정이 아니었을 테다.

그가 이 드라마에 합류하기로 한 건 그 자신이 한국인이라고 생각하는 것도 있었고 이렇게나마 작품을 남겨 우리의 역사를 잊고 싶지 않게 하려고 한 것도 있었다.

스태프와 그리고 배우들이 합심하며 의미 있는 장면들을 하나하나 만들어가니 뜻깊은 촬영이 되어가고 있었다.

☆　　★　　☆

신은 촬영장으로 향하면서 대본을 훑었다.

'광복의 봄 이후의 이야기는 이렇게 흘러가지.'

[조선 경성에 도착한 광복 일행은 박인의 집에서 지내기로 한다.

박인은 수호와 오래전부터 알고 지내는 친구 사이다.

광복이 보기에 두 사람이 어찌 친구가 될 수 있었는지
의문이다.

수호는 무뚝뚝하고 과묵한 인물이라면 박인은 너스레
를 잘 떨고 익살스러운 인물이다.

서로가 활동하는 영역이 아예 달라 만날 접점이 따로
없을 거 같은데 친구 사이인 게 광복에게는 뜻밖이기만
하다.]

'두 사람 간에 얽힌 이야기는 이렇고.'

박인이 질 나쁜 패거리와 엮여 죽을 뻔한 적이 있었는
데, 길을 지나가던 수호에게 불똥이 튀면서 수호는 본의
아니게 박인의 목숨까지 구해주게 된다.

박인은 자신이 받은 은혜는 꼭 갚아줘야 직성이 풀리는
지라 수호에게 사례라도 할 겸 술을 사주는데, 술을 마시다
보니 어느샌가 서로 호형호제하는 사이로 발전하고 만다.

신은 대본 속 이야기를 정리하며 되새김질을 했다.

'박인은 주인공 광복을 키워주고 힘이 되어주는 인물.'

[이제 수호가 오래된 인연인 박인을 찾아온 건 박인이
경성에서 물론 조선에서 으뜸가는 정보통이라서다.

국내외로 오가는 소식은 그의 귀를 벗어나는 것이 없
다. 즉, 그는 세상이 흘러가는 이치 정도는 훤히 꿰차고
있는 만물박사다.

박인 : 그러니까 경신참변을 주도한 일본인과 이하인의 생사에 대해 은밀히 알아봐 달라고?

(박인은 수호가 데려온 아이의 정체를 알아차리고 만다.)

박인 : (독백) '경신참변에서 살아남은 생존자이자 이가의 생존자인가?'

그는 이제 나이도 들고 몸도 쇠해지는 것을 느껴 일선에서 물러나 어여쁘고 참한 처자와 결혼하여 말년을 편안하게 보내려던 차다. 한데, 이런 시련이 다가오다니 재수가 없어도 참 지지리도 없다.

이런 곤란한 일이 생길 줄 알았으면 수호와 연을 애초에 맺지 말았어야 했을 테다. 그러나 그 또한 이런 일이 벌어지리라 상상도 못 한 상황이니 지금 이 순간을 그저 박복한 팔자라고 여겨야 할 테다.

이러던 차에 한 남자가 박인을 찾아온다.

그는 김강산이다.]

'오늘 촬영할 부분이 박인과 김강산과의 만나는 부분이지.'

극 중의 김강산이라는 인물은 청산리 대첩을 승리로 이끈 김좌진의 북로군정서 소속 밀정이다. 그가 하는 일은 일본군의 동향을 파악하고 일본군의 작전을 독립군에 전달하는 것이다.

그런 그가 박인을 찾아온 건 독립운동 활동자금을 모으기 위해서다.

신은 속으로 중얼거렸다.

'이 부분이 극의 새로운 전환점.'

☆　　★　　☆

"레디! 액션!"

슬레이트가 탁 부딪쳤다.

카메라가 비추는 곳에서는 두 남자가 서로 마주 보고 있었다.

이때, 김강산 배역을 맡은 배우 이강진이 입을 열었다.

"이전처럼 여러 지원을 하며 힘을 써줬으면 좋겠습니다."

그러나 박인 역의 배우는 그의 이야기에 시큰둥하기만 할 뿐이다.

한때, 박인도 나라를 위한다는 마음으로 수배령이 떨어진 독립투사 국외로 밀항할 수 있도록 도와주기도 하고 국내 독립운동에 자금을 여러 번 대주기도 하고 국외의 독립 세력과 국내의 독립 세력을 이어주는 접선 역할을 하는 등 열렬한 활동을 했다. 그러나 이제는…….

"조국을 위해 목숨까지 걸고 독립운동 세력을 원조하였으나 이제는 잘 모르겠네."

신의
연기6

그의 말에 씁쓸함이 배어 나온다.

"솔직히 말해 난 사람들이 죽고 다치는 걸 보기 싫네. 이번 삼일운동만 봐도 그렇지 않은가. 만세삼창을 부르던 죄 없는 민중이 다치고 죽고……."

3.1 운동에 수많은 사람이 죽어 나간 건 두 눈을 뜨고 못 볼 참혹한 참상이었다.

박인 역 배우의 손이 미약하게 떨리고 있었다. 카메라는 그의 표정과 몸짓에 담긴 고통을 담아냈다. 그는 한숨을 푹 내쉬었다.

"무혈로 독립을 이룬다는 건 어불성설이지만, 애국과 독립이라는 대의명분은 수많은 사람을 죽음의 구렁텅이로 몰아넣는 것인지도 모르는 것일세."

그는 지금 되묻고 있었다. 도대체 얼마나 많은 사람이 피를 흘려야 하느냐고.

"그들의 죽음은 숭고한 희생이겠지. 아니, 어쩌면 이 세상에 숭고한 희생은 그 어디에도 없을지도 모르네. 죽으면 무슨 소용이란 말인가. 그걸로 끝이지."

박인이 다소 회의적인 반응을 보이자 김강산은 아무 말이 없었다.

"그래서 일을 그만두시겠다는 겁니까? 아니, 그 열정과 혈기는 하루아침에 어디로 간 거란 말입니까. 이런 나약한 소리라니……. 천만 동포가 울겠군요."

"……."

박인 역의 배우 이주인이 한숨을 쉬며 말했다.

"내가 한 이야기는 그냥 잊어주게. 잠시 정신이 나갔나 보이."

그가 한 대사는 자칫하다가 친일파로 몰릴 수도 있는 말이었다. 여기서 김강산이 박인에게 변절자라고 쏘아붙여도 그로서는 할 말이 없었다.

"계속해서 활동하지 않으면 국내의 접선이 흐지부지될 정도로 마비될 수도 있습니다. 국내에 이어진 비선 연결망과 국내에서 활동하는 밀정들의 신원이라도 파악하고 싶군요."

박인은 고개를 가로저었다.

"그럴 수 없네."

김강산 역 배우의 얼굴이 살짝 굳었다. 어금니를 물고 그를 살짝 노려보는 표정이 나타났다가 재빨리 사라졌다.

"저를 못 믿는 겁니까."

"아니네. 그런 게 아니야. 자칫하다가 그 정보가 일본군에 들키기라도 하면 국내에서 활동하는 모든 밀정은 죽는 건 물론이고 국내의 모든 토대가 붕괴할 걸세."

두 사람 사이로 정적이 잠시 흐른다.

"이렇게 잘 아시는 분이……."

김강산 역의 배우가 자리에서 일어섰다.

"어서 복귀하시면 좋겠군요."

그리고 그는 창호지를 덧댄 문을 열고는 바깥으로 나섰다.

박인 역 배우는 상념에 잠시 빠지다 자조적인 말을 읊조렸다.

"그동안 참으로 많은 일을 했는데 여기서 그만두면 내가 한 일은 휴짓조각으로 변하겠지."

한편, 이들의 대화를 엿듣고 있는 한 인물이 있었다.

바로 광복이다.

광복의 아역 배우가 안으로 들어와 다짜고짜 무릎부터 꿇었다.

"절 독립투사로 키워주세요."

"안 된다."

"어째서죠?"

박인 역 배우 이주인은 아역 배우의 눈을 바라보았다. 당돌한 눈동자에 단호한 뜻이 서려 있었다.

"어린 나이에 그런 뜻을 품다니 참으로 기특하구나."

그는 그러나를 강조하며 말을 이어나갔다.

"아무도 기억해주지 않는 싸움을 왜 하려 하느냐. 그냥 일찌감치 포기하는 것이 너 자신한테도 좋다. 막말로 조국이 독립되는 거랑 너랑 무슨 상관인 거냐?"

이 말에 광복의 아역 배우는 주먹을 꾹 쥐었다.

"나라가 너에게 밥을 먹여 주더냐 돈이라도 주더냐. 달걀로 바위를 부술 수 있는 건 둘째치고 설령 피 터지게 싸워서 광복한다 치자. 사람들이 너의 노고를 알아주기라도 할 거 같으냐? 어림 반 푼어치도 없는 소리. 모두가 결국 잊고 말 테다.”

독립군의 길을 걷는다는 건 외롭고 고통스러운 길이다. 자신의 삶 전체를 걸어야 하고 자신의 모든 것을 희생해야 한다.

독립군은 한낱 복수하고 싶다는 일념만으로 할 수 있는 것이 아니다. 또, 단순히 하고 싶다고 해서 할 수 있는 것도 결코 아니다.

지금의 박인은 광복에게 모진 소리를 하지만 사실 그 자신에게 하는 소리기도 하다.

광복 역의 아역배우는 입술을 꾹 다물며 대사를 또박또박 내뱉었다.

“그렇다고 아무것도 안 해도 되는 거 아니잖아요, 아저씨. 그리고 사람들이 잊어도 상관없어요. 지금 싸운다는 게 중요한 거 아닌가요?”

어린놈인 주제에 핵심을 찌른다.

그리고 이때 박인은 광복의 말에 대략 십 년 전 그가 도와줬던 한 남자를 떠올리게 된다.

철로를 달리는 열차 속에서 그는 이런 말을 했다. ‘어쩌면 실패할지도 모른다고 생각하고 있소.’ 라고.

이 말에 박인은 ‘설사 성공해도 죽는지 알면서 왜 굳이 죽으러 가는 거요?’ 라고 되묻자 그는 미소와 함께 ‘그렇다고 아무것도 안 해도 되는 건 아니잖소. 그리고 사람들이 나를 기억하지 않고 잊어도 상관없소. 지금 싸운다는 게 중요한 것이니.' 라는 대답했다.

이 대화를 끝으로 두 사람은 침묵으로 일관하다 헤어졌다. 이후 박인은 그를 두 번 다시 보지 못했다. 그는 히로부미를 사살하고는 형장의 이슬로 사라졌으니까.

'그의 이름은 바로 '안중근' 이었지.'

그와 나눈 마지막 대화를 박인은 당시 이해하지 못했다. 그런데 이제 어렴풋이 알 것 같다. 민족의 얼이라고 해야 할까.

"어쩌면 민족정신이란 건 죽지 않고 후대에 그 숨과 열기를 전해주는 것일지도 모르겠구나."

아역 배우는 눈을 둥그렇게 뜨며 말했다.

"네?"

광복의 말에 식어버린 열정이 되살아났으나 박인은 앞날이 창창한 꼬맹이가 제 발로 죽음으로 걸어가는 꼴은 볼 수가 없다.

그날의 악몽이 또다시 재현될 것만 같아 박인은 광복을 애써 무시하기로 한다.

'이 아이를 독립군이 되도록 도와준다는 건 이 어린아이를 죽음의 길로 내모는 것이겠지.'

감히 박인에게 그럴 자격이 있단 말인가. 단언컨대 그런 권리는 없다.

박인은 광복을 애써 뿌리치기로 한다.

"난 너를 독립투사로 만들 생각이 없다."

이때, 오 PD가 외쳤다.

"컷! 지금 느낌 딱 좋습니다. 잠시 쉬었다가 촬영 곧바로 들어가겠습니다."

잠시 휴식하는 사이 박인 역의 배우와 광복 역의 아역이 대본 리딩을 해보기로 했다.

한편, 〈광복의 봄〉 내용은 이렇게 이어진다.

광복의 가능성을 눈가늠하게 된 박인은 광복을 유심히 살펴본다. 나이는 비록 어리나 생각하는 것이 어른 못지않고 머리도 제법 명석하고 재주도 비상한 게 박인의 흥미를 끌게 된 것이다.

박인은 광복에게 여러 가지를 가르치게 된다. 정보를 암호화하는 방법이나 암호를 해석하는 방법 금고를 여는 방법 등등 말이다.

한데, 박인은 광복이 가르치는 족족 흡수하는 것을 보게 된다. 결국, 그는 광복을 제대로 키워보기로 마음먹는다.

밀정으로!

단순한 밀정이 아니다. 정말로 특별한 밀정이다.

박인 역이 광복의 아역에게 말문을 열었다.

"넌 조선총독부에 들어가 고급 정보를 빼돌리고 독립투사를 남모르게 원조하는 밀정이 되어야 한다."

신분을 바꾸기는 하지만 적진 한복판에 침투하는 거라 조금만 삐끗해도 목숨이 위험할지 모른다.

박인이 생각할 때 광복은 뛰어난 능력을 지니고 있으니 능력을 잘만 닦는다면 잘 헤쳐나갈 수 있을 것으로 믿는다.

그러나 광복은 박인의 생각에 회의적인 반응을 보인다.

"하지만 제가 하고 싶은 건 일본군과 직접 싸우는 것이에요. 밀정으로 활동하는 게 아니에요."

"하나만 알고 둘은 모르는구나. 정보전도 충분한 의의를 지니는 법이다. 소위 펜은 칼보다 강하다는 말이 있듯 사람의 목숨을 죽이고 살릴 수도 있는 게 바로 정보다!"

정보를 미리 선점하는 것.

말이 쉽지 참으로 어려운 일이다. 광복이 앞으로 해야 할 일은 정말로 막중한 거다.

"백 명 아니 수만 명을 살리는 일을 할지도 모른다."

광복으로서는 별다른 선택지가 없기에 박인의 제안을 받아들이기로 한다.

"알겠어요."

"그리고 넌 조선인이 아닌 일본인이 되어 살아가야 한다."

며칠 안가 광복은 일본인 '사노' 부부에 입양된다. 그들은 비록 일본인이지만 믿을 수 있는 인물들이다.

박인에게 목숨으로 갚지 못할 커다란 신세를 졌기에 배신할 염려도 없고 아들을 절실하게 원하던 차라 그들은 광복을 아들로 삼기로 한다.

광복의 신분은 이제 조선인이 아닌 일본인으로 바뀌고 본명 이광복은 사노 히카루가 된다.

이렇게 신분을 아예 바꾸는 이유는 조선호적령(1923) 때문이다.

당시 법으로는 일본 호적과 조선 호적 안에서 각각 적을 옮기는 건 허용되지만, 일본 호적에서 조선 호적으로 조선 호적에서 일본 호적으로 옮기는 건 혼인을 제외하고는 금지다.

이런 이유로 박인은 일종의 '꼼수'를 부린 것이다.

오 PD는 이 부분을 서서히 찍기로 하고 다음 부분으로 넘어가기로 했다.

박인이 독립군 내부에 일본군이 심은 '스파이'가 있다는 걸 확신하게 되는 부분이었다.

촬영장소를 옮기지도 않고 곧바로 찍으면 되니 이동할 필요도 없었다.

"자, 그럼 카메라 샷 이야기하고 촬영 시작하겠습니다."

잠시 후.

오 PD가 외쳤다.

"레디! 액션!"

슬레이트가 경쾌하게 부딪쳤다.

탁!

카메라는 배우 상반신 쪽을 담아냈다.

이때 자리에 앉아있던 박인 역 이주인이 고개를 갸웃하며 중얼거렸다.

"그러고 보니 이상하군."

그의 눈앞에는 그가 〈경신참변〉에 관해 알아본 내용이 펼쳐져 있었다.

"이가의 본거지 침략부터 곧바로 이루어졌다. 또, 회령 독립군 비밀임시지부에 일본군이 찾아왔다는 건……."

이는 한 가지를 뜻한다.

"독립군 간부진 내부에 일본과 결탁한 배신자가 있다는 것인가."

외부의 적이 있을 때 내부는 끈끈하게 결속하지만, 적이 내부에 있을 때 서로 믿지 못하기 시작하고 서로 의심하다 결국 무너지게 되어 있다. 배신자야말로 외부의 적보다 더 무서운 적이니까.

한데, 그 배신자가 누군지 알 수 없다. 머리카락은 코빼기도 비치지 않고 숨어버렸으니까.

"겁이 많지만, 대단히 용의주도하고 생존에 대한 감이 대단히 높은 놈인지라 지금으로써 잡기는 어렵다. 그러나 언젠가 제 정체를 스스로 드러내겠지."

박인 역의 배우는 침중한 표정으로 중얼거렸다.

"그리고 언젠가 광복은 이 배신자와 맞붙게 될지도 모른다."

만약 이리되면 두 밀정 사이에 생존을 둘러싼 치열한 심리전이 펼쳐지게 될 테다.

"광복이를 이 싸움에서 지지 않도록 조선 최고의 밀정으로 키워야 한다."

그리고 박인은 한 남자를 불현듯 떠올린다.

"설마 김강산이……?"

그는 고개를 가로저었다.

"그럴 리가……."

〈광복의 봄〉 내 인물 관계가 이렇게 무르익어가면서 신이 촬영에 본격적으로 들어갈 때가 다가왔다.

☆　★　☆

신은 촬영세트장 주변을 둘러보며 촬영장 특유의 공기를 맡았다.

'옛날 시대 속에서 살아 숨 쉬는 거 같다.'

시대극 드라마에서나 볼법한 인력거와 자동차박물관에서나 볼법한 구형 자동차가 거리를 죽 따라 늘어서 있어서 현장감이 생생했다.

그러던 이때 종이 딸랑딸랑하는 소리가 났다. 신의 옆으로 노면전차가 지나가고 있었다.

전차 위로 전깃줄이 공중에 떠 있는 기다란 전선에 이어져 있었는데, 길 위에 놓인 레일 위를 따라 느릿느릿한 속도로 지나가는 게 신의 눈에는 범퍼카가 움직이는 거 같았다.

'지금 작품 시간대를 따진다면 광복이 '고등학교'에 들어가는 시기.'

이 당시 고등학교는 친일파 자제나 일본인 자제만 들어갈 수 있는 곳이었다.

'광복은 이 고등학교에 조선인 신분 이광복이 아닌 일본인 '사노 히카루'라는 신분으로 들어가게 되지.'

광복이 이 고등학교에 입학하는 건 친일파 및 조선을 주무르는 일본인들의 자제들과 친분을 차근차근 쌓기 위해서다.

'또, 주위 사람들이 광복이 사노 히카루라고 철석같이 믿게 하도록 하는 목적도 있지.'

광복의 신분을 완전히 세탁하는 것!

이것이 '박인'이 상상하는 밑그림 중 하나였다.

잠시 후, 신은 1970년대에 입을법한 학생 복장을 하고서 촬영에 들어가기로 했다.

'그보다 걱정되네.'

신의 눈길이 오 PD에게 향했다. 안색이 핼쑥한 게 상태가 안 좋게 보였다.

신은 지금 이 순간이 폭풍이 몰아치기 직전의 쾌청한 밤 같이 느껴졌다.

사실 스태프와 배우들의 처지를 생각해본다면 작품을

하기로 한 오 PD의 결정은 이기적이고 무책임한 선택이라 할 수 있다.

그러나……

'어쩌면 오 PD님을 말리지 않은 건 오 PD님과 작업을 함께해보고 싶은 내 고집일지도 모르지.'

혹여나 오 PD가 병상에 눕게 되면 PD가 교체될 가능성이 있다는 것도 염두에 둬야 했다.

신은 이런 일이 촬영 도중에 일어나지 않기를 바랄 뿐이었다.

지금 신이 당장 해야 할 건 광복이라는 배역에 최대한 집중하는 것. 신은 촬영진과 함께 촬영에 들어갈 준비를 하기로 했다.

'광복은 수호에게서는 각종 무예와 생존기술을 익히는 등 체를 단련하고 박인에게서는 밀정이 되기 위한 훈련을 받으며, 지를 쌓아나간다.'

이때 오 PD가 신에게 말했다.

"배역에 집중할 준비 되어 있나?"

신은 웃음을 지으며 말했다.

"설레네요."

새로운 배역을 만나 집중하고 몰입하는 건 긴장이 되기도 하고 신선하기도 했다.

"주인공이 시대상을 바라보는 부분이지. 느낌만 잡아볼 예정이니까 산뜻하게 가보자고. 카메라는 이제 네 동선을 따라 같이 움직일 거야. 그리고……."

신에게 촬영 샷을 설명하는 오 PD의 얼굴에 화색이 서렸다. 신도 그렇지만 그 또한 촬영장에 있을 때 살아 숨쉰다는 걸 느끼는 사람이었다.

"알겠습니다."

신과 오 PD 간에 호흡은 척척 맞았다.

신은 이 사실이 기쁘지 않았다.

"후우……."

신은 호흡을 가다듬으며 관청에 달린 '일시동인'이라는 표어를 바라보며 중얼거렸다.

'이것이 이 시대가 지닌 모순이지.'

신은 상황에 몰입하면서 배역에 서서히 집중하기 시작했다.

'이 일시동인이라는 말이 널리 쓰이게 된 건 메이지 천황이 '병합조서'에서 일시동인이라는 표현을 쓴 이후지.'

신은 시대적 배경에 대해 공부한 상태였다.

배역에 집중하기 위해서는 시대적 배경을 알아야 하는 건 필수다. 더군다나 우리의 역사이기도 하니 더더욱 공부해둘 필요가 있었다.

그러던 이때 스탠바이가 완료되었다.

잠시 후.

"레디! 액션!"

오 PD의 외침과 함께 슬레이트가 부딪쳤다.

155

신은 음향 스태프가 내민 기다란 마이크 아래에서 담담한 어투로 대사를 되뇌며 거리를 따라 걸었다.

"매일신보에서는 '당초부터 식민적 관념이나 민족의 우월이 있었던 것은 아니요, 종족의 구별이 있었던 것이 아니다.' 라고 선전하나 이는 보기 좋은 허울에 불과할 뿐……."

이 대사처럼 일본인과 조선인 사이에는 엄연한 구분이 있다.

바로 '외지' 와 '내지' 라는 단어다.

'외지' 는 식민지인 조선을 '외지인' 은 조선인을 뜻하는 말이다.

이런 이분법적인 구분은 일본과 조선은 엄연히 다르다는 것을 여실히 보여주는 증거.

그리고 이 내지인은 차별받는 존재들이었다.

신은 외운 내용을 중얼거렸다.

'도시에는 기존의 도로를 넓혀 자동차가 다닐 수 있도록 한 도로인 '신작로' 가 들어서기도 하고 양복이나 넥타이 같은 서양식 상품을 파는 '히라타 백화점' 이나 '조지야 백화점' 이 나타나기도 하고 '문화주택' 이라는 근대적인 설비를 갖춘 서구식 주택이 등장하기도 한다.'

도시의 발전은 외지인을 위한 것이 아니다. 일본인을 위해서다. 한데, 희생을 당하는 쪽은 조선인의 차지다.

일본인들은 신작로를 낸답시고 농민들의 소중한 터전인

논밭을 억지로 내놓게 하는 건 예삿일이고 가옥을 파손하는 게 일쑤고, 사람들을 공사 인부로 강제로 차출하기도 했다.

어디 이뿐일까.

3% 남짓한 지주가 전체 농가의 농지 8할을 차지하고 있으니 땅이 없는 농민은 도시로 몰려온다.

이 농민은 도시에서 최하층으로 전락한다. 거주하기 어려운 산비탈이나 하천 주변 다리 밑 나뭇가지와 같은 재료로 움막집을 짓고서 '토막민'이라는 계층으로서 말이다.

"이것이 이 시대의 모순이다."

신은 답답한 현실에 담담한 어투로 말했다.

"이 발전이라는 건 도대체 누구를 위한 발전이고 근대화란 말인가."

신의 담백한 연기를 바라보고 있는 사람들은 극에 점점 빨려드는 걸 느꼈다.

이때 신은 중대한 질문을 던져냈다.

'나는 어떻게 살아가야 하는가.'

이러한 부조리 속에서 어떤 사람은 일본에 빌붙기도 하고, 어떤 이는 일본에 저항하기도 하고, 또 어떤 이는 이 양극단 사이에서 갈팡질팡하고 방관하기도 한다.

극 중의 광복은 사람들이 선택한 다양한 선택을 보며 스스로에게 되묻는다.

'소용돌이처럼 휘몰아치는 격랑 속에서 한 개인은 어떤 삶을 살아가야 할까.'

이런 생각도 생각이지만 광복이 무엇보다 하고 싶었던 건 전선에 직접 나가 일제에 직접 대항하는 것이지 이런 이중생활하는 것이 아니다.

신은 광복이라는 인물에 깊게 감정이입을 하며 광복이 겪었을 내적 갈등을 자조적으로 드러냈다.

"나는 일본인인가. 아니면 조선인인가."

신은 지금 이 순간 막막함을 느끼고 있었다.

'나는 앞으로도 정체를 숨기며 살아남아야 한다.'

이 지옥 속에서 자신의 정체가 탄로가 난다는 건 목숨을 잃는다는 말과도 같았다.

'이것이 광복이 앞으로 감당해야 할 짐.'

신은 무거운 납덩어리 같은 게 가슴을 짓누르는 게 느껴져서 정말 괴로웠다.

'배 열두 척으로 이백이나 넘는 왜구의 배들을 상대해야 했을 충무공 이순신의 심정이 이랬을지도 모르지.'

신은 극 중의 인물을 좀 더 이해해보기 위해 이순신 장군의 고뇌가 녹아든 영화 충무공을 참고해보기도 했다.

한편, 오 PD는 신이 펼치는 연기를 바라보며 고개를 끄덕였다.

'내면을 드러내는 연기가 어렵지.'

배우들이 흔히 저지르는 실수가 인물의 내면을 드러

낸답시고 미간을 '일부러' 좁히거나, 눈썹에 힘을 의도적으로 주는 식으로 작위적인 연출을 한다는 거다.

지금 신의 경우는 배역에 완전히 집중하고 있다 보니 인물이 지닌 느낌이 그대로 살아나고 있었다.

'절제된 표정과 담담한 대사에 인물의 내면이 자연스레 녹아들고 있다.'

오 PD는 신의 연기를 더 담아 내보고 싶다는 생각이 들었다. 돌리 카메라가 레일 위를 따라 이동하면서 신의 동선을 따라갔다.

잠시 후. 신의 눈앞에 종로시장이 나타났다.

시장통은 오가는 사람들로 북적이고 있었는데, 사람들은 시선을 애써 돌리고 있었다.

시선을 외면하려는 곳에는 검은 치마와 흰 저고리를 입은 여인과 여인을 둘러싸고 있는 일본인 패거리가 있었다.

"이, 이러지 마세요."

사람들은 침묵할 뿐이다.

아무도 나서지 않는다.

"그만두지?"

그러던 이때 한 남자가 여자 앞에 섰다.

"정의의 사도가 나타난 건가?"

광복이 나서려는 건 이유는 이와 같다. 힘없는 아녀자가 희롱당하는 게 일본인에게 핍박받는 조선인이 투영돼서다.

"어디 해보자 이거지?"

신과 배우들이 드잡이를 벌이려는 이때 누군가가 호루라기를 부르며 나타났다.

"삐이이이이익!"

일본 경찰들이 출동했다.

"이게 무슨 소란이야!"

일본 경찰들은 사람들의 신분을 확인하기 시작했다.

이윽고 광복의 신분을 확인할 때 부하 경찰이 곤란하다는 표정으로 상관 경찰을 바라보았다.

"이거 어찌해야 하죠?"

조선인과 일본인 사이에 문제가 터지면 묻고 따질 것도 없이 조선인에게 책임을 묻는 것으로 끝낼 수 있다.

그러나 일본인과 일본인 사이의 문제는 다르다.

더군다나 광복의 부모가 유명한 일본인 사업가니 광복을 어찌할 수도 없는 상황이다.

부하 경찰이 상관의 귓가에 속삭였다.

"그런데 왜 내지인이 외지인을 위해 나선 것일까요?"

그들이 광복에 대해 여러모로 수상하게 생각하던 차에 장내에 한 남자가 나타났다.

바로 박인이었다.

"아이고, 히카루 도련님! 이게 무슨 꼴이랍니까. 언제고 한번 이런 일이 벌어지는 게 아닐까 조마조마했는데 그래서 제가 꽃단이와 사귀는 거 그렇게 반대했지 않습니까."

박인 역의 배우는 호들갑을 떨며 신의 몸을 털어주었다.

"귀하신 몸에 이게 무슨……! 꽃단이가 아무리 좋아도 그렇지 한낱 비천한 외지인이 아닙니까."

박인의 재치있는 입담과 익살스러운 연기가 장내의 분위기에 흥을 돋워주었다.

"아이고, 나으리들."

박인이 경찰들의 주머니에 돈을 은근슬쩍 쟁여주며 눈을 찡긋했다. 일본인 경찰 배역들은 헛기침해댔다.

"크흠! 이거 잠시 오해가 있었던 거 같군요."

경찰들은 사소한 시비가 있었던 선에서 사건을 마무리하기로 한다.

오 PD가 만족스러운 표정으로 외쳤다.

"컷! 상황을 살리는 연기 정말 좋았어요. 그런데 광복과 일본인 패거리가 드잡이질을 벌일 때 역동적인 게 잘 살지 않은 게 아쉽군요. 추격신을 한번 넣어 봅시다."

이 말에 신과 일본인 단역 배우들은 시장 한복판을 뛰어다녀야 했다. 그래도 추격신을 넣으니 밋밋하기만 했던 장면이 이전보다 생동감 넘치게 살아나게 되었다.

잠시 후.

신은 카메라를 옆에 두고 박인 역의 배우와 함께 길을 나란히 걷기 시작했다. 지금 촬영하는 장면은 광복이 함부로 나선 것에 박인이 꾸짖는 대목이었다.

"자칫했으면 지금껏 해온 모든 것이 수포로 될 수 있었던 상황이었다. 때로는 대의를 위해선 조그마한 건 참고 넘길 줄도 알아야 한다."

신은 걸음을 멈추며 말문을 열었다.

"소를 참고 넘겨도 괜찮다면 어디까지가 소인 겁니까? 한 명입니까. 열 명입니까. 아니면 백 명입니까. 소가 모여 대가 되는 것인데 소라고 생각하며 무작정 눈 감아 버린다면 대가 남아 있겠습니까. 대는 도대체 누구를 위한 겁니까."

박인 역의 배우는 신의 대사에 고개를 끄덕였다.

"네 지적도 옳다. 그런데 나서고 나서지 말아야 할 걸 구분할 줄 알아야 한다. 너의 어깨에 네 목숨만이 달린 것이 아니다. 만약 그 한 명을 지키려고 하다 우리 모두 죽게 된다면 그 한 명이 소인가. 아니면 우리 소인가?"

박인의 지적은 궤변이기도 하지만 일리 있는 말이라 광복은 꿀 먹은 벙어리가 된다.

다행히 문제가 잘 풀려서 망정이지 행여나 광복이 잘못되었으면 모두가 죽었을지도 모른다.

박인 역의 배우가 이런 대사를 덧붙였다.

"무슨 행동을 하는 건 개인의 선택이고 자유다. 그러나 선택이란 건 그에 걸맞은 결과가 반드시 따르는 법이다. 책임 없는 선택이란 무책임이나 다름없다."

광복은 행동할 때 기분에 내키는 대로 행동하는 것이

아니라 대책을 가지고 행동해야 하는 것을 깨닫는다.

"앞으로 걸어가야 하는 길은 이보다 더 험난할 터. 지금
같은 실수는 있어서는 안 될 것이야."

이후, 광복은 자신의 생활에 완전히 적응하기 시작하고
사노 부부에게도 어느덧 마음을 열게 된다. 솔직히 일본
인을 부모로 둬야 하는 건 광복으로서 싫은 일이었다. 가
족을 죽음으로 몰아넣은 원흉이 일본인이었으니까.

이러던 차에 광복의 아버지 이하인이 일본재판부에 재
판을 받게 된다. 재판부는 일본에 대항하면 어떤 꼴을 당
하는지 본보기를 보여주기 위해 사형이라는 판결을 내린
다.

사형집행은 빛과도 같은 속도로 진행된다.

광복은 아버지가 죽었다는 소식을 박인을 통해 접하게
된다.

☆　　★　　☆

〈광복의 봄〉 촬영진은 광복이 아버지의 죽음을 받아들
이는 부분을 찍기로 하였다.

촬영장소는 '사노 가'.

그리고 신은 ENG 카메라가 돌아가는 앞에서 피에 젖
은 광복의 아버지 의복을 바라보며 중얼거렸다.

'아버지라……'

솔직히 아무 실감이 나지 않았다.

그러나 피로 얼룩진 아버지의 의복을 어루만지고 있자니 신은 형언할 수 없는 감정에 휩싸였다.

'만약 내 아버지가 이렇게 돌아간다면……'

신은 광복의 아버지가 남긴 유서를 서서히 펼쳐 읽어보았다. 유서의 내용에는 이런 내용이 적혀 있었다.

[이 아비는 걱정하지 말고 네 형과 어떻게든 우애 좋게 지내거라.]

아버지는 형 광남이 살아 있는 줄 알고 있는 것일까.

신은 담담하게 중얼거렸다.

"형은 이미 죽었는데……."

그리고 신은 광복의 관점에 녹아들기 시작했다.

'이하인이 죽어가는 와중에 그의 두 아들이 살아있을 것이라 굳게 믿었을 테지.'

이렇게 생각하니 신은 슬픔의 파도가 해일처럼 밀려오는 걸 느꼈다.

유서를 붙잡고 있는 신의 손이 미약하게 떨렸다.

신의 눈동자에 눈물이 맺혔다.

신의 눈가도 살짝 떨렸다.

그러나 신은 울지 않았다.

오 PD는 고개를 끄덕였다.

'그렇지, 감정을 억제해야지.'

감정 연기에서 중요한 건 감정에 빠지면서도 빠지지

않는 거다.

또, 배우가 연기에 집중하다 보면 뭔가를 보여주려는 유혹에 시달릴 때도 있었다.

'지금의 신은 유혹을 잘 이겨내며 호흡을 잘 이끌어가고 있다.'

한편, 카메라는 아무렇지도 않게 스쳐 지나갈 수도 있는 신의 표정을 기가 막히게 잡아냈고 음향 마이크는 미약하면서도 뜨거운 숨결마저도 섬세하게 잡아냈다.

그러던 이때, 기모노를 입은 한 여인이 신에게 말했다.

"이제, 실컷 울어도 된단다, 아가."

그녀는 사노 아야메.

광복의 의모다.

광복과 그녀는 피 한 방울도 섞이지 않은 남남이지만 그녀는 광복을 그녀의 아들로 생각하고 있었다.

그녀의 말에 신은 눈물을 흘러내리며 오열하기 시작했다.

"아버지……."

절제하고 또 절제했던 감정의 둑이 드디어 터진 것이다.

신의 잔잔한 감정 연기는 촬영장 스태프들의 눈시울도 가슴도 눈물로 젖게 하고 있었다.

정적이었으나 격정적인 내면 연기였다.

"컷!"

165

오 PD는 촬영을 끝내고는 신에게 다가가 손수건을 내밀며 말했다.

"아버지의 죽음에 처음에 실감 나지 않아 하다가 받아들이게 되는 부분에서 주인공의 감정을 담담하면서도 묵묵하게 그려내는 게 좋았다."

신의 연기를 그림으로 비유한다면 뭐랄까. 먹물 느낌이 물씬 나는 수묵화라고 해야 할까.

'대사를 대화하는 것처럼 내뱉었다는 건 배역을 완전히 소화해내고 자기의 말로 나타낸 것을 의미하지.'

한편, 신은 감정을 추스르며 눈물을 손수건에 닦아내며 대답했다.

"감정을 표현해내는 거 고심을 많이 했는데 어찌 잘 되었네요."

사람이 슬퍼할 때 무작정 슬퍼하지 않는다. 일단 아무렇지 않은 척하려고 한다. 눈물도 참아내고 속으로 '난 괜찮아.' 라는 마법의 주문을 애써 되뇌다가 결국 울어버리고 만다. 감정이란 건 사람 생각대로 제어할 수 있는 게 아니기 때문이다.

오 PD는 속으로 중얼거렸다.

'사람들의 감정선을 자연스레 자극하는 것.'

멜로 영화에서 중요한 게 바로 이런 점이었다.

'사람들의 눈물샘을 자극해야 할 때 배우가 감정을 과하게 자극하면 사람들은 배우가 연기에 힘을 너무 주었다고

생각하지.'

지금 신은 감정선을 적절한 수준으로 자극했다. 여기에 주인공의 내면도 섬세하게 잘 살려내기까지 하였으니······.

'이 장면에서 슬픈 음악을 깔면 안방은 울음바다가 될 거 같은데.'

오 PD는 주위를 향해 말했다.

"다음 촬영지로 이동해서 촬영에 들어가 보도록 합시다."

신은 스태프들이 다음 촬영장소로 움직이기로 하는 사이 대본에 나올 부분을 점검해보기로 했다.

'광복과 이렇게 사노 가의 사람들은 진정한 가족이 된다. 시간은 흐르고 흘러 광복은 조선총독부 부서 특수정보부 간부로 들어가게 된다. 조선총독부 인사들과 안면을 익히고, 정치계는 물론 경제계에도 막강한 힘을 자랑하는 친일본파 인사들과도 연이 닿는다.'

광복은 이들에 대한 정보를 하나하나 작성하며 박인에게 몰래 인명부목록을 넘기고 독립군의 친일파 요인 제거 작전을 도와주기도 하고 투옥된 독립투사가 있으면 건물의 조감도를 독립군에게 넘겨주기도 한다.

'비밀간첩 요원으로서 맹활약하기 시작하는 것이지.'

신은 주인공이 보여주는 행보에 통쾌함을 느꼈다.

시청자들도 주인공에 감정이입을 한다면 이런 부분에서 카타르시스를 느낄 터였다.

'그리고 주요 인물 관계는 이렇지.'

광복에게 둘도 없는 친구가 있다. 바로 엔도 토야. 생도 시절 1등 자리를 놓고 자웅을 다툰 훌륭한 호적수이자 선의의 경쟁자다.

'광복은 그와 처음 만날 당시 광복은 그에게서 익숙함을 느낀다. 죽은 형 광남과 상당히 닮았기에.'

그러나 그가 광복의 형일 리가 없다.

형은 '그날' 죽었으니까.

'토야는 광남과는 다른 성격을 지니고 있지.'

광남은 누구에게나 친절하다면 토야는 까칠하다고 해야 할까.

'또, 토야는 출세욕을 가지고 있지.'

물론 욕심이 있는 건 나쁜 건 아니었다.

그러나 출세를 위해 다른 사람이 어떻게 되든 신경 쓰지 않는다는 게 문제였다.

'토야는 목적을 위해서라면 수단과 방법을 가리지 않는 인물.'

이는 그의 아버지 엔도 히로히토에게 인정받고 싶은 것에서 발로된 것이기도 했다.

'이런 점에도 불구하고 광복은 광남의 모습을 떠올리고만 싶어서 토야와 친구처럼 지내기로 하지.'

토야 또한 광복에게서 왠지 모를 친근함을 느끼고 친하게 지내게 된다.

두 사람은 항상 서로 붙어 다닐 정도로 지내다 보니 주위에서 형제 콤비라는 별명으로 불리기도 했다.

'집안 사이에 왕래도 있다 보니 광복은 토야의 여동생 '아야코'와 혼약이 오가기도 하고.'

그러던 어느 날 토야와 토야의 아버지가 중국으로 가게 되면서 광복은 이들과 헤어지게 된다.

이로부터 몇 년이 흐른 지금 광복은 토야와 경성에서 재회하게 되고, 둘은 캬바레에서 회포를 풀게 된다.

신은 이 시대에도 캬바레가 있다는 걸 알게 되면서 다소 뜻밖이라고 생각했다.

'당시 조선은 암흑 속에 있으니 어두컴컴하고 우중충한 분위기 속에 있는 건 줄만 알았는데……'

이 어둠 속에서도 불빛은 화려하게 타오르고 있었고, 이 불빛을 보고 몰려드는 부나방들도 많았다.

모던보이와 신여성이라는 계층도 나타나기도 했는데, 이들 사이에서는 조선이 어떻게 되든 간에 상관없고 지금 순간순간을 즐기면 그만이라는 허무주의가 팽배해 있기도 했다.

아무튼, 신은 촬영을 차례대로 찍기 시작했다.

촬영을 빡빡하게 끝마치니 해는 어느덧 뉘엿뉘엿 지고 있었다.

신은 광복과 토야와의 만남을 찍기 전에 배우들과 만나 인사를 나눴다.

"대본 리딩때 한번 뵈었죠. 반갑습니다."

엔도 토야는 '이정석' 이라는 배우가 연기할 예정이었다.

그는 〈내 사랑 스캔들〉, 〈연애 조작단〉 등으로 얼굴을 대중에게 알리기 시작하면서 충무로에서 한창 뜨고 있는 '블루칩' 이었다.

블루칩이라는 별명답게 〈광복의 봄〉 대본 리딩 현장에서 꽤 괜찮은 리딩을 보여주기도 했다.

그러나 신은 아쉽기만 했다.

'서효원이라면 내 개성을 정말 잘 살려주었을 텐데.'

〈광복의 봄〉 내용이 진행될수록 엔도 토야와 광복 (사노 히카루) 간에 겪는 외적 갈등도 치열해져 가고 두 사람 간에 심리전도 최고조를 향해 달려가게 되어 있었다.

그러나 그는 광복을 완전히 빛나게 해주기에는 부족함이 있었다.

'아쉬운 마음은 아쉬운 대로 접어야겠지.'

신은 한 여인을 바라보며 싱긋 웃었다.

"인기배우 혜정 씨네."

"뭐야, 네 입에서 그런 말 나오니 기분이 이상해지는데."

남혜정.

그녀는 드라마 〈바람의 공주〉와 영화 〈양과 늑대〉에서

신과 호흡을 맞춰본 적이 있는 여배우였다. 신과는 동년
배였다.

'그때의 인연이 이렇게 이어지다니 기분이 묘해지네.'

그녀는 신처럼 한번에 유명해진 건 아니었으나 꾸준한
작품활동을 통해 인지도를 늘려가고 있었다. 그녀도 이제
슬슬 빛을 볼 차례였다.

"그보다 나 지금 엄청나게 떨려."

그녀가 호들갑 떨자 신은 그녀를 진정시켜주었다.

"떨 필요 없어. 평소처럼 잘하면 되는 거니까."

그녀가 극 중에서 맡을 역은 '조인애'였다.

그녀는 광복과 열렬한 사랑에 빠지게 되는 인물로 왈가
닥 영애였다. 성격은 활기찬 편이고 엉뚱한 편이었다.

"아, 그래도 나 진짜 잘해낼 수 있을까?"

"질문이 이상한데."

"뭐가."

"이미 잘하고 있는데, 뭘."

혜정은 피식 웃으며 말했다.

"말이라도 고맙네."

신은 그녀의 긴장을 풀어주며 카바레 '화춘' 내부에서
촬영에 들어가기로 했다.

건물 내부구조는 2층으로 되어 있었다. 1층에는 노래
부를 수 있는 홀이 있었고, 2층은 가운데가 아래로 뻥 뚫
린 구조라서 위층에서 노래 부르는 걸 감상할 수 있었다.

신은 오 PD의 지시에 따라 배우들과 함께 1층 내부에서 탁자에 둥글게 앉기로 했다. 단역들의 경우 움직여야 할 곳에 자리 잡았다.

오 PD는 카메라 구도를 배우들에게 일일이 설명한 후 힘차게 외쳤다.

"레디! 액션!"

오 PD가 마법의 단어를 외운 지금 이 순간 배우들은 일제강점기에 살아가는 사람들이 되어 웃고 떠들고 즐기기 시작했다.

이정석이 술잔을 책상 위를 내리치며 말했다.

"자, 다들 신나게 마셔 보자고. 오늘은 내가 시원하게 쏠 테니까."

여인들의 경우 요염한 화장을 하고 몸매의 굴곡이 강조되는 화려한 옷을 입고 있어 어디에 눈을 둘지 민망했다.

그러나 이정석은 주머니에서 지폐 다발을 꺼내 여인의 가슴에 꽂았다.

한 여인이 눈웃음을 흘렸다.

"아웃, 이럴 필요 없는데."

이때 한 남자가 가게 내부로 들어왔다.

중절모를 눈이 안 보일 정도로 눌러쓰고 있는 게 정체가 미심쩍어 보였다.

신은 사람들 모르게 자리에서 일어나 남자가 있는 쪽으로 움직였다.

172 신의 연기 6

신이 남자 옆쪽을 스쳐 지나가는 순간 남자는 신에게 부딪혔다.

"아이고, 죄송합니다."

남자는 신을 붙잡으며 고개를 푹 숙였다.

신은 남자와 시선을 은밀하게 마주쳤다. 그리고 고개를 끄덕였다.

카메라가 두 사람을 담아내고는 신을 따라가기 시작했다.

신은 사람들이 없는 구석진 곳으로 이동하여 호주머니에서 무언가를 꺼냈다. 방금 독립군 비선이 전해 준 쪽지였다.

신은 쪽지를 바라보았다.

"독립군 조직이 무너졌다고?"

신은 눈을 가늘게 좁혔다.

뭔가 심상치 않은 일이 벌어지고 있는 게 틀림없었다.

신은 입술을 잠시 굳게 다물고는 호주머니에 종이를 집어넣었다. 그리고 신은 제자리로 돌아갔다. 양옆에 여인을 끼고 있는 이정석이 히죽 웃으며 말했다.

"뭐 하느라 이리 늦게 다녀온 거야?"

"화장실 다녀왔지."

"자식, 이렇게 얼굴을 보니 옛 생각 진짜 난다."

신은 그의 말에 후후 웃었다.

"그러게 왜 이제 왔어."

"내가 좀 바쁜 몸이거든."

"일단 한잔하자."

"좋지."

술잔이 오가고 여인들의 웃음과 함께 분위기가 무르익어 가는 때였다. 이정석이 어깨를 으쓱이며 말했다.

"그나저나 너도 말이야. 이 엔도 토야가 독립군 조직을 무너트리는 걸 봤어야 했어."

바로 이 순간이 광복이 토야가 경성에 그냥 나타난 것이 아님을 알게 되는 대목이었다.

신은 이정석을 응시하자 이정석이 신을 향해 씩 웃었다.

"독립군을 어떻게 잡았는지 이야기해줄까?"

"이거 궁금해지는데."

그는 신의 대사에 손뼉을 치며 말했다.

"네가 궁금해하지 않아도 당연히 말해줄 생각이야. 넌 내 친구니까."

신은 '친구'라는 말에 희미하게 웃었다.

"일단 독립군 조직에 독립군으로 들어갔지."

이때 그는 손가락 하나를 내밀었다.

"아, 신분 세탁하는 건 당연한 거고."

엔도 토야가 신분을 바꿔도 독립군에게서 의심을 받지 않은 건 조선말을 기가 막힐 정도로 능통하게 잘하는 것에 있었다.

"그들의 신뢰를 서서히 쌓아갔지. 요직에 올라 독립군의 각종 작전을 누출하고 종래에 모두를 함정에 빠트려 한꺼번에 일망타진했지."

토야는 이 공을 세운 업적으로 특급 무공훈장까지 받게 되고 광복이 있는 특수정보부 간부로 들어올 예정이었다.

이정석은 무어가 그리 기분 좋은지 킬킬 웃었다.

"그때 정말 똥줄 탄 거 생각하면 끔찍하다 끔찍해."

한편, 토야를 연기해내는 이정석의 얼굴에 자랑스럽다는 기색이 서렸다.

신은 어금니를 살짝 깨물었다.

까득.

조선 사람이라면 그를 한 대 패주고 싶은 감정이 들 테다.

광복이라는 배역에 동화된 신은 주먹도 살짝 쥐었다. 그리고 속으로 중얼거렸다.

'토야는 그저 형과 단순히 닮은 사람이겠지…….'

광남은 남의 눈에서 눈물을 흘리건 피를 흘리건 신경 쓰지 않을 사람이 아니었다. 또, 동포를 팔아넘기는 파렴치한 짓은 하지 않을 사람이었다.

문득 이렇게 생각하니 슬펐다.

'사실 토야는 광복의 형인데.'

신의 눈썹이 파르르 떨렸다.

광복은 토야에게서 광남을 보려고 했던 자신의 어리석음을 한탄해 하며 토야에게 관심을 끄려고 한다. 그런데 토야에 대해 관심을 끌 수 없다.

'광복은 자신이 도대체 왜 이런 감정을 느끼는지 이해할 수 없어 할 것이고.'

신은 스스로에 되물었다.

'토야가 그의 오래된 친구라서 그런 것일까. 아니면 광복의 마음이 약해서 이런 것일까.'

어쨌건 광복은 앞으로 토야를 최대한 예의주시하며 움직여야 할 터였다. 토야가 광복에게 이상한 낌새를 맡게 되면 이빨을 들이미는 일이 생길 게 분명하기에.

이때, 오 PD가 말했다.

"컷!"

신을 비롯한 배우들은 배역에 집중하며 감정을 유지하고 있었다.

"지금 이 느낌 정말 좋습니다. 이 느낌으로 곧바로 가볼 겁니다."

스태프들이 빠릿빠릿 움직이니 상 위로 어느새 비워진 술병들이 가득했다.

촬영이 또다시 시작되었다. 그러던 이때 한 여인의 노랫말이 울렸다.

"사랑……. 사랑 그것은 막을 수 없어."

신은 이정석을 향해 말했다.

"야, 너 취했냐."

"어. 음……."

원래 이 순간 신은 이정석을 그저 바라보기로 되어 있었다. 한데, 신은 손바닥으로 이정석의 머리를 툭툭 쳤다. 그가 미운 것이다.

"야, 이 나쁜 자식아. 사람이 말이야. 그러면 돼? 어?"

그러던 이때 두 여인이 가게 내부로 들어섰다.

아야코와 조인애였다.

조인애를 연기하는 남혜정이 코를 부여잡으며 말했다.

"어우, 술 냄새."

그리고 그녀는 신을 바라보며 당돌한 질문을 해댔다.

"저기요, 왜 그렇게 뚫어질 정도로 쳐다보는 거예요? 내가 마음에 들어요?"

광복은 이 질문에 당황하는 것도 잠시 자신의 감정을 애써 감추기로 한다.

아야코를 맡은 여배우가 핀잔했다.

"얘는 참 못하는 말이 없어."

"컷!"

☆　★　☆

이날 이후로 광복은 조인애가 자꾸 생각난다. 왜 이런 것인지 광복 스스로도 모른다.

그녀만 생각하면 가슴이 뛰고 아무것도 생각할 수 없다.

광복은 그녀를 좋아하게 됐다는 것을 알게 된다.

그러나 광복은 조인애는 그저 스쳐 지나가는 인연이라고 생각하며 마음을 애써 진정시키려고 노력한다.

그러나 마음이라는 건 생각대로 될 수 있는 것이 아니었다.

신은 광복의 이런 심정에 동화되어 제 '속내'를 박인에게 솔직히 털어놓았다.

"제가 밀정이 아니었으면 사람을 제대로 좋아할 수 있었을까요?"

신이 짓는 표정 그리고 내뱉는 단어에 우수가 묻어나온다.

박인 역의 배우가 짚을 배배 꼬다가 어이없다는 표정을 지으며 말했다.

"얼씨구, 지금 이야기 속의 비련의 주인공이라도 된 거같지? 이제 너도 죽고 그 여자도 죽으면 아주 환상적이겠구먼, 그래."

신의 입가에 아래쪽으로 내려간 미소가 서렸다.

쓰라림이 배어 나오는 고소였다.

'역시구나.'

아니나 다를까 박인은 광복과 조인애와의 사이를 극구 반대하고 있었다.

"쌍으로 죽으려고 아주 난리가 났구먼, 났어. 지금에야 사랑 때문에 죽고 못 살겠다만 그거 지나가 보면 한낱 불장난에 불과한 거야. 광복아, 꿈은 깰 수 있을 때 깨는 게 좋다!"

말이야 거칠게 하지만 박인 또한 안타까운 건 마찬가지다.

"밀정에게 있어서 사랑이란 감정은 사치다. 밀정은 매사에 냉정해야 하는데 사랑하는 사람이 생기면 봐라. 틈이 생겨. 이리되면 자기도 모르게 실수를 하게 된다."

이때 실수란 건 목숨과 곧바로 직결된다. 밀정에게 사랑이란 건 치명적인 적이다.

"지킬 게 생긴다는 건 네가 약해진다는 말과도 같다."

광복으로서는 그저 한숨만 쉬고 싶다. 좋아하는 사람을 좋아하지 못한다는 게 이렇게 힘든 것인지 알았더라면…….

"때로는 놓아주는 것이 진정 위하는 길인지도 모른다."

광복은 박인의 충고대로 마음을 모질게 먹기로 한다. 이 결정은 광복을 위한 것이기도 하지만 그녀를 위한 결정이기도 하기에.

인물들 관계에 갈등이 얽혀들며 미묘한 긴장이 흐르는 것도 잠시 상황이 급변하게 된다.

조선총독부는 내부의 고급 정보가 외부로 누설되고 있다는 정황을 포착하고는 내부 반역자를 색출하는 작전을 펼치기 시작한다.

이로써 〈광복의 봄〉 이야기도 슬슬 본격적인 궤도에 오르고 있었다.

광복의 봄 촬영진은 박인의 은신처에서 사노 가로 이동하여 촬영을 마저 이어나가기로 했다.

이어지는 극의 상황은 이렇다.

광복이 속해 있는 조사부가 배신자 색출 과정에 들어가게 되고, 광복은 박인의 충고대로 조인애에게 관심 없는 것처럼 대한다.

그녀는 이런 광복을 이해할 수 없어 광복에게 따지기 위해 광복의 집을 찾아간다.

그리고 이날 토야는 히카루와 술이라도 마실 겸 사노 가에 놀러 가는데 조인애가 히카루의 집에 찾아온 것을 보고 놀라게 된다. 이것도 잠시 토야는 광복과 조인애가 나누는 대화를 엿듣게 된다.

광복의 봄 촬영진이 촬영할 부분은 토야와 광복이 외적 갈등을 시작하게 되는 대목이었다.

☆　★　☆

이정석은 신과 남혜정이 함께 서 있는 걸 바라보다 코밑을 손가락으로 비볐다.

"자식, 누구 친구길래 인기가 이리 많은 건지."

여성은 이제 깨어나야 한다는 진보적인 여성관을 줄기

180

차게 떠들어대도 당시 시대적 관념으로 외간 여인이 남자의 집에 찾아온다는 건 쉬이 상상하기 힘든 일이었다.

이때 남혜정을 바라보는 이정석의 눈동자가 흔들거렸다.

토야 또한 조인애를 좋아하고 있었다.

두 남자가 한 여인을 사랑하게 되는 건 운명의 장난일지도 몰랐다.

그러나 토야는 자신이 뒤로 빠지며 두 사람의 사이를 응원하기로 한다.

"친구를 위해서라면……."

그는 희미하게 웃고 발걸음을 돌렸다. 이정석을 찍던 촬영감독은 이정석의 동선을 담아냈다.

그러던 이때.

"그때 제 친구 '꽃단이'를 구해준 분이 히카루 씨 맞잖아요."

이정석은 발걸음을 멈칫하고는 중얼거렸다.

"사노 히카루가 조선인 여인을 구해주었다고?"

한편, 신과 남혜정이 서 있는 곳은 정원 내부였다. 이정석은 이 두 사람을 볼 수 있지만, 신과 남혜정이 있는 곳에서는 이정석을 볼 수 없었다.

이정석은 둘이 떠드는 이야기를 더 들어보기로 했다.

"어떻게 그걸……."

신의 대사에 남혜정이 희미하게 웃었다.

"전 그쪽을 처음 본 게 아니라고요."

지금으로부터 몇 년 전, 그녀는 광복이 일본인 패거리에게서 조선인 여인을 구하는 장면을 먼발치에서 목격한 적이 있다.

일본인이 조선인을 구하기 위해 나선 일은 그녀의 뇌리에 선명히 남을만한 일이었다. 그녀는 광복을 보자마자 광복이 누군지 한눈에 알아차리고 만다.

조인애가 광복에게 깊은 관심을 보이는 건 이 광경을 목격해서가 아니다. 광복의 분위기가 남다르다는 것도 있었다. 아니, 뭔가 야누스적인 면모가 있다고 해야 할까.

남혜정은 신의 눈동자를 뚫어지라 쳐다보다가 시선을 스리슬쩍 내리깔았다. 그리고 그녀는 손을 매만졌다. 지금 그녀는 사랑에 빠진 수줍은 여인이었다.

"솔직히 말해 저에게 못되게 구시는 이유가 뭔지는 잘 모르겠어요. 하지만 전, 히카루 씨가 착한 분이라고 알고 있어요. 지금도 그리 생각하고 있고요."

그녀의 고백에 신은 눈동자가 떨렸다. 신은 입을 잠시 벌리다가 다물었다. 그리고 눈동자에 그녀의 모습을 담아냈다. 신의 입가에 미소가 맺혔다.

그녀를 바라보는 신의 표정에는 지금 상황에 대한 풋풋한 설렘과 들뜬 흥분이 담겨 있었다.

그러나 그녀는 이를 보지 못했다.

이 짧은 순간에 인물의 심리가 엇갈리고 있었다. 오 PD
는 만족스러운 표정으로 이 순간을 건져냈다.

이때 그녀가 고개를 슬며시 들어 신을 바라보았다. 신
은 표정을 관리하고는 아까와 같은 무표정으로 되돌아갔
다.

남혜정이 말문을 열었다.

"저한테 뭔가 숨기는 거 있어요? 나한테 다 말해봐요.
이래 봬도 나 쿨한 도시 여성이에요."

광복은 그녀에게 자신의 정체를 대답해주고 싶은 충동
에 휩싸인다. 그러나 그녀가 광복이 지닌 진실을 어떻게
받아들일지 모르는 일이었다.

신은 입술을 꾹 다물다 입을 열었다.

"사람 착각하는 거 같은데 난 네가 생각하는 착한 사람
이 아니야."

남혜정은 신의 대사에 어벙한 표정을 지었다.

"그리고 난 건방진 조센징 계집과 마주칠 몸이 아니라
고. 알겠어?"

꺼지라는 신의 말에 남혜정은 말을 더듬기 시작했다.

"히카루 씨. 잠시만요. 나, 난……. 그런 가벼운 여자 아
니에요."

신은 이 말에 피식 웃었다.

"그런 말 하면서 옷 벗는 여자들 정말로 많아."

신이 내뱉는 대사 한 마디 한 마디가 그녀의 가련한 마음을 짓밟아버린다.

신은 그녀의 얼굴에 가까이 다가갔다.

뜨거운 숨결이 닿는다.

신은 그녀의 눈동자를 응시하다 그녀의 이마를 손가락으로 꾹꾹 눌러대며 말했다.

"이해가 안 되나 본데 너 같은 여자 천지야. 경성 시내를 돌아다니면 여자들이 나에게 웃음을 판다고."

"아……."

"내가 지금 농담하는 거로 보여?"

그녀의 눈망울에 눈물이 그렁그렁 맺혔다. 그녀는 신을 한차례 쏘아보다가 흑하는 울음을 터뜨리며 장내에서 벗어났다.

신은 장내에서 서서히 사라지는 그녀를 바라보았다.

손가락이 꿈틀거렸다.

신은 제 손을 물끄러미 응시했다. 마음 같아서는 그녀를 붙잡고 싶다. 달래주고 싶다. 그러나 고개를 돌렸다.

"후우……."

신은 자신이 한 일이 잘한 일이라 생각하며 쓰라린 마음을 다독인다.

"그래, 이렇게 하는 것이 맞는 것이겠지."

신은 고개를 젓고는 뒤돌아섰다.

터벅터벅 내 걷는 발걸음에는 힘이 없다.

여태껏 두 사람의 대화를 듣고 있던 이정석이 혀를 제 입술을 훑었다.

"이거 일이 어찌 재밌게 돌아가는데."

☆　　★　　☆

토야는 광복이 조선인 여인을 돕기 위해 나선 것이 사실이라는 걸 알게 되면서 〈조선인 여인〉 사건을 재조사해 보기로 한다.

그러나 몇 년이라는 시간이 이미 지난 데다 당시 사건이 흐지부지 종결된 것도 있는지라 사건 기록에 기대 조사하는 건 쉬운 일이 아니었다.

토야는 종로 시장에서 갖은 애로사항을 겪다 패거리의 일원을 하나 찾게 되고 그로부터 흥미로운 이야기를 듣게 된다.

한 남자가 개입하여 광복을 도와줬다는 것.

토야는 이 단서를 바탕으로 광복을 도와준 남자를 무언가에 홀린 듯 찾기 시작한다.

일종의 동물적인 직감이라고 해야 할까.

이에, 토야는 광복의 일거수일투족을 감시하기 시작한다.

이 둘이 만나는 장면을 포착하기만 하면 끝인데, 광복이 어찌나 용의주도하게 움직이는지 번번이 놓치기 일쑤다.

광복은 누군가가 자신을 미행하고 있다는 걸 눈치챈 것이다.

이에, 토야는 광복이 숨기고 싶어하는 비밀이 있다는 걸 확신하게 된다.

토야는 광복을 그만 쫓기로 한다. 광복 또한 누가 미행하는 것인지 알아내려고 할 테니 자칫하다가 광복의 뒤를 조사하고 있다는 걸 들킬지 몰라서다.

토야는 광복과 아주 가까이서 지내는 주변 인물에서 '광복의 조력자'를 찾아보기로 한다.

그리고 토야는 광복과 연결점이 있는 박인이 독립군을 위해 활동하는 국내의 비선이라는 것을 알게 된다.

놀라움에 휩싸이는 것도 잠시 토야는 사노 히카루가 정말 일본인이 맞는지 의문을 품게 된다.

물론 지나친 비약일 수 있지만, 그러나…….

토야는 자기 생각이 제발 틀리기를 바란다.

만약, 이 생각이 정말이라면 자신은 물론이고 주위의 모든 사람이 평생 농락당한 거나 다름없으니까.

또, 한편으로 배신감에 치를 떨린다.

히카루는 모두를 치밀하게 속인 것이니까!

그러나…….

토야는 히카루의 비밀을 아무에게도 이야기하지 않기로 한다.

이 비밀은 모두가 감당할 수 없는 사실이었으니까. 또,

이 비밀을 말해주지 않고 지켜주는 게 친구로서 해줄 수 있는 최선의 예우이기에.

한편, 토야는 한번 시험 삼아 조선총독부 총독 다케우치에게 사노 히카루가 의심스러운 점은 없는지 운을 떼어본다.

그는 사노 히카루가 얼마나 훌륭한 내지인인지 칭송한다. 이 정도면 열렬한 신자 수준이다.

하기야 상식적으로 정예 중에서도 최정예인 내지인이 외지인과 내통한다는 의혹 자체가 말도 안 되는 이야기다.

한데, 이 허를 찔렸으니 참으로 신묘하다고 생각할 수밖에 없다.

결국, 토야는 광복이 독립군과 내통하고 있는 배신자라는 증거를 잡아내기로 한다.

이는 모두를 위한 것이기도 하지만 일본인이라는 자신의 본분을 잊지 않기 위해서다. 이러니 조선인 밀정인 친구를 가만 놔둘 수 없다.

그의 별명은 한번 먹잇감을 물면 절대로 놓치지 않는 '미친개'다.

설령 그게 친구라 하여도 이빨을 들이밀지 않을 수가 없다.

이것이 사냥개의 '숙명'이니까.

슬레이트가 탁 부딪쳤다.

몸에 보기 좋게 달라붙은 양복을 입고 있는 신은 주위를 둘러보았다. 이때 신 주위로 다가오는 구형 차가 하나 있었다.

자동차가 신 앞에 다가오자 신은 미리 약속한 구도에 맞춰 서서 차에 탑승했다.

한편, 카메라맨 하나가 차에 탑승해 있었다.

신은 뒷좌석에 앉고 운전석에 앉아있는 배우에게 눈길을 주었다.

이때 그가 말문을 열었다.

"너에게 최근 붙은 미행은?"

신은 안도의 한숨을 내쉬며 말했다.

"이제야 떨어졌습니다."

그리고 신은 차 창문 바깥을 주시하며 말했다.

"지난번에 말했듯 외부 독립군 세력에 지원활동을 멈추고 자중해야 할 거 같습니다."

박인 역의 배우 이주인은 고개를 가로저었다.

"이봉창 의사와 윤봉길 의사의 의거로 중국 관내의 항일 투쟁이 활기를 띠게 시작한 상황이다."

박인은 차를 서서히 몰면서 대사를 계속해서 내뱉었다.

"하물며 중국의 국민당 정부와 조소앙의 한국 독립당과

지청천의 조선 혁명당 그리고 김원봉의 의열단이 한데 모여 민족 혁명당까지 결성까지 한 마당이다. 여기서 지원 활동을 중단하는 건 이 활기를 죽일지도 모르는 일이다."

긴 대사인데도 실수 하나도 없다.

이때 신이 말했다.

"저도 알고 있습니다."

이 지원은 군자금이나 식료품 치료물품과 같이 다양한 형태로 이루어지는 데 이중 필수적인 물자는 군수물자다. 무기 없이는 일본군과 싸울 수 없었다.

이제 광복과 박인이 하는 일이 무기를 중국에서 조선 내부로 몰래 들여와 국경에 있는 독립군에 비밀리에 전달하는 것이었다.

그러나 일본군의 감시망을 피하는 건 어려운 일이었다. 잘못했다가는 물자를 한꺼번에 몰수당할 수 있었다.

"일본군이 현장을 들이닥치는 경우도 벌어지지 않았다. 일본군이 입수한 정보가 있는 것인지 알아보았지만, 일본군 쪽에서 이렇다 할 동향이 없었다."

"그렇긴 하지만……."

"만약 네 정체가 일본군에 밝혀진 것이라면 너는 지금 쯤 감옥에 있을 테다."

상황으로 놓고 본다면 박인의 말이 맞다.

신은 미간을 좁히며 중얼거렸다.

"한데 왜 꺼림칙한 기분이 드는 것인지 알 수 없어."

지금 토야는 별다른 행동을 취하지 않고 광복이 어떻게 행동하는지 유심히 관찰하며 광복이 움직이기만을 기다리고 있었다.

잠시 후.

신과 박인 역의 이주인은 차에서 내렸다.

신 일행이 당도한 곳은 허름한 술집건물이었다.

지금 상황은 이렇다.

광복 일행은 거래중개인과 거래를 하기 위해 만나기로 한다.

촬영진은 여기서 촬영을 끊어가기로 했다.

"이어서 총격전 준비하도록 하겠습니다."

현장에서 대기하고 있던 인원은 꽤 많았다.

이들은 하나같이 일본군의 군복을 입고 있었는데, 인원이 꽤 있다 보니 이들이 풍기는 기세가 심상치 않았다.

신은 주변을 둘러보며 중얼거렸다.

'이들이 한 번에 움직이면 무섭겠다.'

한편, 조감독이 단역들에게 당부 사항을 전했다.

"극의 진행에 있어 하이라이트에 속한 장면이기에 몇 번을 되풀이하여 찍을 수도 있습니다. 배우분들 이점 유의해주세요."

특수기술팀은 장치들을 확인점검을 단단히 하였다. 화약도 터지기도 하니 안전사고에 유의할 필요가 있었다.

한편, 토야 역의 배우는 일본군 복장을 하고 음침한 표정으로 서 있었는데 무언가를 중얼거리고 있었다.

"사냥꾼은 사냥감을 단박에 잡지 않는다. 표적으로 삼은 사냥감이 자신을 노리는 걸 모르고 완전히 방심할 때까지 기다려야 한다. 이 기다림은 지루하고 고단하지만, 사냥꾼은 무조건 인내해야 하는 법이다."

이는 토야가 히로히토와 꿩사냥을 다니며 배운 가르침이었다.

"특히 자신의 생존에 정말 민감하고 영리한 사냥감이라면 스스로 제 꾀에 속아 넘을 때까지 기다리고 또 기다려야 한다."

그는 광복의 숨통에 이빨을 들이밀 이리가 되어가고 있었다.

신은 만족스러운 표정을 지었다.

'최선을 다하는구나.'

이때 조감독이 배우들에게 말했다.

"촬영은 두 부분으로 각기 나누어서 진행할 겁니다. 일단 배우들 자리로 가주세요."

배우들은 조감독이 지정해준 곳으로 이동하여 대기하기로 했다.

아무래도 까다로운 장면이다 보니 리허설을 두 번 정도 하기로 했다.

잠시 후. 카메라가 돌아갔다.

"레디! 액션!"

신과 박인 역 배우는 건물 내부로 들어섰다.

그리고 박인은 거래를 하는 도중 거래중개인이 처음 보는 사람임을 알게 된다.

"광복아! 함정이다!"

이윽고 장내에서 총격전이 일어나기 시작했다.

탕! 탕! 탕!

이것이 신호탄이었다.

그러던 이때!

이정석이 장내에 나타났다.

그는 결심이 단단히 서린 표정으로 광복이 있는 건물을 주시했다.

지금 토야는 최선을 다해 히카루의 정체를 밝혀낼 작정이었다.

"움직여라!"

"하잇!"

"하잇!"

대기하고 있던 일본군이 우르르 움직이기 시작했다.

움직이는 기세가 심상치 않다.

일본군들은 건물 주위를 서서히 둘러싸기 시작했다.

한편, 신은 건물 내부에서 움직이고 있었다.

엄폐물이 있는 뒤쪽으로 움직인 신은 외쳤다.

"누군가가 저와 아저씨의 정체를 알아냈군요!"

이게 아니고서야 일본군이 미리 매복한 건 설명할 수 없다.

신은 한쪽 귀를 붙잡고 일본군을 향해 총을 쏘았다.

탕!

일본군 하나가 쓰러졌다. 그러나 상황은 광복 일행에 점점 불리하게 돌아간다. 일본군의 수가 점점 늘어나고 포위망도 좁혀지기 시작한다.

이대로 가다가는 두 사람 모두 잡히고 말 터.

이에, 박인이 남아 광복이 도망칠 시간을 끌기로 한다.

"네가 잡히면 여태껏 해온 모든 것이 무너진다."

신은 잠시 주저했다.

"뭘 꾸물거리고 있느냐, 어서!"

신은 이를 악물며 비상구를 통해 몸을 날리며 움직였다.

누군가가 외쳤다.

"생포해야 한다!"

"잡아라!"

일본군들이 신을 뒤쫓았다. 신은 이들의 추격을 뿌리치며 장내에서 재빨리 달아났다.

잠시 후.

박인 역의 배우 관자놀이에 차가운 총구가 겨눠지고 여러 개의 흉흉한 눈초리가 박인을 응시했다. 그는 손을 들며 순순히 항복하기로 한다.

"이럴 줄 알았음 내가 도망칠 걸 그랬나."

광복은 박인이 붙잡힌 것을 바라보며 박인을 반드시 구조하리라 마음먹는다. 그리고 광복은 막연히 느꼈던 불안감의 정체가 무엇인지 알게 된다.

토야.

토야가 이곳에 나타난 것이다.

광복은 토야가 광복의 정체가 무엇인지 알아내고 광복을 잡으려고 한 사실을 알게 된다.

이 대목에서 광복은 박인이 이전에 해주었던 충고를 떠올린다.

– 네가 가는 길에는 친구도 사랑도 없을 것이니 친구라고 연인이라고 생각하는 이에게 마음을 주지 마라. 마음을 주게 되면 언젠가 너의 마음이 다치고 말 거다.

한편, 토야는 잡은 물고기를 바로 코앞에서 놓치고 만 것에 안타까워한다.

"이런 빌어먹을!"

놈을 놓친 멍청한 수하들에게도 화가 나지만 무엇보다 화가 나는 건 자신이다.

"젠장!"

이 실수 탓에 히카루는 토야를 의식하고 본격적인 주의를 기울일 테다.

"놈을 잡기란 상당히 어려운 일이 될지도 모르겠군."

그러나 토야는 여기서 모험을 감행하기로 한다. 사노

히카루를 조선인 비선과 내통했다는 혐의로 연행하기로 작정한 것이다. 이에 조선총독부는 발칵 뒤집히고 만다.

☆　★　☆

촬영은 조선총독부 청사 내부에서 진행하기로 했다. 이 '조선총독부'는 1910년부터 1945년 8월 15일에 이르기까지 35년간 한반도를 통치하고 수탈하는 기관이었다.

한편, 신은 오 PD가 썩 좋지 않은 안색으로 있는 게 걱정되기만 했다.

'아까 총격전 촬영을 할 때도 오 PD님은 체력을 보충하면서 가만히 앉아 계셨지……'

오 PD가 정말로 지친 기색을 내보이자 주위 사람들도 그를 걱정스럽게 바라보았다.

조감독과 촬영감독은 오 PD에게 어차피 급할 건 없으니 오늘은 일단 쉬고 촬영을 재개하자고 했다.

그러나 오 PD는 고개를 가로저었다.

"하늘이 두 쪽 나도 촬영은 할 거야."

이에 신이 나서기로 했다.

조감독 및 치프 스태프는 신의 말이라면 오 PD가 듣지 않을까 판단했다.

"오 PD님 병원 가보셔야 할 거 같은데."

"난 괜찮다."

"오 PD님."

오민석은 희미하게 웃으며 손사래를 쳤다.

"넌 촬영에 집중해라."

지금 촬영이 중요한 게 아니었다.

오 PD의 상태가 중요했다.

어차피 촬영이야 또 하면 그만이니까.

신은 주위를 둘러보며 말했다.

"오 PD님이 이곳 모두를 이끄시잖아요. 모두가 오 PD
님을 바라보고 있다고요."

"그러니 여기에 더더욱 있어야지."

책임의식을 발휘하고 고집을 부리는 것도 좋다.

그러나 모든 것에는 때와 시기가 있는 법이었다.

"그러니까 촬영하는 건 좋은데 쉬어가면서 촬영해야 한
다는 말이죠."

배우가 쓰러지게 되면 다른 부분부터 촬영하면 된다.

그러나 PD가 쓰러지게 되면…….

신은 그에게 조그맣게 속삭였다.

"저도 오 PD님 마음 안다고요."

신은 장면을 하나라도 더 촬영하고 싶어하는 오 PD의
마음을 느낄 수 있었다.

'오 PD님은 시간이 얼마 없다고 체감하고 계시는 거
야. 이러니 더더욱 서두르려 하는 것일 테고.'

그로서는 아무것도 하지 않고 그냥 보내는 시간이 그저 아까울 테다.

신은 오 PD가 왜 서두르려는지 누구보다 잘 알고 있었기에 지금 이 순간이 서글프기만 했다.

'오 PD님이 아프신 거 사람들에게 언제까지 숨길 수 있을까.'

이 비밀이 밝혀지는 것도 밝혀지는 것이지만 신은 그를 뜯어말려야 할지 응원해야 할지 갈피를 좀처럼 잡지 못했다.

'어떤 게 오 PD님을 진정 위한 길이지.'

신은 그의 손을 꼭 붙잡으며 말했다.

"그보다 어디 아픈 데 없어요?"

"진통제를 먹어서 괜찮다."

오민석은 신의 어깨를 툭툭 치고는 고개를 끄덕였다. 마치 네 마음 다 이해하고 있다고 말하는 거 같았다.

'오 PD님······.'

신의 속에서 울컥하는 무언가가 치솟아 올라왔다. 신은 이를 억눌렀다.

"그리고 촬영하다 보면 고통은 잊게 되더구나."

신은 한숨을 내쉬며 조감독을 향해 고개를 가로저었다.

'오 PD님 뜯어말릴 수 없을 거 같은데요.'

아니, 뜯어말린다고 해도 소용없을 거 같았다. 오 PD는 촬영을 어떻게든 고수하려고 할 거 같았으니까.

"그럼 이 장면 끝나고 병원에 가서 좀 쉬는 거예요. 아시겠죠?"

"그래, 그러자꾸나."

신은 일단 오 PD와 이렇게 타협하기로 했다.

'이게 최선인가.'

이윽고 오 PD는 사람들에게 지시를 내렸다.

"이제 촬영 시작해봅시다."

그에게서 아픈 기색이 사라지자 사람들은 순간 의아해했다.

'아니 아까까지만 해도 안색이 분명 안 좋았는데?'

아무것도 모르는 사람들은 감탄사를 토해냈다.

'역시 오 PD님은 프로시구나.'

'대단해.'

신도 일단 촬영에 집중하기로 했다.

'연기하게 되는 순간 나는 내가 아니야. 이광복이야.'

배우들이 자리를 잡기 시작했다. 총독 다케우치 배역을 연기할 중년 배우가 책상에 앉았고, 신은 오라에 묶인 채로 바닥에 무릎을 꿇었다. 토야 역을 연기하는 이정석은 신의 옆에 서 있기로 했다.

"모브 샷으로 갔다가 심인 씨가 책상을 내리치면 클로즈 샷으로 갑니다! 그리고 이어서는⋯⋯."

배우들은 오 PD의 지시사항을 준수했다. 스탠바이가 완료되었다.

"레디! 액션!"

슬레이트가 경쾌한 소리와 함께 부딪혔다.

"이게 뭣들 하는 짓이야!"

총독 다케우치가 크게 경을 치며 책상을 내리쳤다.

쾅!

이목이 쏠린다.

오 PD는 카메라로 총독 다케우치의 얼굴을 담아냈다.

"그렇지 않아도 요새 정세가 뒤숭숭한 것이 꼭 전쟁이라도 일어날 것 같은데 총독부 내부에 이런 불미스러운 소란이 일어나다니! 이는 기강이 해이해진 거라고밖에 말할 수 없어!"

엔도 토야가 허리를 숙였다.

"죄송합니다."

"죄송하고 나발이고 일단 사노 히카루를 풀어주도록 해. 어서!"

사노 히카루의 공식적인 신분은 내지인. 또, 명색이 조선총독부 특수정보부 간부니 확실한 물증이 없는 이상 무작정 가둘 수도 없는 노릇이다.

"엔도 히로히토."

"하잇."

"그대는 사노 히카루를 내통한 혐의로 체포하였다. 그에 관한 확실한 물증은 찾았나?"

"이 두 사람의 연관 고리를 입증할 증거가 없었습니다."

"더 자세히 말해보도록."

"사노 가의 자택을 샅샅이 뒤졌으나 사노 히카루가 조선인 비선과 내통했다는 증거는 찾지 못했습니다. 하지만……."

"하지만?"

"사노 히카루는 반평생 동안 주변에 있는 모두를 철저히 속여왔습니다! 자신에 불리한 증거를 집에 남겨뒀을 리가 없을 테죠!"

토야가 일을 과감하게 벌인 건, 히카루를 어떻게든 잡아내겠다는 선전포고다.

총독은 신을 넌지시 바라보고 엔도 토야, 이정석을 바라보았다.

"엔도 토야."

"하잇!"

"내부에 소란은 일으켰다는 이유로 비선을 잡은 공을 상쇄시키겠네."

"하잇!"

"사노 히카루."

신은 자리에서 일어나 거수경례를 취했다.

일본군 군복을 입고 있는 신은 일본군이 된 거 같았다.

"하잇!"

"자네는 독립군 쪽 비선과 재수 없게 얽혔어. 어쨌건 이 혐의에서 벗어날 필요가 있어. 알겠나?"

신은 몸을 빳빳하게 세우며 정면을 응시하며 말했다.

"알겠습니다!"

총독 다케우치가 깍지를 끼며 두 사람을 향해 말했다.

"엔도 토야. 이렇게 하면 자네의 직성이 풀리겠나?"

일단 사노 히카루를 옭아맨 상황이니 엔도 토야에게 유리하게 흘러가고 있었다.

지금으로써 이 정도만 해도 충분했다.

"이번에 생포한 비선을 이용하여 총독부 내부에 있는 생쥐를 기필코 잡아내겠습니다."

총독은 고개를 끄덕였다.

"내 두 사람 두 눈 뜨고 지켜보겠어. 기대에 어긋나지 말게."

"하잇."

"하잇."

그나저나 상황이 묘하게 흘러간다.

밀정이 밀정을 잡아야 한다니.

지금 광복은 총독부 내부에 광복 같은 밀정이 있는지는 모른다.

그러나 광복이 이를 발견해낸다면 무죄를 완전히 입증할 수 있었다.

'광복은 이 위기를 헤쳐나갈 방도를 생각하지.'

일단 광복은 박인을 구출하기 위한 계획부터 세우기로 한다.

이때 총독의 불호령이 떨어졌다.

"둘다 이제 나가 봐!"

총독실을 나선 신과 이정석 사이로 정적이 흘렀다. 먼저 말을 꺼낸 건 이정석 쪽이다.

"여태껏 주위 사람을 속이고 연기하느라 힘들었겠어."

신은 이에 질세라 대사를 되받아쳤다.

"난 언제나 진심으로 대해왔어. 친구인 너도 아야코에게도. 그리고 내가 아는 모두에게도."

신의 대사에 이정석은 코웃음을 칠뿐이었다.

"헛소리 집어치우시지. 진실을 말하지 않는 너에게 진심이 있었다고?"

그는 신의 눈동자를 응시했다.

신도 그를 말없이 바라보았다.

"네가 내 친구라는 사실은 웬만하면 신경 쓰지 않을 테다, 사노 히카루."

두 눈을 크게 뜨고 신을 뚫어지라 노려보는 그는 신을 잡아먹기라도 할 거 같았다.

"어찌 됐건 넌 배신자고 날 그동안 속여온 거짓말쟁이니까."

이때 토야 역의 배우는 신의 멱살을 잡아 쥐고는 대사 한 마디 한 마디에 감정을 실어 투사했다.

"네 정체가 부디 내 손에 밝혀지지 않길 바랄게. 널 내 손으로 죽이기 싫으니까."

대사가 오가는 것인데 긴장이 절로 된다.

신은 그가 리액팅을 제대로 할 수 있도록 그의 감정 연기에 반응을 해주었다.

신이 한 건 딱히 없었다.

그와 시선을 마주치면서 그의 감정을 유도했다.

"이것이 나 엔도 토야가 너에게 할 수 있는 최선이자 예우다."

신은 싱긋 웃었다.

"지금 웃어?"

"결국, 넌 이런 놈이었어."

"뭐?"

엔도 토야의 입가에 경련이 일었다. 신은 그의 손을 뿌리쳤다.

"이거부터 놔."

광복 또한 엔도 토야를 죽이고 싶었다.

'지금 이놈 때문에 박인 아저씨가 옥중에 갇혀 문초를 받고 있으니까.'

각자에게는 각자의 사정이 있었다.

이 두 사람은 각자의 사정을 이해할 수 없었다.

이는 좁혀지지 않는 거리였다.

한편, 두 사람 간에 거친 숨결이 오갔다.

정적이 사로잡았다.

그리고 이때 신은 결정타를 날렸다.

"잡을 수 있다면 한번 잡아봐."

이 대사를 끝으로 장면연기가 끝났다.

한데, 컷이 좀처럼 울리지 않았다.

스태프와 배우들의 시선이 오 PD가 있는 곳으로 향했다.

"오 PD님!"

일순간 장내가 소란스럽게 변했다.

오 PD가 쓰러진 것이다.

"어서 앰뷸런스 불러요!"

☆　★　☆

사람들은 오 PD가 어떤 상태에 있는지 알게 되었고, 오 PD가 왜 촬영을 고수하려고 한 것인지 이해하게 되었다.

'그에게는 시간이 얼마 없었던 거야.'

'대단하기는 하지만 정말 미련한 거 같기도 하고……'

또, 오 PD가 어떤 심정으로 촬영에 임했을지 조금이나마 짐작할 수 있었다.

'절박한 와중에도 예술혼을 불태우려고 했다니……'

한편, 사람들은 PD가 있는 병실에 머무르기로 했다.

지금 촬영이 대수가 아니었다.

사람들이 병원 복도에서 대기하고 있을 때 의사가 병실에서 나왔다.

"선생님, 어떻습니까?"

"일단 환자분께서 안정을 되찾으셨습니다."

의사의 말에 사람들은 안도의 한숨을 내쉬었다.

이것도 잠시.

"환자분께서 다소 무리를 하셨더군요."

환자를 말리지 않았느냐는 의사의 말에 사람들은 꿀 먹은 벙어리가 되었다.

이에 관해 입이 백 개라도 할 말이 없었다.

의사가 계속해서 말했다.

"제 소견으로는 지금이라도 내원하여 치료에 집중하는 게 낫지 않을까 생각합니다. 환자분 상태가 저희가 생각하는 것보다 좋으시기는 하지만, 나중에 가서는 생활하는 거조차 버거워질 테니까요."

의사의 말에 사람들의 가슴 속에서 무거운 납덩이가 자리 잡는 거 같았다.

"환자분을 잘 설득해보시기 바랍니다."

이 말을 끝으로 의사는 머리를 숙이고는 장내에서 멀어졌다.

사람들 사이로 정적이 흘렀다.

그러던 이때 누군가가 중얼거렸다.

"그럼 이제 우리 어떻게 해야 하는 거죠?"

촬영은 중지되었고 연출 PD가 병상에 누워있다.

한 마디로 지금 상황은 이러지도 저러지도 못하는 진퇴양난이다.

이때 촬영감독 이경철이 말했다.

"꼬여도 단단히 꼬인 거지 뭐."

주위의 이목이 그에게 쏠렸다.

그는 사람들을 향해 어깨를 으쓱였다.

보조감독 장형석이 주변을 둘러보며 곤란하다는 어투로 대답했다.

"형님, 이런 판국에 그런 말을 좀……."

"뭐, 내가 틀린 말 한 것도 아니고."

장형석이 그를 바라보며 생각했다.

'아, 이 형님 왜 이러지, 진짜."

그렇지 않아도 사람들도 이에 관해 쉬쉬하는 상황이다. 한데, 이런 식으로 자극적인 말을 하면서 불안감을 조장할 필요는 없었다.

사실 그도 이를 다 알고서도 일부러 꺼내는 말이었다.

장형석은 마음 같아서는 이런 말을 하고 싶었다.

'지금 초상 분위기인데 꼭 초를 쳐야 하겠습니까.'

그를 바라보는 몇몇 사람들의 시선도 그리 곱지 않았다.

이경철은 웃음을 속으로 흘렸다.

'이왕 나쁜 놈 되는 거 나쁜 놈이 확실히 되어야지.'

"그런데 어차피 넘어 짚고 가야 하는 이야기잖아요. 지금 하든 나중에 하든 말이죠. 어떻게 본다면 지금 이 상황이 나아요. 드라마가 방영되고 나서 오 PD님이 쓰러지기라도 했으면 어떤 일이 벌어졌을 거 같아요?"

그의 말은 틀린 게 하나도 없었다.

사람들도 고개를 끄덕였다.

"그래서 하고 싶은 말씀이 뭡니까?"

"다들 알면서 왜 이러는 건지 원."

그는 혀를 쯧 차며 말했다.

"지금에라도 연출 PD 교체하면 돼. 오 PD님 스타일 최대한 아는 PD로."

사람들도 바보가 아닌지라 그가 말한 바를 염두에 두고 있었다.

그러나 이들을 고민케 하는 건 이것이었다.

"오 PD님은 어쩌고요?"

"아프다는데 쉬셔야지."

"책임의식을 지니시고 여태껏 촬영하셨잖아요."

"그 몸 상태로 여기까지 이끌어온 집념과 끈기는 정말 프로답다고 생각해. 형님이 얼마나 열심히 하신 건지 나도 알고. 그리고 모두 알잖아."

사람들은 고개를 끄덕였다.

"그런데 현실이란 게 그렇잖아. 솔직히 말해 언제까지 촬영할 수 있겠어?"

그는 주위를 둘러보며 말했다.

"한번 솔직해져 봅시다. 우리 다 어른이잖아요. 여러분 오 PD님이 아픈지 알았어요? 나는 몰랐어요"

그의 말처럼 오 PD가 아플 거라고는 상상하지 않았다.

그저 오 PD를 믿고 달려왔을 뿐이다.

그런데 갑자기 아프다니 청천벽력과도 같은 소리이기도 했다.

솔직히 말해 오 PD만 사정이 있는 게 아니었다.

이들에게도 각자의 사정이 있었다.

이 중에는 한 가족을 부양하는 가장이 있었고 곧 결혼을 앞둔 예비신랑도 있었다.

"사정없는 사람 여기에 없잖아요."

결국, 살 사람들을 살아야 했고, 제 살길을 찾아가야 했다.

장형석도 그의 말을 전혀 이해하지 못할 건 아니었다.

그러나 지금 이 시점에서 이런 말이 나오는 게 야속하기만 했다.

그러나 반박할 수 없었다. 그가 틀린 말을 한 게 아니었으니까.

"그러니까 본인 사정 때문이라면 빠져도 돼요."

사람들은 순간 그가 무슨 말을 하는 건가 싶었다.

"다 이해할 거니까 빠져도 뭐라 할 사람도 없다고요."

'설마?'

"오 PD님을 위한 진정한 길이 뭔지 알아요?"

사람들이 입을 다물었다.

"촬영 빨리 마치게 해서 쉬게 해드리는 거에요."

"형님⋯⋯."

그는 희미하게 웃으며 말했다.

"내가 결혼할 때 제일 기뻐하신 것도, 어려울 때 많이 도와준 것도 오 형님이라고. 촬영하다 도중에 쓰러지시는 거 나 두 눈 뜨고 못 본다고."

그는 말을 잇지 못했다.

그의 눈에서 어느새 눈물이 흘러나오고 있었다.

장형석은 그에게 다가가 그의 등을 토닥거렸다.

'저도 형님 마음 이해합니다.'

사람들은 생각에 곰곰이 잠기기 시작했다.

한편, KTS 방송국에서는 오 PD 문제를 두고 내부회의가 열리고 있었다.

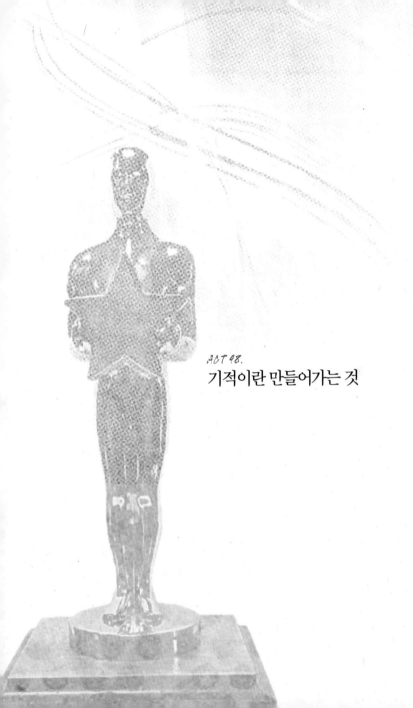

ACT 48.
기적이란 만들어가는 것

ACT 98.
기적이란 만들어가는 것

"그러니까 강신 씨는 오 PD님이 아프다는 걸 사전에 알고 있었군요?"

투자사 쪽 여인의 질문에 신은 담담히 대답했다.

"그렇습니다."

"그럼 이 사실이 알려졌을 때 어떤 여파가 일어날지도 생각하셨겠군요."

지금 진행하는 프로젝트는 주먹구구식으로 운영하는 것이 아니었다.

돈이 오가는 철저한 비즈니스.

이를 생각하지 않았다는 건 생각이 짧다는 이야기다.

"오 PD님이 아프다는 걸 진작 알리지 않은 것에 신용도 측면에서 안 좋은 모습을 보여드렸다고 생각합니다."

213

"그럼 오 PD님을 말리지 않은 건 그와의 각별한 인연 때문인가요?"

그녀의 질문은 날카로웠다.

"아닙니다."

"그러면 뭐 때문입니까? 솔직하게 말해주세요."

"멈출 줄 모르는 집념과 뜨거운 열정을 봤기 때문입니다."

집념과 열정이라 다 좋은 말이다.

그러나 이런 낭만과도 같은 단어는 어린아이들의 소꿉장난에 어울리지 기업가들의 비즈니스에 어울리지 않는다.

"그리고 전 오 PD님의 사정만 신경 쓴 게 아닙니다."

"뭐, 이 사실을 알게 되면 사정도 딱하고 어쩔 수 없으니 받아줄 것으로 생각한 건가요?"

"그렇게 생각하는 건 무책임한 것일 테죠."

"말 잘 하셨네요. 그럼 대책은 생각하셨습니까?"

신은 오 PD와 함께 대안에 관해 이야기하기도 했다.

"후계자는 장형석 조감독입니다. 그는 오 PD님의 작업 방식을 자세히 알고 있고 느낌도 잘 알고 있습니다."

"그의 능력은 믿을만한가요?"

"오 PD님께서 청출어람이라고 말씀하셨습니다."

"검증이야 작업을 진행해가면서 검토해봐도 되겠죠."

신은 고개를 끄덕이며 말했다.

"그리고 전 이렇게 생각합니다. 오 PD님이 최대한 찍을 수 있을 때까지 찍게 해야 한다고요."

솔직히 말해 오 PD와 신이 드라마 〈바람의 공주〉, 〈스파이〉 등으로 벌어다 준 돈만 해도 어마어마했다. 여기에 신이 유명세를 지니고 있으니 목소리를 어느 정도 낼 수라도 있지 다른 사람이었으면 어림없었을 테다. 아니, 이런 회의조차도 열리지 않았을 테다.

그러던 이때 CP 김윤희가 좌중을 향해 말했다.

"상황이 마냥 부정적이라고 생각되지 않습니다."

"왜입니까?"

"한국 사람들은 애국심 마케팅에 마음이 약하죠."

그녀의 말이 맞았다.

애국심 마케팅의 경우 어지간하면 실패할 리 없다.

"이 〈광복의 봄〉이 뜻깊은 드라마라는 거 다들 아실 겁니다."

이 회의에 참석한 사람들은 이에 반박할 생각은 없었다. 작품의 시나리오는 꽤 괜찮은 편이었으니까.

"이 뜻깊은 작품이 세상에 남겨지는 '유작'이라고 하면 사람들은 무슨 반응을 보일까요?"

"흐음, 작품 자체를 스토리 텔링을 해보자는 거군요."

김윤희는 고개를 끄덕이며 말하기 시작했다.

"그렇습니다. 얼마 전 개봉한 일제강점기 영화 〈회향〉 사례가 있죠."

〈회향〉은 위안부를 중점적으로 다룬 영화다.

"아시겠지만 자본이 모자래서 제작 기간만 해도 11년이 걸린 영화죠."

"작품 외적인 이야기가 사람들의 가슴을 크게 적시었죠."

그녀의 제안은 사람들의 귀를 솔깃하게 만들었다.

이들이 생각할 때 확실히 나쁘지 않은 전략이었다.

사실 김윤희가 말하고 있는 건 신이 그녀에게 말해준 것들이었다.

그녀가 이를 말하는 건 당사자인 신이 이 말을 꺼내는 것보다 더 효과적이기 때문이었다.

만약 신이 이 이야기를 꺼냈다면 분위기를 험악하게 만들었을지도 몰랐다.

'사실 이들 입장에서는 오 PD님의 사정을 하등 신경 쓸 게 없지.'

이들은 흙 퍼서 장사하는 사람들이 아니었다. 좋은 일을 하는 자선 사업가가 아니었다.

무턱대고 인정에 호소할 수 없었다.

이들을 설득하려면 그럴듯한 무언가를 제시해야 했다.

'하지만 자기네한테도 이 상황이 유리하다는 걸 안다면……'

부정적인 상황을 긍정적으로 이용케 하는 것.

이것이 신과 오 PD가 머리를 맞대고 돌출해낸 '합의점'이었다.

모두의 합의점이 극적으로 타결되어가는 이때, 바깥이 소란스럽게 변했다.

"아니 여기 들어오시면 안 돼요. 회의 중이신데."

머리에 빨간 수건을 두른 일단의 무리가 회의실 내부로 들어왔다.

이들은 단단한 각오라도 한 듯 비장한 표정을 짓고 있었다.

이들의 분위기에 누군가가 긴장한 것인지 침을 꿀꺽 삼켰다.

"여러분은⋯⋯?"

장내로 들어서는 이들은 촬영장 스태프들이었다.

"오 PD님이 촬영을 맡게 해주십시오. 그렇지 않으면 옷 벗을 겁니다."

"것 참⋯⋯."

'이것이 우리가 오 PD님에게 해드릴 수 있는 예우겠지.'

신은 한 가지 사실을 깨달았다.

'기적'이라는 건 모두가 함께 힘을 합쳐 만들어가는 것이라는 걸 말이다.

☆　★　☆

오 PD가 할 수 있는 한 촬영을 계속하기로 했다.

그리고 〈광복의 봄〉 촬영은 일단 오 PD가 몸을 추스를 수 있을 때까지 연기되었다.

신은 이 휴식기 동안 이런저런 일을 하며 시간을 보냈다.

이러던 차에 커다란 '경사' 가 있었다.

이날은 평소와 다를 바 없는 아침이었다.

신은 따사로운 햇살을 온몸으로 만끽하며 기지개를 쭉 켰다. 그리고 눈을 떴다.

'이런 범사가 기적이지.'

이때 부드러운 목소리로 신의 귓가를 간질거리는 신의 피앙세가 있었다.

"일어났어?"

예리는 신의 허리를 안으며 신에게 애교를 부렸다.

두 사람은 애정행각을 벌이기 시작했다.

이것도 잠시.

예리가 히죽 웃으며 말했다.

"그보다 기쁜 소식이 있는데."

"뭔데."

"잠시 눈 감아봐."

신은 그녀의 말대로 눈 감기로 했다.

이윽고 그녀는 신에게 무언가를 내밀었다.

"이거 받아봐."

"뭐야, 이게."

신은 그녀가 준 하얗고 길쭉한 걸 보고는 눈을 크게 떴다.

"어, 이거 진짜야?"

"응!"

신은 임신테스트기에 두 줄이 있는 걸 보고는 실감이 나지 않았다.

이것도 잠시, 신은 가슴이 두근두근하며 뛰어대는 걸 느꼈다.

'내가 아빠가 된다고……?'

신의 입가에 미소가 점점 번졌다.

그녀의 입가에도 행복한 미소가 서렸다.

지금 이 순간 두 사람은 세상을 다 가진 거 같았다.

☆　★　☆

"흥. 햇살 주제에 따스하군."

남자는 코웃음을 치며 침대 위에서 이불에 돌돌 말린 채 꿈나라에 한창 빠진 외국인 여인을 깨우기 시작했다.

"쥴리아, 쥴리아."

"으., 응."

"비행기 표 좀 예매해봐."

여인은 하품하며 말했다.

"왜? 어디 가려고?"

"한국."

"거기는 왜."

"보고 싶은 놈이 하나 있어서."

"친구야?"

친구라······.

그는 히죽 웃었다.

"이 몸의 친구라 불릴 수 있는 놈은 개밖에 없기는 하지."

"독불장군인 자기한테 친구라니 뭔가 어울리지 않네."

그녀는 쿡쿡 웃었다.

'나에게는 이마저도 귀엽지만.'

한편, 남자의 입가에는 미소가 맺혀 있었다.

'이제 누가 일인자인지 가려봐야겠지, 강신.'

☆　★　☆

"이거 정말로 축하할 일이구나."

오 PD는 병상에서 신이 아빠가 된다는 소식을 전해 듣고는 누구보다 기뻐했다.

"아이 이름 좀 지어 주세요."

"그래도 되는 거냐?"

"네."

그가 신의 아이의 이름을 지어준다면 뜻깊을 거 같았다.

오 PD는 곰곰이 생각하며 말했다.

"남자아이라면 건이라 짓고 여자아이라면 하율이라 짓는 건 어떠냐."

신은 오 PD가 가르쳐준 이름 건과 하율을 속으로 되뇌어보았다.

"좋은 이름이네요."

아이가 남자아이인지 여자아이인지 지금 당장 알 수 없었다.

'내 아이가 태어나면 나처럼 감정을 볼 수 있게 되겠지.'

물론 이 아이가 신처럼 연기 분야에 재능을 지닐지 아닐지는 모르겠지만, 신은 아이가 그저 씩씩하게 건강하게 자라났으면 좋겠다 싶었다.

지금 당장 부모의 마음이란 게 실감 나지 않았으나 신은 어머니의 마음이 어땠을지 조금이나마 이해할 수 있게 되었다.

'내가 어렸을 때 어머니도 나를 바라보면서 이랬겠지.'

신은 이때 몰랐다.

훗날 신의 아이들이 세상을 어떻게 뒤집어놓을지 말이다.

그리고 오 PD가 기력을 회복하게 되면서 광복의 봄 촬영에 들어가기로 했다.

☆　★　☆

"오래 기다리셨습니다, 여러분."

오 PD가 좌중을 둘러보며 인사하자 사람들이 박수를 짝짝 쳤다.

촬영 도중에 오 PD가 쓰러지는 사건이 있었지만, 비가 온 뒤의 땅은 굳는다고 사람들 사이로 끈끈한 유대관계가 흐르고 있었다.

"그럼 촬영에 들어가도록 하겠습니다."

사람들은 이 말만을 기다리고 있었다.

"촬영에 들어갈 부분은 박인과 김강산이 대립하게 되는 부분입니다."

촬영장소는 조선총독부 청사 내부에 있는 지하감옥이었다.

신은 대본을 펼쳐 내용을 훑었다.

'김강산은 사실 일본군 측에서 활동하는 밀정.'

김강산은 조선총독부 내에 있는 밀정을 어떻게든 찾아내 잡아야만 하는 상황이었다. 밀정이 그의 정체를 밝혀내게 되면 그는 죽은 목숨이 되기 때문이다.

'그러나 그는 밀정의 정체를 밝혀내지 못하지.'

그는 도대체 누가 이 정도 실력을 지닌 밀정을 키워낸 것인지 궁금해하면서 밀정의 정체를 밝혀내는 건 혼자서는 역부족이라는 걸 판단한다. 그리고 그는 힘을 함께 합칠 사람을 구하기로 한다.

'이러던 차에 토야가 박인을 잡아오고 사노 히카루가 이 조선인 비선과 내통했다는 혐의를 제기하지.'

이를 본 김강산은 조선총독부 내부에 밀정을 길러 낸 사람이 조선 최고의 비선 박인이 아닐까 하는 생각하게 된다.

그러면 최고의 실력을 지닌 밀정을 기를 수 있을 테니까.

이런 이유로 김강산은 토야는 손을 잡기로 한다.

'김강산은 생존을 위해서 토야는 사명감을 위해서.'

김강산은 토야의 협조 아래 박인과 연관된 것을 하나하나 밝혀낸다. 박인을 도와 일하는 인부들 박인과 비슷한 일을 하는 사람들 등등.

그러나 김강산은 독립군이 심어놓은 밀정의 정체를 밝혀내지 못한다.

이에, 김강산은 밀정에 관한 단서라도 잡아내고 싶어 박인과 대면하기로 한다.

〈광복의 봄〉 촬영진이 촬영하는 대목이 바로 이 부분이었다.

박인 역의 배우는 분장을 받고 지하실 고문 의자에 앉기로 했다.

"시작은 가볍게 가보도록 하겠습니다."

오 PD는 제 손이 부들부들 떨리는 걸 보았다.

'이것 참······.'

그는 사람들이 이를 보지 않도록 손을 가렸다.

'게다가 얼마 쉬지도 않았는데 감각이 사라진 거 같아.'

오 PD는 일단 감각부터 되찾기로 했다.

"카메라 샷은 클로즈업으로 가보겠습니다."

자리를 잡은 배우들은 오 PD의 말이 떨어지길 기다렸다.

"레디, 액션!"

슬레이트가 탁 부딪쳤다.

스태프들의 얼굴에 미소가 서렸다.

이 소리도 정말 그리웠으니까.

한편, 박인 역의 배우는 의자에 거의 실신하다시피 해 있다가 문을 여닫는 인기척에 눈을 가늘게 떴다. 그리고 감옥 내부로 들어서는 인물들을 바라보았다.

엔도 토야와 김강산.

박인 역의 배우는 한 사람을 바라보며 바짝 마른 입술로 중얼거렸다.

"자신의 목숨만을 위해 이가를 팔고 백야 김좌진을 죽음으로 몰고 간 변절자가 여기에 있었구나."

김강산은 1930년대에 큰 사건을 하나 터뜨린다.

'북로군정서'를 이끌고 신민부를 창설하고 독립군 간부 양성에도 주력한 '김좌진' 장군을 암살하는 것.

그는 미쓰시마 형사와 함께 하얼빈에서 김좌진 측근인 김봉환을 체포하고 그를 회유한 다음 김좌진이 일본과 내통하고 있다는 소문을 고의로 퍼뜨린 다음 박상실로 하여금 김좌진을 죽이게 하는 데 성공한다.

한편, 김강산은 박인 역이 내뱉은 변절자라는 단어에 딱히 반박하지 않았다.

그는 박인 역 가까이에 앉고는 눈을 감으며 말했다.

"난 숱한 죽음과 마주치면서 '현실'이란 걸 보았소. 자신의 목숨을 희생하여 일본 요인을 죽인다 해도 그 자리를 대체할 수 있는 일본인들은 얼마든지 널려 있다는 걸 말이요."

김강산은 독립투사는 물론 자신과 비슷한 일을 하던 이들이 숱하게 죽어 나가는 걸 보면서 자신 또한 죽을지도 모른다는 위협 속에 시달리게 된다.

나중에는 신경쇠약에 걸릴 정도로 신경이 극도로 예민해진다.

이러던 차에 그는 엔도 히로히토에게 붙잡히고 만다.

히로히토는 김강산이 어떤 사람인지 한눈에 파악하고는 이런 위태로운 삶을 살 바에야 개인의 영달과 영화를 위한 길을 걷는 게 어떻겠냐는 제안을 한다.

결국 김강산은 일본에 투항하여 일본의 세작(간첩)이 되기로 한다.

"그래서 일본에 충성하겠다는 믿음을 선보이기 위해

독립운동의 기틀을 마련한 이가의 본거지를 일본군에 일러바친 것이란 말이냐, 김강산?"

한편, 김강산 배우의 입가에 미소가 맺힌다.

비열해 보이기까지 하는 미소다.

"내 이름은 강산이 아닌 와카야마요."

'경신참변' 이후 총독부 내부에서의 그의 입지는 굳혀지게 된다.

그리고 그는 독립군이 의심하지 않도록 독립군 밀정 노릇도 하며 자신이 일본의 세작이라는 걸 철저히 숨긴다.

김강산 역의 배우는 대사를 계속해서 이어나갔다.

"어쨌건 일본과 싸우기 위해서는 훈련받은 한 명, 한 명이 소중하지. 그런데 그 한 명이 죽게 되면 그동안 투자한 돈 시간 노력이 공중으로 사라지오. 그런데 이렇게 해도 우리가 바꿀 수 있는 건 아무것도 없소."

그는 박인 역을 향해 소리쳤다.

"이것이 지금 우리가 처한 냉정한 현실이란 말이오! 그렇기에 난 나라도 잘 먹고 잘살기로 했소. 난 떳떳하게 살지 않아도 좋소. 다만, 언제 죽을지도 모르는 비참한 삶을 연명하며 살기 싫소."

누구에게나 털어놓지 않았던 그의 속내가 드러났다.

이것이 김강산이라는 인물이 지닌 '모순'이었다.

그러던 이때 박인 역의 웃음을 하하 터뜨렸다.

"하하하하하!"

그가 웃는 이유?

지난날 자신이 했던 말이 그의 입에서 그대로 흘러나오니 실소가 나올 수밖에 없다.

김강산은 입술을 꽉 깨물고 웃고 있는 박인을 바라보았다.

"그렇다고 아무것도 해야 하지 않는 건 아니지."

두 사람의 시선이 부딪히며 서로의 배역과 감정에 얽혀 들어간다.

"독립군이 싸우고자 한 모든 건 망각의 뒤편에 존재할 게요."

두 사람의 리액팅으로 인해 극의 긴장감이 살아났다. 또, 두 사람 사이에 펼쳐지는 심리 싸움도 점점 치열해졌다.

"기억되고 잊히는 건 중요한 게 아니야."

박인 역의 배우는 상대를 바라보며 대사를 한자씩 내뱉었다.

"싸우는 지금 이 순간이 중요한 거다. 김강산, 언젠가는 자네 선택에 후회할 날이 올 걸세."

김강산 역의 배우는 흥하고 웃을 뿐이었다.

"두고 보시오. 먼 훗날 누가 더 잘 사는지. 독립에 힘쓰고 나라를 위해 싸운 이들보다 양심을 판 사람들이 훨씬 더 잘 먹고 잘살 것이오. 그리고 내 분명히 장담하는데 그놈을 잡아내고 말 거요."

박인은 김강산이 자신을 이용해 광복을 꾀어낼 속셈이라는 걸 한눈에 간파한다.

박인은 김강산의 호언장담이 이루어지게 놔둘 수는 없었다.

김강산은 박인이 이리 나올 거라는 걸 이미 짐작한 터라 박인의 시도는 실패하고 만다.

"컷!"

첫출발은 순조로웠다.

"이어서 '박인의 안배' 편 찍어보도록 하겠습니다."

이 대목에서 극의 중요한 '반전'이 드러날 예정이었다.

신도 촬영에 슬슬 들어가기로 했다.

'한편, 광복은 일본의 세작을 조선총독부 내에서 찾아내기 시작하지.'

광복은 조사하다 와카야마의 목소리가 어디선가 들어본 적 있는 걸 기억해낸다.

아주 오래전 박인을 찾아온 한 남자!

김강산!

광복은 카와야마에 대해 조사하며 그가 몇 년 사이 초고속으로 승진한 것이나, 김좌진이 암살당한 년도인 1930년대에 하얼빈에 다녀온 것으로 보아 그가 독립군 배신자이자 일본의 세작임을 확신한다.

'김강산은 국내에서 은밀히 활동하는 비선과 접선하여 박인이 일제의 비열한 작전에 안타깝게 희생되었다는 거

짓 공작을 펼치며 국내의 비선 조직망이 어떻게 형성되어 있는지 차근차근 알아내며 박인이 했던 일을 이어받으려고 하지.'

상황은 광복에게 불리하게 돌아간다.

이러다 김강산은 놀라운 사실을 알아낸다.

이가의 생존자가 바로 사노 히카루라는 사실을 말이다.

이에, 김강산은 선수를 치기로 한다.

〈광복의 봄〉 촬영진은 총독실로 이동하여 이 장면을 촬영에 들어가기로 했다.

어차피 촬영지가 총독부 내부니 딱히 이동할 것도 없었다.

배우들은 촬영에 들어가기 전에 리허설을 해보기로 했다.

극에서 중요한 순간이기 때문이었다.

사람들은 제 위치에 자리 잡고 대본 리딩을 시작했다.

"총독 각하! 사노 히카루의 정체는 이가의 생존자인 이광복이며 일제의 타도와 복수를 위해 신분을 위조한 것입니다!"

김강산의 대사에 총독 다케우치 역의 배우가 미소를 흘리며 말했다.

"그게 무슨 소린가? 이가의 마지막 생존자 이광복은 죽은 사람이네."

그의 대사에 김강산과 엔도 토야가 시선을 마주쳤다.

"이게 무슨……?"

사실 '진실'은 이렇다.

사노 부부의 아들 '사노 히카루'는 병에 걸려 죽었다.

사노 아야메는 아들의 빈자리를 견디지 못해 아들을 입양하기로 하는데 그것이 바로 광복이었다.

그러니까 광복은 사노 부부에 입양될 때 그냥 입양된 게 아닌 죽은 아들을 대신하기로 한 거다.

그러니 '진짜' 사노 히카루는 이가의 생존자인 이광복이 되어 '경신참변'에서 살아나 우여곡절 끝에 조선으로 왔으나 병에 걸려 죽어버린 비운의 주인공이 되고, '광복'은 '사노 히카루'가 된 것이었다.

즉, 박인은 일본의 세작이 훗날 광복의 신분을 알아낼 경우를 대비하여 신분을 이중으로 조작해놓은 거다.

이는 박인이 광복을 보호하기 위해 만들어 놓은 안배.

신은 주먹을 꾹 쥐었다.

'광복에게 있어 이 싸움은 절대 질 수 없는, 져서는 안 되는 싸움이야.'

이때 총독 역의 배우가 대본 책을 엔도 토야와 김강산 앞에 던지다시피 했다.

"이건 사노 히카루가 얼마 전 끝내놓은 조사일세."

두 사람이 이게 무슨 말이냐는 표정으로 신을 바라보았다. 이때 신이 대사를 담담히 내뱉었다.

"저는 그가 은밀히 활동하는 비선이라는 걸 알게 되었

습니다. 저는 이걸 기회로 이용하기로 하고 그와 접선했습니다. 즉, 저는 조선 내에 활동하는 연결망을 알아내고 국외에서 활동하는 독립운동 근거지를 일망타진할 비밀 계획을 위해 그와 친분을 유지하기로 한 것입니다!"

신은 대사를 점점 빠른 속도로 내뱉으면서 상황의 긴장감과 몰입감을 끌어올렸다.

오 PD가 속으로 중얼거렸다.

'훌륭한 스파팅이다.'

대사에는 인물의 감정과 호흡이 깃들어 있다.

대사 속의 내용이 변하면 인물의 감정선도 움직이기 마련이다.

이 호흡을 따라 대사를 끊는 걸 '스파팅'이라고 하는데 신은 이 스파팅을 통해 사람들의 감정을 격양하고 있었다.

신은 소리를 나직이 내뱉었다.

"그와 접점이 있었던 건 부정하지 않겠습니다."

대사는 인물의 생각과 감정을 나르는 수레다.

"하지만 저는 제국을 위해 한 것이기에 한 치의 부끄러운 점도 없습니다!"

이때 신의 목소리가 살짝 떨렸다.

밀정으로 살아가기 위해서는 자신의 존재를 부정하고 국적도 바꿔야 했으니까.

신은 광복이라는 인물에 연민을 느끼고 있었다.

'슬프다.'

비장한 분위기에 주위가 조용해지던 이때.

"그러니까 엔도 토야와 카와야마가 개입하여 자네의 계획이 완전히 망쳐진 것이군."

김강산과 엔도 토야는 이 모든 것이 광복의 계산에 있었던 것임을 알게 된다. 그러나 이를 깨닫기에는 이미 늦었다.

"김강산은 그동안 독립군 간첩 역할로 활동해왔습니다. 그야말로 배신자입니다!"

김강산 역의 배우가 소리를 질렀다.

"이건 모함입니다!"

신은 다케우치 총독에게 무언가를 내미는 시늉을 했다. 다케우치 총독은 이를 읽어보며 고개를 끄덕였다.

그리고 이때!

신은 김강산 배역 쪽을 향해 손가락을 가리켰다.

"자신의 지위를 이용해 공금을 횡령하고 도박도 일삼고 아녀자를 희롱하는 등 갖은 추잡한 짓을 일삼은 자입니다."

상황이 뒤집히는 게 불리하게만 돌아갔던 재판이 극적으로 뒤집히는 거 같았다.

이 대목이 노리는 효과가 바로 이것이었다.

카타르시스!

한편, 총독 다케우치는 유능하고 제국을 향한 충성에 넘치는 사람들이 있어야 일본제국이 진정 참된 길로 나아가야 한다고 믿음을 지닌 인물이다. 이런 일이 일어나는 건 용납될 수 없는 일이다.

"천왕 폐하의 은혜를 입은 신성한 조선총독부에서 이런 파렴치한 짓이라니! 오늘부로 와카야마의 직위를 해제한다."

"여태껏 일본을 위해 반평생을 바쳐온 저에게 이럴 수 없습니다!"

김강산은 결국 조선총독부에서 쫓겨나게 되지만 이건 약과다. 그는 평생 목숨을 쫓기는 도망자 신세가 될 거다.

광복이 이미 독립군은 물론이고 비선 쪽에 김강산이 배신자라는 걸 낱낱이 알렸으니까. 평생 죽음의 위기에 시달리며 비참하고 고통스러운 삶을 살아가는 것. 이것이 광복이 선고하는 가장 잔인한 복수다.

리허설이 마무리되던 이때.

누군가가 박수를 짝짝 쳤다.

신은 상대를 바라보고는 눈을 화들짝 떴다.

"서효원?"

서효원은 신을 향해 씩 웃었다.

"여전히 훌륭하군, 강신."

☆　　★　　☆

소주잔과 소주잔이 부딪친다.

신과 효원은 소주를 입에 털어 넣었다.

"크, 역시 이 맛이지."

이날 신은 광복의 봄 촬영을 마치고 술집 하나를 빌리기로 했다.

신은 효원과 이렇게 마주 보고 담화를 나누는 게 좋기만 했다.

"너 드디어 할리우드에 진출했더라. 축하한다."

"생각보다 그렇게 감흥은 없더라."

서효원은 신의 말에 피식 웃었다.

'이와 같은 말을 할 수 있는 사람이 과연 몇이나 되려나.'

"사실 이상해. 할리우드에서 내 입지는 아무것도 아닌데 주위에서 대단하다고 치켜세워주니까."

더군다나 영화 〈아만다〉에서도 신의 출연 분량은 그리 길지 않으니 신이 이리 느낄 만도 했다.

"그래도 할리우드 진출 아무나 하는 게 아니잖아?"

서효원이 이런 말을 한다는 게 신에게는 신선하게 다가왔다.

'자기만 생각하는 게 이전보다 많이 누그러진 거 같기도 하고.'

분위기도 뭐랄까 다소 변한 거 같다고 해야 할까.

'이전에는 뭔가 다소 날카로웠는데 말이지.'

"거기 동양인 배우와는 말을 전혀 섞지 않으려고 하는 배우들도 있지. 동양인을 본척만척도 않는 사람들도 있고."

서효원은 이런 것을 체감하면서 연기를 공부해왔기에 인종차별이 어떤 것인지 누구보다 잘 알고 있었다.

"또, 거기서 유명해진다고 해도 동양인 배우를 알아보는 사람 많지 않아. 대부분이 동양인은 비슷하게 생긴 건지 알더라고."

"그래도 할리우드에서의 경험은 나쁘지 않았어."

"그렇지. 할리우드는 확실히 매력적인 곳이지. 언어나 인종이나 국적 같은 장벽이 있다 하더라도 이를 극복한다면 '인정' 받게 되는 곳이니까."

유명해지면 유명해질수록 눈에 보이지 않는 '유리 장벽'이 존재한다는 걸 더더욱 깨닫게 되는 곳이 할리우드다. 동양인이 할리우드에서 '인정' 받기란 쉬운 일이 아니었다.

한편, 신은 할리우드 이야기는 이쯤으로 하기로 하고 화제를 돌리기로 했다.

"그나저나 한국에 무슨 일로 온 거야?"

솔직히 말해 서효원이 국내로 들어온 건 뜻밖의 일이었다.

국내라는 좁은 세계보다 넓은 세계에서 날개를 펼치고 싶다고 희망하고 남자라면 큰물에서 놀아야 한다고 신의 호승심을 부추긴 이가 바로 서효원이었다. 그런데 서효원이 국내로 돌아왔다는 건…….

'심경에 어떤 변화가 일어난 것일까.'

이때 신은 서효원이 '사실'을 말하는 걸 잠시 주저한다는 걸 알 수 있었다.

"그래, 솔직히 말하는 게 낫겠지. 뭔가를 숨기는 건 나다운 게 아니니까."

서효원이 한숨을 살짝 내쉬며 말했다.

"지금 와서 말하는 것이지만 당시 난 너에게서 질투를 심하게 느꼈지."

그 천하의 서효원이 신에게서 질투를 느꼈다니…….

신은 서효원의 고백에 기분이 묘해지는 걸 느꼈다.

"난 솔직히 내 또래 중에는 나와 호흡을 나눌 수 있는 사람이 없다고 생각했거든."

남이 들으면 오만이라고 생각할지도 모르겠지만, 서효원은 이런 말을 할 자격이 있었다.

"그런데 네가 나타난 이후로 이 생각은 바뀌었지."

서효원은 신의 눈동자를 응시했다.

"난 네가 어려서부터 연기를 공부해온 건 줄 알았어. 그런데 이게 아닌 걸 알게 되면서 놀라게 되었지. 네 성장 속도는 정말 놀랄 정도로 빠른 것이니까. 그래서 난 네가 지닌 재능에 섬뜩함을 느낄 정도였다."

물론 재능만이 다가 아니었다.

재능은 재능으로만 있게 되면 아무짝에도 쓸모가 없었다.

신은 자신이 지니고 있는 재능을 어떻게 해야 잘 살릴지

기가 막힌 '감각'도 지니고 있었다.

"난 네가 부러웠다. 너는 내가 못 가진 걸 가지고 있으니까."

이것이 서효원이 지닌 열등감이었다.

"난 이 생각을 애써 부정하고자 했다. 그리고 이런 나 자신을 용납할 수 없기도 했지. 이럴 때마다 난 속으로 되뇌었지. 난 천하의 서효원이라고."

순간이지만 그의 표정에는 자신에 대한 자조와 실망이 스쳐 지나갔다.

"그러다 난 널 인정하기로 했지. 그리고 국내에서 모든 일정을 마치고 국외로 떠나려고 했던 게 계획이었는데 어쩌다 보니 너에게서 벗어나려는 도피가 되더군."

신은 이게 무슨 말인지 이해할 수 없었다.

'국내에서 벗어나는 게 도피가 되었다고?'

서효원은 지난날 꼭꼭 숨겨 놓았던 속내를 담담하게 털어놓기 시작했다.

"당시 벗어나면 된다고, 그냥 떠나가면 된다고 생각했거든. 하지만 이 생각 안일했지. 해외로 나간 이후 슬럼프에 빠지게 되더라고."

"설마 그 원인이……?"

서효원은 고개를 끄덕였다.

"네가 보여준 연기가 나에게 지독한 잔상을 남기게 되었지. 인정하기 싫지만 말이야."

"그때가 노트르담 드 파리 때였나."

서효원은 아무 말이 없었지만, 신의 말에 긍정으로 대답했다.

'난 서효원이 이런 걸 겪었는지도 몰랐네.'

뭐, 서효원이 스스로 슬럼프에 빠진 건 신의 잘못이 아니었다.

그렇지만 너 때문에 슬럼프에 겪었다는 걸 얼굴 앞에서 들으니 기분이 이상했다.

한편, 서효원은 눈을 지그시 감으며 지난날을 회상했다.

'그날 이후 연기를 펼칠 때마다 내 눈앞에서는 이 녀석의 연기가 아른거렸지.'

서효원이 볼 때 신은 뭔가를 좇고 있었다.

그러나 서효원은 신이 좇는 무언가를 따라가지 못했다.

'따라갈 수 있을 듯했는데 따라가지 못했지.'

서효원으로서는 신이 도대체 뭘 좇고 있는 것인지 이해가 되지 않았다.

"그러던 어느 날 난 나를 내려놓기로 했다. 이렇게 생각하니 좀 겸허해지게 되었다고 할까."

신은 어째서 서효원에게서 변했다는 느낌을 받은 것인지 알 수 있었다.

지금의 서효원은 뭔가 새로 태어났다고 해야 할까.

정확히는 자신을 가로막는 허물을 벗어냈다고 해야 할까.

'이런 게 선의의 경쟁자라는 걸까.'

신이 성장하듯 서효원도 깨달음을 얻어가며 성장하고 있었다.

'서효원을 만나지 못했다면 슬펐을지도 모르지.'

이때 서효원은 어깨를 으쓱였다.

"그때, 나 자신에게 되묻기도 했다. 내가 정말 연기를 즐기고 있는 것인지. 아니면 그저 연기하는 것이지 말이야. 불현듯 이런 생각이 들더라. 이건 나의 벽이구나. 그래서 난 이런 나 자신을 비워내기로 했다."

지금 서효원이 말하는 건 틀과 형식을 잊는 것과 맞닿아 있기도 했다.

"내가 이곳에 온 건 너 때문이다, 강신. 난 너를 뛰어넘을 거다. 아니, 정확히는 나 자신을 뛰어넘으려는 것이다."

신은 서효원이 걸어오는 승부를 피할 생각이 없었다.

"좋아."

"물론 지금 당장은 아니야. 지금은 그저 그동안 밀린 이야기나 하고 싶으니까."

신은 서효원과 이야기꽃을 한창 피우다 헤어지기로 했다.

"다음에 보자고."

"그래."

신은 효원과 주먹을 부딪쳤다.

서효원과의 만남은 짧았지만 정말로 뜻깊은 만남이었다.

ACT 99.
연기대상

ACT 99.

연기대상

광복의 봄 이야기는 이렇게 흘러간다.

토야는 박인을 조선총독부가 아닌 다른 곳으로 이송하는 작전을 짜기로 한다.

작전명은 '타초경사'.

뱀이 풀밭에서 나오려고 하질 않으니 풀밭을 쳐서 뱀이 뛰쳐나오게 한다는 게 이 작전의 핵심. 눈에 훤히 보이는 함정이지만 토야가 생각할 때 이광복에게 반드시 먹혀들게 되어 있었다. 이광복이 나서지 않으면 박인은 재판을 받고 죽게 될 테니까.

광복도 이것이 함정이라는 걸 알지만 움직이기로 한다.

박인은 광복에게 아버지와 같은 사람이니까.

그를 죽게 내버려 둘 수 없다.

광복은 박인을 수송하는 차량이 으슥한 산기슭을 지날 때를 습격하여 일본군을 가볍게 제압한 다음 박인을 구출해낸다.

그러나 일대 주변으로 일본군이 매복한 상황.

광복과 박인은 일본군과 총격전을 벌이며 도망치기로 한다.

그러나 형세는 광복 일행에게 불리하게 돌아가고…….

박인은 광복에게 자신을 내버려두고 도망치라고 하지만 광복은 박인을 내버려두고 갈 생각이 없었다.

그러던 이때 신을 겨냥하는 일본인 군인이 있었다.

이를 눈치챈 박인은 광복 대신 총에 맞고 만다.

광복은 박인의 상처를 최대한 압박하여 지혈한 다음 박인을 업고 도망치기로 한다. 시간이 흐를수록 박인의 몸은 점점 가벼워가고 광복은 점점 초조해져 간다. 설상가상으로 광복의 몸에는 상처가 늘어나기까지 한다.

광복은 초인적인 정신력으로 버텨내며 이동하지만 상황은 점점 최악으로 치닫는다. 토야가 일본군 십수 명과 함께, 일대 주위를 서서히 에워싸기 시작한 것이다.

그러던 이때, 광복의 무술 스승인 수호가 나타나고 상황은 반전된다. 수호의 경이적인 무술 실력에 일본군이 하나둘 제압되고 일본군은 눈에 띄게 당황하기 시작한다.

토야가 수호에 맞서기로 하지만, 토야의 무술 솜씨로는 맞서기에 역부족이다. 수호는 토야를 간단히 제압한 후

기절시키고는 세 사람은 도망치기로 한다.

일본군이 예상보다 빠르게 움직이면서 광복 일행은 잡힐 위기에 맞닥트리게 되지만, 수사망을 교묘하게 피하며 도시 내부로 이동한다.

그러다 광복은 피를 너무 많이 흘리게 되어 쓰러지면서 길을 지나가던 차에 치일뻔하고 만다.

차에서 어떤 여인이 내리는데 여인의 정체는 '조인애'였다.

그녀가 보기에는 광복의 상태는 심상치 않았기에 일단 이곳에서 벗어나는 게 좋다고 판단하여 광복과 박인을 차 안으로 들이기로 한다.

조인애는 의사를 몰래 불러 광복과 박인을 치료하게 한다.

그러나 박인의 경우는 손 쓸 도리가 없었다.

이제 〈광복의 봄〉 촬영진이 촬영할 장면은 광복이 박인의 죽음을 받아들이고 놀라운 사실을 알게 되는 부분이었다.

☆　★　☆

'이곳은 박인 아저씨가 죽기 전 광복에게 일러준 비밀 장소.'

신은 공간 내부를 둘러보았다.

공간 내부는 박인이 모은 각종 서적과 자료들로 가득했다.

신은 움직였다. 카메라도 신의 동선을 따라 움직였다.

그리고 신은 선반에서 '책자' 하나를 꺼내 훑어보았다.

'경신참변에서 살아남은 이가의 생존자 이광복, 이광남.'

신의 눈동자가 흔들거렸다.

신은 믿을 수 없다는 듯 책자를 펼쳐 페이지를 뒤로 넘겼다.

"형이 살아있다고?"

신은 움직임을 멈추고 허탈한 웃음을 흘렸다.

"하……?"

한편, 카메라가 신이 바라보는 내용을 담아냈다.

내용에는 이광남이 토야로 성장하게 된 배경이 상세하게 기록되어 있었다.

박인이 적어놓은 일지를 보면 그 또한 인연이 이렇게 교묘하게 얽혀질 거라는 걸 몰랐던 거 같았다.

한편, 신은 광복에 몰입하여 스스로에 되물었다.

'그래서 토야와 있을 친구 이상의 동질감을 느낀 것일까. 그래서 토야가 형과 상당히 닮았다고 생각한 것일까.'

한데, 생각해봐도 이건 말이 안 된다.

이가를 몰살한 히로히토가 광남을 제 아들로 삼아 키우다니.

도대체 그가 왜 그런 짓을 한 것인지 광복은 이해할 수 없다.

지금 광복의 머릿속은 혼란으로 가득하기만 하다.

그리고 이때 광복은 아버지 이하인이 남긴 유언을 떠올린다.

형과 어떻게든 사이좋게 지내라는 말.

"설마 아버지는 형과 만난 건가?"

그래서 이 말을 한 것일까?

그보다 이 무슨 운명의 장난인 것인지 알 수 없다.

'형'은 독립군을 잡는 일본인이고 '동생'은 독립군을 돕는 일본인 밀정이라니.

"이게 사실이라면……."

신은 중얼거리다 고개를 가로젓는다.

광복은 토야가 형이라는 사실을 애써 부정하기로 한다.

'이제 광복은 박인이 언제 죽을지도 몰라 미리 작성해둔 유서를 발견하게 되지.'

한 종이가 신의 눈에 띄었다.

신은 종이를 펼쳐 내용을 읽었다.

'광복아……. 어떻게든 살아남거라. 그리고 그동안 너와 함께하느라 참으로 행복했다.'

박인은 아버지와 같은 사람이자 정신적 지주나 다름없던 사람. 그의 죽음에 심장이 뻥 뚫린 공허감이 들 정도다.

이렇게 광복에게 소중했던 사람이 또 떠나게 된 것이
다.

'어떤 말을 할 수가 없다.'

신은 답답함을 느끼며 아무 말도 할 수 없었다.

그러던 이때.

한 여인이 장내에 나타났다.

조인애 역을 연기하는 남혜정이었다.

"저 당신의 진짜 정체를 알게 됐어요. 일본인이 아닌 사
실 일본인 척하는 조선인 밀정. 이 사실이 혼란스럽기는
하지만 당신 비밀 지켜줄게요."

신은 아무 말도 않고 그녀의 말을 들었다.

"이전에 그런 모진 말을 하고 차갑게 행동한 건 저를 지
켜주려고 한 행동이죠?"

광복에 대한 오해가 풀리자 그동안의 앙금은 거짓말처
럼 풀어지고 있었다.

사랑이란 게 이런 것이었다.

"난……. 난……."

신은 말을 내뱉으려다 말을 삼켰다.

지금 광복은 두려움에 휩싸여 있다. 소중한 사람의 죽
음에 가슴 아파하고 있다. 그녀 또한 박인과 같이 제 곁을
떠나가는 게 아닌가 싶어 광복은 두렵기만 한다.

'이대로 그녀와 남이 되어버리면 기뻐할 필요도 슬퍼할
필요가 없게 될 테지.'

신의 등이 살짝 축 늘어져 있었다.

신이 의도한 게 아니었다.

이루어질 수 없는 그녀와의 사랑에 슬퍼하는 것이었다.

신의 연기를 바라보는 사람들은 마음이 짠해지는 걸 느꼈다.

남혜정이 말했다.

"이봐요, 난 그 어디에도 가질 않아요."

그녀의 말이 광복의 굳게 닫힌 심금을 울렸다.

신은 광복이라며 내뱉으려고 하지 않았던 대사를 기어코 말했다.

"죽을 거라고."

굳이 하지 않아도 되는 말이다.

지금 상황으로 그녀를 보내주는 게 맞다.

그러나 신의 대사에 자신에 대한 자조가 한탄이 묻어나온다.

신은 그녀를 바라보았다.

신의 눈가가 흔들거리고 있었다.

그녀가 미소를 씩 짓는다.

광복이 된 신은 그녀의 미소에 무너져내렸다.

그러나 신은 그녀에게 저항해야 한다.

이것이 감정선에 대한 반작용이다.

신은 발악하듯 외쳤다.

"내 곁에 있다가는 너도……."

신의 호흡은 거칠었다. 숨결도 가빴다.

이 숨결에는 건들면 톡 쏘는 가시가 담겨 있다.

"너도 언젠가 내 곁을 떠나가게 될 거라고."

남혜정은 신의 눈동자를 똑바로 응시하며 말했다.

"난 죽을 생각도 없고. 당신 곁에 항상 있을 테니까 괜한 걱정하지 마요."

"……."

"그리고 당신의 비밀을 아는 나 같은 사람이 있어야 해요. 안 그럼 당신이 버텨내질 못할 테니까."

그러나 신은 희미한 미소를 띠며 말했다.

"우린 이루어질 수 없어요."

장내에 있는 사람들은 신의 미소를 바라보며 이렇게 생각했다.

세상에서 가장 아름다우면서 슬픈 미소라고.

이때 장형석이 말했다.

"컷!"

그가 오민석 PD 역할을 서서히 맡고 있었다.

오 PD가 언제 쓰러져도 작업에 차질이 빌어지지 않기 위한 나름의 대비책이었다.

물론 그가 오 PD 역할을 대체하는 것에 불만을 가질 사람도 있을지 모르지만, 이는 그가 잘 헤쳐나갈 문제였다.

그는 엄지손가락을 치켜세우며 말문을 조심스럽게 열었다.

"인물들의 감정 표현이 과하지도 부족하지도 않았어요. 자연스러웠습니다. 그리고 짧은 순간 속에서 주인공과 여주인공의 마음이 엇갈리며 교차하는 것도 정말 섬세하면서도 멋졌어요."

그는 씩 웃었다.

그러나 얼굴 근육은 떨리고 있었다.

'하아, 내가 웃는 게 웃는 게 아니구나.'

그의 입장에서는 지금의 상황이 부담스럽기는 했다.

'이제 모든 짐이 내 어깨에 달려 있게 될 테니.'

그는 속으로 한숨을 내쉬었다.

'배우들과 피드백을 주고받는 것도 쉬운 일이 아니고.'

배우들도 그렇고 스태프에게도 그렇고 서로가 서로에게 적응할 시간이 필요했다.

그는 주먹을 꾹 쥐었다.

'이미 다짐한 일이니까 잘해낼 수 있겠지.'

그는 심호흡을 내쉬며 마음을 다독이고는 지금 현재에 집중했다.

'이 두 등장인물의 이루어질 수 없는 애절한 사랑에 안방 시청자들이 가슴 아파할 게 분명해.'

이제 이 부분을 어떻게 연출하느냐가 관건이었다.

"강신 씨가 "우린 이루어질 수 없어요."라고 말하는 장면에 OST 〈사랑할 수 없는 사람아〉를 삽입하면 사람들의 정서를 잘 자극할 수 있을 거야.'

한편, 신은 호흡을 맞추던 남혜정과 대화를 나누고 있었다.

"새삼 느끼는 건 아니지만 네 연기력……."

신이 그녀를 바라보자 그녀는 신을 넌지시 바라보다가 말했다.

"정말이지 불공평하다니까."

신은 툴툴하는 그녀의 말에 어깨를 으쓱일 뿐 아무 말도 하지 않았다.

"그냥 내가 말 말아야지. 이건 뭐 질투도 안 나고. 근데 내가 네 연기 보면서 느끼는 건데 말이야."

그녀는 주변을 살피다가 신의 귓가에 조그맣게 속삭였다.

"너 이번 드라마로 대상 타는 거 아니야?"

"그렇게 생각하는 이유는?"

"여자의 직감?"

신은 그녀의 말장난에 미소를 흘렸다.

한편, 사람들은 촬영을 위해 촬영 세트장 〈경성〉으로 이동하기로 했다.

"자, 다음 장소로 이동해보자고요!"

신도 그녀도 촬영진과 같이 〈경성〉으로 움직이기로 했다.

남혜정은 신의 곁을 걸으며 말했다.

"여자의 직감이라는 말은 장난이고 솔직히 그렇잖아.

지금 연기하는 것도 어지간한 것도 아니고. 네가 연기하는
거 인물 내면을 강조하고 인물 고뇌를 드러내는 연긴데."

그녀는 신의 연기를 보면서 인물이 입체적으로 살아나
는 것에 감탄사를 토해냈었다.

"이야기도 탄탄하고, 사람들한테 먹힐 이야기고. 솔직
히 이제 네 경력도 어느 정도 찼잖아. 대상 안 주면 진
짜……."

그녀는 신이 이 드라마로 대상을 받게 되리라고 거의
확신하고 있었다.

"설레발은……."

"설레발이라니. 내기라도 할까?"

"좋아, 내기 내용은 뭔데."

"너 대상 타면 말해주지 뭐."

"이상한 부탁하는 거 아니야?"

"아니거든."

"내가 들어줄 수 있는 한에서라면."

대화를 나누다 보니 촬영장에 어느새 도착해 있었다.

"잠시 후, 촬영 들어가도록 하겠습니다."

신은 촬영을 구경하기 시작했다.

'지금 작품의 시기는 1937년 중일 전쟁이 일어난 직후.'

이 당시는 전장의 암운이 조선에 서서히 드리우기 시작
하는 때였다. 일본은 전시 체제에 돌입해서 조선과 일본
과 하나라는 슬로건을 적극적으로 내세운다.

내선일체!

이것만이 아니었다. 일본은 전국의 읍과 면마다 일본 왕족의 조상신을 섬기는 신사를 세워 사람들에게 참배하도록 강요한다.

이는 민족정신을 뿌리 뽑으려는 황국 신민화 정책 중 하나로 만주 사변 이후 전쟁에 필요한 식량과 각종 물자를 쉽게 수탈하기 위해 조선을 병참 기지화하는 정책과도 맞닿아 있기도 했다.

'일본과 조선이 하나라고 하면 이 수탈이 정당화될 테니까.'

신은 중얼거렸다.

'촬영하면 할수록 느끼는 것이지만 일본의 수법 진짜 잔혹해.'

그리고 신은 역사를 알아가야 하는 중요성에 더더욱 깨달아가고 있었다.

잠시 후.

광복의 봄 촬영진은 돌리 카메라(*이동 카메라)로 작품 속 당시의 시대상을 담아내기로 했다.

"레디! 액션!"

슬레이트가 부딪쳤다.

사람들은 근대식 건물이 즐비한 곳에서 오가고 있었다.

그러던 이때 싸이렌 비슷한 소리가 울렸다.

웨에에에에엥!

사람들은 동작을 멈추고 일본 국기에 경례 자세를 취했다.

그리고 아이들은 황국 신민 서사를 제창하기 시작했다.

"우리는 대일본 제국의 신민입니다. 우리는 마음을 합하여 천황 폐하에게 충의를 다합니다. 우리는 인고하고 단련하여 훌륭하고 강한 국민이 되겠습니다."

광복의 봄 촬영진은 당시의 시대상에 해당하는 섬세한 부분을 하나하나 살려냈다.

어떻게 보면 사소한 부분일지도 모르지만 이런 부분이 작품의 현실성과 연결되는 것이기에 제작진 입장에서는 하나도 놓칠 수 없는 부분이었다.

"컷! 좋았습니다."

촬영은 째깍째깍 이루어졌다.

'한편, 중일 전쟁 이후 국외 상황은 달라지지.'

중국은 일본에 맞서 싸우기 시작하고 중국 관내는 싸움이 벌어지는 전쟁터가 되고 상하이가 무장 투쟁의 중심지로 발돋움하고, 그동안 분열하기만 했던 독립군 세력은 하나의 세력으로 통합하는 움직임을 보이기 시작한다.

이러한 흐름 속에서 김구는 한국 국민당을 창당한다.

'그리고 김구 선생은 조소앙의 한국 독립당과 지청천의 조선 혁명당을 통합하여 한국광복운동단체연합회(광복 연합)을 결성하고, 김원봉의 민족 혁명당은 다른 단체와 연합하여 조선민족전선연맹을 결성하고. 이 두 단체가 서로

연대하여 좌우 합작 운동이 벌어지지.'

광복은 이들을 지원하며 제 역할을 톡톡히 해낸다.

'그러나 상황은 광복에게 유리하게 흘러가지 않지.'

'위기'란 게 서서히 다가오고 있었다.

☆　★　☆

촬영진은 휴식을 잠시 취했다가 촬영에 돌입하기로 했다.

촬영장소는 어두컴컴한 고문실.

각종 고문 장치가 밀실에 자리 잡고 있었다.

"레디! 액션!"

일본인 군인들이 카메라 동선에 맞춰 한 남자를 질질 끌었다.

남자의 얼굴에는 망태기가 뒤집혀 있었는데, 남자가 숨 쉬는 소리는 상당히 거칠었다.

지금 남자는 두려움에 휩싸여 있었다.

일본인 군인 역들은 남자를 물이 가득 담긴 고문 장치 앞에 단역의 무릎을 아래로 꿇리고는 남자의 얼굴을 가리던 망태기를 벗겨냈다.

남자는 저항하였으나 저항할 수 없었다.

남자의 몸은 밧줄에 묶여 있었기 때문이었다.

"사, 살려!"

남자가 말을 잇기도 전에 사람들은 남자의 얼굴을 물속으로 집어넣었다.

남자가 내쉬는 숨은 거품이 되어 수면 위로 보글보글 올라왔다.

일본인 군인들이 남자의 얼굴을 물속에서 꺼냈다.

"푸하……!"

남자의 얼굴에서 물이 뚝뚝 흘러내렸다.

이윽고 일본인 군인들이 남자를 물속에 집어넣으려고 하자 남자가 소리를 질렀다.

"마, 말하리다. 말한다고!"

일본인 군인들이 시선을 교환했다.

"조선총독부 특수정보부에 특별한 밀정이 활동하고 있소."

일본인 군인들이 간에 기별도 안 간다는 반응을 보이자 남자는 발악하다시피 말했다.

"근데 그 밀정이 이가의 생존자요."

"말이 되는 소리를 지껄여야지."

경신참변 속에서 살아남은 이가의 사람은 없다고 보고된 상황.

"진짜요. 내가 이 두 눈으로 똑똑히 보고 귀로 똑똑히 들었단 말이오!"

그러던 이때 누군가가 입을 열었다.

"네놈의 입에서 나온 정보가 정녕 사실이냐."

중저음의 목소리.

목소리의 주인이 서 있는 곳은 시커멓게 그늘진 곳이었다.

그의 얼굴은 보이지 않았지만, 멋들어진 콧수염이 인상적이었다.

"조선총독부 내에 이가의 생존자가 독립군의 세작으로 활약하고 있다는 게?"

남자는 목소리에 고개를 미친 듯이 끄덕였다.

제 목숨 줄이 달린 상황이다.

그는 제 살길이 목소리의 주인에 달려있다는 걸 본능으로 깨달았다.

"제가, 제가 거짓을 말할 리가 없잖지 않습니까."

"한번 설명해봐라."

"광복 연합을 이끄는 김구가 차후 조선 내외로 펼칠 작전과 임시정부 수립을 구상하기 위해 조선에서 활동하는 한 밀정과 비밀리에 접촉했는데 그 자리에 참석한 백파 김학규가 밀정을 보고는 기뻐했습니다. 이 밀정도 기뻐했고요!"

'그'의 입가에 미소가 씩 맺혔다.

이 미소는 그냥 미소가 아니었다.

먹잇감을 노리는 포식자의 미소였다.

"김학규가 이씨 세가가 설립한 신흥무관학교 출신이지."

"그, 그렇습니다. 아무튼, 서로 껴안으며 반가워하는데 이 두 사람의 사연을 알게 된 김구 선생이 참으로 기뻐했습니다."

"지어낸 이야기라 하기에 꽤 상세하군."

"이래 봬도 독립군 간부입니다."

'그'는 이가의 생존자가 시골 산 구석에 처박혀 꼭꼭 숨어 있거나 독립군 운동을 한답시고 총을 들고 일본군과 직접 싸울 줄 알았다. 그런데 조선총독부에 숨어 일제를 향한 발톱을 숨기고 있었다니…….

"이거 참으로 맹랑한 놈이군."

이윽고 '그'가 어둠 속에서 걸음을 내딛기 시작했다.

뚜벅.

뚜벅. 뚜벅.

그의 날렵한 얼굴이 드러났다.

장내에 나타난 이는 악역 히로히토였다.

이 장면을 바라보는 신은 고개를 끄덕였다.

'음산한 분위기를 살려내는 기막힌 연출이네.'

이 아이디어는 장형석의 아이디어였다.

'기본 연출 감각도 있고.'

신이 생각할 때 그가 차기 PD로 나서는 건 나쁘지는 않았다.

신은 극 중의 장면을 마저 지켜보았다.

"오늘 기분이 아주 좋아 너를 살려두기로 하겠다. 다만,

네 목숨은 이제 나의 것이니 내 마음대로 하겠다."

히로히토 배우의 시선에 주눅이 든 남자는 고개를 끄덕였다.

"제 이름은 안두희(*훗날 김구를 암살하는 인물). 앞으로 영혼을 다 바쳐 충성을 다해 모시겠습니다."

"컷!"

사람들의 입가에 만족스러운 미소가 맺혔다.

그러나 장형석은 달랐다.

"안두희의 공포심을 자극하는 부분에서 좀 더 몰아세워도 괜찮지 않을까요?"

신도 그가 말하는 걸 들으며 동조했다.

'솔직히 뭔가 좀 부족하기는 했어.'

잠시 후.

일본군이 독립군 동료를 쏴 죽이고 독립군 간부가 죽음의 공포 앞에 벌벌 떠는 장면이 좀 더 들어가게 되었다.

'독립군 간부의 공포심을 자극하는 부분이 들어가니 그의 배신이 좀 더 개연성 있게 연출되는 거 같네.'

OK 사인과 함께 촬영이 끝났다.

이때 한 중년 배우가 말했다.

"재연하는 우리도 이렇게 힘든데 나라를 지킨 분들은 얼마나 힘들었으려나요."

이 말에 장내로 정적이 흘렀다.

사람들은 제 몸이 스러져가도 오로지 독립만을 생각하고 희생한 독립투사들을 잠시 생각했다.

　이렇게 생각하니 지금의 대한민국은 그냥 세워진 나라가 아니었다.

　수많은 사람의 얼과 혼이 담긴 나라였다.

　사람들은 이 사실에 새삼 기분이 묘해지는 걸 느꼈다.

　한편, 신도 깨닫게 되는 게 있었다.

　'나도 홀로서기를 슬슬 해봐야 하지 않을까?'

　로만 엔터테인먼트에 언제고 있을 수는 없는 노릇이었다.

　'물론 로만 엔터테인먼트와 완전히 작별할 필요는 없겠지.'

　신의 계획은 이랬다.

　싹수가 있어 보이는 배우지망생들을 모집하고 이들을 본격적으로 가르쳐보는 것이었다.

　한번 시도해보는 것도 나쁘지 않을 거 같았다.

　'급할 건 없으니 천천히 진행해봐야겠지.'

☆　　★　　☆

　신은 책상에 놓인 각종 서류를 바라보며 턱을 쓰다듬었다.

　'역시 홀로서기를 준비하는 건 쉬운 일이 아니구나.'

건물은 어디로 잡을 것인지 예산은 얼마나 잡을 것인지 등등 이래저래 생각할 게 많았다.

또, 신은 지금 당장 성과를 내는 것에만 초점을 맞출 생각이 없었다.

더욱더 큰 청사진을 그릴 작정이었다.

'내 계획대로 이루어진다면 십 년 후 내 소속사가 연예계를 주름잡는 게 가능할지도.'

신이 큰 그림과 함께 구체적인 계획을 잡아가던 차였다.

전화벨이 울렸다.

"네, 여보세요."

– 안녕하세요.

영화 〈광군〉 배급을 맡았던 IJ에서 온 연락이었다.

– 이렇게 강신 씨에게 연락드리는 건 〈아만다〉의 국내 개봉일이 정해져서인데요. 콘 감독과 여배우 아만다가 내한하기로 했습니다. 이제 강신 씨가 이분들의 안내자가 되어주시면 어떨까 싶습니다. 콘 감독이 강신 씨를 뵙고 싶다고 우리 쪽으로 요청하기도 하셨고요.

'두 사람 입장에서는 내가 나서는 게 편하겠지.'

또, 영화 홍보를 생각하면 신이 나서는 것도 나쁘지 않을 거 같았다.

촬영이 있기는 하지만 일정을 쪼개면 일정을 충분히 소화하는 게 가능했다.

☆　★　☆

〈아만다〉 팀이 내한하기로 한 날.

신은 두 사람이 한국에 들어올 시각에 맞춰 공항에 도착했다.

이미 많은 사람이 공항에서 기다리고 있었다.

신은 공항에 들어서던 차에 〈아만다〉 팀이 장내에 들어섰다.

기자들이 플래시를 터뜨리기 시작했다.

신은 두 사람과 반갑게 인사했다.

"이거 오래간만에 뵙네요."

"잘 지냈어요?"

기자들은 아만다 팀과 대화를 나누는 신을 카메라에 담아내며 셔터를 줄기차게 찍어댔다.

찰칵하는 소리가 여기저기 울렸다.

신은 아만다와 콘 감독과 나란히 서서 사진 촬영을 했다.

이에 사람들은 박수 치며 환호했다.

"와아아아!"

"우와!"

콘 감독과 아만다는 각기 할리우드에서 유명한 감독과 배우다.

신은 이들에 비해 이름없는 연기자다. 한데, 이들이

신에게 관심을 기울이고 친근히 대한다는 건 확실히 주목할만할 사건이었다.

또, 〈아만다〉에서 신의 배역 비중이 크지 않은 걸 고려해본다면, 지금 감독과 배우가 보이는 행동은 파격적인 것이기도 했다.

물론 혹자는 신에게 친근하게 구는 것이 영화 홍보를 위한 계산적인 행동이라고 말할지 모르겠지만, 설령 이런 점을 고려해도 감독과 주연배우가 내한한 건 나쁜 현상이 아니었다. 한국 영화시장이 세계적으로 무시할만할 수준이 아니라는 걸 증명하는 것이기 때문이었다.

한편, 신은 이들이 '진심'이라는 걸 알 수 있었다.

그러던 이때, 한 기자가 콘 감독에게 돌발질문을 했다.

"Mr. 강은 어떤 배우라고 생각하십니까?"

콘 감독은 희미하게 웃으며 말했다.

"지난번에도 말했지만 Mr. 강은 제가 주목하는 동양인 친구입니다."

일정에 없던 즉석 인터뷰가 진행되면서 신은 머쓱한 표정을 지었다.

한편, 기자는 수첩에다가 '할리우드 명감독도 인정한 명배우'라고 쓰고 있었다. 다소 오글거리는 문장이기는 하지만 대중에게 충분히 먹힐 멘트였다.

그러던 이때, 콘 감독이 씩 웃으며 사람들에게 말했다.

"그리고 제 작품에 Mr. 강을 섭외할 예정입니다."

사람들 사이에서 웅성거림이 일어났다.

지금 콘 감독이 하는 말은 어디에서 한 말이 아니었다.

지금 이 자리에서 처음으로 공개하는 발표였다.

이 놀라운 발표에 사람들은 질문하기 시작했다.

"어떤 작품인가요?"

"Mr. 강이 출연하게 될 배역은 어떻게 되는 건가요?"

그는 이 질문들에 딱히 대답하지 않았다. 사람들의 궁금증은 증폭되었다.

"정확한 건 노코멘트하겠습니다."

그리고 그는 신에게 눈을 찡긋거렸다.

신도 씩 웃었다.

'쇼맨십을 제대로 할 줄 아시네.'

이로써 〈아만다〉 팀의 한국 방문은 확실히 화제가 될 게 분명했다.

그리고 이날 '연기자 강신 할리우드 명감독에 눈도장이 찍히다?', '연기자 강신 세계로 확실히 발돋움할 수 있을까?' 라는 제목인 기사들이 인터넷포탈 사이트를 뜨겁게 달궜다.

네티즌은 '강신과 같은 한국인인 게 자랑스럽다.', '대한민국의 자랑스러운 아들, 강신.', '이제 세계로 본격적으로 나아가는 듯.'이라는 말을 하며 신에게 일어난 좋은 일을 자기 일처럼 기뻐해 주었다.

한편, 영화가 정식으로 개봉되기 전에 〈아만다〉 측은 VIP 특별시사회를 열기도 했다.

그리고 이날 〈아만다〉 자막 제작자인 이서인도 특별히 참석하기로 했다.

특별시사회인만큼 일반적인 시사회와 다르다는 걸 강조하기 위해서였다.

그는 자막 과정에 관해 이런저런 이야기를 했다.

"이제 자막제작자에게는 암호화된 영상이 옵니다. 이때 영상은 CG 작업이 덜된 영상인데, 이를 볼 때 가슴이 항상 두근거립니다. 영화사마다 조금 다를 수도 있지만 대부분 해외 업체가 제작해 놓은 툴에 따라 스크립터(*각본을 담당하는 이)가 대사 호흡을 잘라놓습니다. 이를 '스파팅Spoting'이라고 하죠."

이제 자막번역가는 이 '스파팅'이 된 대사를 번역하여 장면 순서대로 맞추는 일을 하는 것이었다.

"그런데 이 스팟팅 리스트가 정확한 게 아니에요. 때문에, 자르거나 병합하는 일이 생기기도 하죠."

신은 이 시사회에서 배워가는 게 많았다.

'더빙도 이런 작업을 거치겠지.'

'자막제작자'가 하는 작업은 '언어'가 지닌 감성과 분위기를 최대한 살리면서 자국어로 옮기는 것이었다.

266 신의 연기6

'자막제작자도 더빙하는 성우도 이야기에 새로운 생명을 불어넣는 것이겠지.'

한편, 신은 이런 생각이 들었다.

훗날 태어날 아이가 즐길 작품에 더빙을 넣어보면 어떨까 하는 것.

'이런 작업을 한번 해보는 것도 재밌을 거 같은데.'

한편, 사람들은 〈아만다〉에 신이 출연한 부분에 관해 이렇게 평했다.

'출연은 짧지만 굵고 강렬했다.'

'분량이 짧아 아쉽기도 하지만 이 정도면 정말 선전한 거나 다름없다.'

'앞으로가 더더욱 기대된다.'

〈아만다〉는 국내에서 총 900만 관객을 동원했고 북미에서만 해도 1억 달러를 돌파하는 데 성공했다.

이러던 차에 〈광복의 봄〉도 방영되기 시작했다.

1화부터 시청률 30%에 육박하면서 사람들에게서 훌륭한 호응을 얻었다.

사람들은 광복의 봄을 '광봄' 이라고 부르며 '국민드라마' 로 부르기 시작했다.

한편, 광복의 봄 〈촬영〉은 절정을 향해 서서히 달려가고 있었다.

＊　★　☆

신은 배역에 몰입하기 위해 촬영했던 내용을 되새김질
했다.

'어느 날 안두희는 히로히토에게 놀라운 소식을 가져다
주지.'

천왕의 생일에 천왕이 조선에 방문할 때 독립군이 천왕
을 암살하기 위해 움직인다는 거다.

중일 전쟁이 일어난 지금 시점에서 천왕의 조선 방문은
중대한 의미를 지닌다.

'일본에게는 기회지. 내선일체를 더 공고히 할 수 있는
계기이기도 하고 일본군의 사기를 고취하는 등 말이지.'

한데, 암살 예고가 있다는 이유로 천왕의 방문을 취소
하면 일본은 주위의 나라는 물론 조선에게 비웃음거리가
될 게 분명했다.

그러나 행사를 열었다가 천왕이 죽기라도 하면, 조선인
에게 커다란 기폭제가 되어 삼일운동과 같은 운동이 또
일어날지도 몰랐다.

'이래나 저래나, 일본 입장에서는 천왕의 조선 방문은
무사히 이루어져야 하는 행사.'

한편, 광복은 정보가 중간에서 새게 되었다는 걸 알게
된다. 천왕암살은 민족이 반드시 치러야 하는 거사지만
독립군 모두가 죽게 될지도 몰랐다.

'목숨이 우선이냐 민족의 거사가 우선이냐.'

광복은 정보가 샜다는 사실을 독립군에게 알리지만 독립군은 마음을 단단히 먹은 상황이다.

신은 여인 독립군의 대사를 마음속으로 중얼거렸다.

'만약, 계획에 차질이 생겼다고 하여 다음으로 미뤘다가 그때도 이런 일이 벌어지지 않으리라는 건 장담하지 못해요. 한번 미루게 되면 다음에 미루고 또 다음으로 미루게 되고 나중에 별별 핑계로 미루게 되겠죠.'

신의 머릿속에서는 상대방 배우가 짓는 표정 어투 하나하나가 떠오르기 시작했다.

'이러다 보면 아무도 나서지 않게 되고 결국 독립은 요원한 일이 되겠죠. 무엇보다 천왕의 방문은 언제 또 이루어질지 모른다는 거죠. 이번 기회가 절호의 기회에요. 우리는 반드시 이 거사를 치러야만 해요.'

비록 실패가 예상되더라도 계획에 차질이 빚어지더라도 독립군 입장에서는 이 거사를 기필코 해야만 하는 것이다.

신은 속으로 중얼거렸다.

'설령 실패해도 상관없어.'

천왕을 죽이려는 시도는 조선인에게 일제에 저항하고 있다는 얼을 보여주는 것이니까.

신은 가슴이 찡해지는 걸 느꼈다.

'광복은 독립군 측의 배신자를 찾아내려고 하지만 그가

어디에 숨어 있는 것인지 코빼기도 보이지 않아 결국 찾아내지 못하지. 천왕의 생일은 다가오고……'

광복에 동화한 신은 뭔가 초조해지는 걸 느꼈다.

'미래에 대한 불안과 두려움.'

신이 숨을 몰아 내쉬며 감정을 서서히 잡아가는 이때였다.

"스탠바이가 완료되었습니다! 잠시 후 연회장 촬영 들어갑니다."

일본군 복장을 한 신은 일본군을 흉내 내는 배우들과 함께 연회장 문턱에 섰다.

"액션!"

슬레이트가 부딪쳤다.

테이크가 시작되자 상관 역이 다가와 사람들에게 말했다.

"천왕 폐하가 오시는 자리다. 단단히 점검하도록 해, 알겠나?"

"하잇!"

"하잇!"

이윽고 신과 일본군 단역들은 연회장에 들어오는 사람들의 신분증과 얼굴을 일일이 대조하기 시작했다.

신은 신분을 위장한 독립군과 마주 서게 되었다. 이들과 시선을 마주친 신은 말했다.

"통과."

270 신의
연기6

독립군은 일본군의 삼엄한 경비를 뚫고 행사장에 잠입하는 데 성공한다.

광복이 이 행사장에 참여하기로 한 건 거사가 실패하는 경우를 대비하기 위해서다. 모두가 죽게 내버려 둘 수 없었다. 독립군 몇몇이라도 살려야 했다.

'이것이 광복의 마음.'

연회장 내부로는 사람들이 많이 들어선 상태.

천왕이 단상 위로 나타나자 사람들은 박수를 치기 시작했다.

짝짝짝.

천왕의 연설이 사람들의 갈채 속에서 시작되기 시작했다.

"여러분 감사합니다. 오늘은 정말로 기쁜 날입니다. 대일본제국이……!"

파티의 분위기가 서서히 무르익을 갈 즈음 독립군들이 서서히 움직이기 시작했다. 히로히토 역 또한 움직이기 시작한다.

한 배우가 천왕 역을 향해 총을 꺼내려는 순간이었다.

총소리가 울렸다.

탕!

장내는 소란스럽게 변했다.

"꺄아아아아악!"

"테러다! 테러야!"

총격전이 벌어지는 장내 속에서 독립군 중 한 명이 일본군을 향해 무언가를 던졌다.

이때 누군가가 외쳤다.

"폭탄이다!"

사람들이 우왕좌왕하기 시작했다.

상황은 긴박하게 흐르고 있었다.

일본군의 전열을 무너트리는 데 성공한 독립군은 두 번째 폭탄을 천왕 쪽으로 투하하지만, 폭탄은 아쉽게도 불발탄으로 그치고 만다.

일본군들이 그를 둘러싸자 그는 제 죽음을 직감한다.

상황은 독립군 쪽으로 불리하게 흘러갔다.

총 열 명이었던 독립군은 땅에 서 있는 수가 점점 줄어들고 있었다.

광복은 독립군 여인이라도 도망치도록 도와주려고 하지만 그녀는 광복의 도움을 거부하며 일본군을 상대로 선전하다 생포되고 만다.

〈광복의 봄〉 촬영진은 일련의 장면들을 촬영했다.

그리고…….

"액션!"

한 여인이 밧줄에 묶인 채로 질질 끌려왔다.

히로히토 역의 배우는 여인을 차가운 표정으로 바라보았다.

"이 빌어먹을 조센징."

히로히토 역의 배우가 한 여인네의 뺨을 후려쳤다.

어찌나 세게 때린 것인지 여인의 뺨이 단숨에 발갛게 부어올랐다.

그는 여인을 향해 침까지 퉤 뱉었다.

"천하에서 더러운 년! 이년을 데려가 문초해라."

문초를 당하게 되면 그녀는 끔찍한 꼴을 당하게 될 터였다.

일본군 측에 서 있던 신은 여인을 바라보았다.

여인도 신을 바라보았다.

두 사람은 말없이 서로를 바라보기만 했다.

다른 사람은 눈치채기 힘든 마주침이었다.

신은 총을 여인에게 겨냥한 뒤 속으로 중얼거렸다.

'이것이 광복이 그녀에게 베풀 수 있는 자비.'

신은 잠시 망설였다.

방아쇠를 당길 수는 없다.

제 손으로 그녀를 죽일 수 없다.

'내 손으로 어떻게 독립군을 죽여.'

그러나 그녀를 죽여야 했다.

이름도 없고, 역사에 기억되지 않은 그녀를 위해 이 방아쇠를 당겨줘야 했다.

신은 방아쇠를 만지작거렸다.

미안함과 망설임이 교차로 오갔다.

이때 독립군 여인이 고개를 끄덕였다.

신은 미련과 함께 방아쇠를 당겼다.

탕!

'결국, 천왕의 암살 시도는 허망하게도 실패로 돌아가고 암살에 참여한 독립군 단원들은 모두 죽고 말지.'

여인은 바닥에 쓰러졌다. 이윽고 여인의 눈이 스르륵 감겼다.

지금 이 순간 신은 형언할 수 없는 감정에 휩싸여 있었다.

'아······.'

신은 여인에게서 시선을 뗐다.

미동조차 하지 않았다.

장내에 비장한 분위기가 맴돌았다.

주변의 시선이 신에게 집중되었다.

히로히토 역의 배우가 신을 향해 대사를 내뱉었다.

"저 조센징 년을 왜 죽인 것이지?"

신은 피식 웃으며 말했다.

"저년이 저한테 꼬리 치더군요."

신의 입가에 맺힌 미소는 기쁘게는 보이지 않았다.

상황과 자신에 대해 고소라고 해야 할까.

히로히토 역의 배우는 입가에 미소를 그렸다.

"자네 제법이군."

신도 싱긋 웃었다.

"컷!"

이후, 광복의 봄 이야기는 이렇게 흘러간다.

친일파 요인의 제거 작전은 줄줄이 실패하게 된다.

또, 국외의 독립군과 이어주는 국내의 비밀거점은 안두희에 의해 속속히 밝혀지고 경성을 포함한 주요 도시의 독립비밀거점들이 줄줄이 파괴되기에 이른다.

이 과정에서 많은 사람이 죽고 일본군에 잡혀가게 되는데 무엇보다 타격이 큰 건 그동안 일본의 감시를 피해 형성되었던 비밀 거점은 물론 비밀 연결망이 송두리째 망가져 버린 것이라 할 수 있다.

이 일련의 모든 건 순식간에 터진지라 대책을 세우지도 못하고 속수무책으로 당하고 만다.

히로히토는 이에 만족하지 않는다.

중일전쟁을 위한 군자금 조달이라는 명목 아래 조선식산은행이 채권 발행을 하고 강제 저축 정책을 시행하게 한다.

이는 조선 내의 자금의 유통을 일시적으로 동결시켜 국외에서 활동하는 독립군을 자금난에 빠트리게 하는 것이었다.

그리고 그는 임시정부 주요인사들을 죽이기 위해 자객들을 은밀히 보낸다.

그렇지 않아도 윤봉길 의사가 홍커우에서 천왕에게 도시락 폭탄을 던진 이후 임시정부는 일본군에 쫓겨 다니던 상황.

그리고 임시정부는 암살단을 피해 이곳저곳으로 이동 생활을 하며 충칭으로 이동하기 시작한다.

이렇게 국외와 국내의 합작독립운동은 물거품으로 돌아가고 만다.

이러던 차에 한 사건이 벌어진다.

경성지부 비밀 연락책이 일본군에 잡히고 만 것이다.

그는 광복의 정체에 함구하려고 하였으나 가족의 안위 때문에 실마리를 실토하고 만다.

조인애도 광복의 정체가 밝혀진 것을 알게 되면서 광복에게 어딘가로 떠나라고 하지만 광복은 조선을 벗어날 수 없었다.

아니, 떠나지 않는 게 정확했다.

복수를 위해서라면……!

조인애는 광복에게 제 마음을 마지막으로 고백하고 광복은 그녀의 마음을 받아들이게 된다.

이 위기 앞에서 두 사람은 이어지게 된다.

이것도 잠시.

히로히토의 포위망은 점점 좁혀지게 되고 광복은 광복의 양부모와 조인애를 국외로 도망치게 하려고 하지만 실패로 돌아가고 만다.

일본군이 사노 부부를 체포하려고 하자 이들은 광복에게 짐이 될 수 없다고 생각하고는 총을 이마에 쏘는 자결을 선택하고 만다.

광복은 히로히토를 죽이려고 하다가 실패하게 되고 잡히고 만다. 한편, 조인애는 만주로 끌려가게 된다.

☆　★　☆

[엔도 히로히로와 이광복은 서로를 바라본다.

이광복 (화가 나는 표정으로) 도대체 이런 짓을 벌이는 속셈이 뭐야

엔도 히로히토 (미소를 흘리며) 속셈이라니……. 난 네 놈에게 네 여인을 구하고 외국으로 나가 살 기회를 주는 거다. 이런 기회를 주는 건 참으로 관대한 처사이지 않나.

고문 장치에 묶여있는 이광복은 히로히토를 말없이 바라본다.

엔도 히로히토 (뒤돌아서며) 행여나 말하지만 지금 날 죽이려고 생각하지 않는 게 좋을 거야. 내가 죽으면 네가 사랑하는 사람은 비참하게 죽을 테니까. (광복을 슬며시 바라본다) 일단 복수를 하고 싶어도 사랑하는 연인부터 살리러 가는 게 좋지 않겠나?

광복은 히로히토의 속셈이 무엇인지 파악한다.

이광복 (독백) 결국 나를 죽이려는 것이겠지. 그는 결코 인자한 사람이 아니야. 그는 인간의 탈을 쓴 악마.

그러나 광복은 탈옥하기로 한다.

별다른 선택지가 없기 때문이다.

광복은 수호의 도움을 받게 되고 히로히토는 일본군에게 광복을 발견하는 즉시 사살하는 명령을 내린다.

토야 또한 이 군대에 합류하여 광복의 뒤를 쫓기로 한다.

한편, 히로히토는 그의 수하에게 토야 또한 죽이라는 은밀한 명령을 내린다.]

신은 대본을 덮고 비행기 창문 바깥을 바라보았다.

'촬영도 슬슬 막바지에 다가오고 있구나.'

신은 지금 촬영진과 함께 '중국' 상해 영시낙원으로 향하고 있었다.

'촬영이 엊그제 같은데.'

드라마가 차차 방영되면서 여러 반응이 있었다.

혹자는 역사 고증이 제대로 안 되었다며 연출진을 비판하기도 하고 어떤 이는 민족의식을 고취하려는 의도적인 장면이 작품 몰입을 방해한다고 하기도 했다.

그래도 〈광복의 봄〉은 역사를 알게 해주고 애국심을 일깨워준다는 면에서 좋은 평가를 받고 있었다.

〈광복의 봄〉은 이제 '위안부 문제'와 '마루타 731부대' 등 역사적으로 민감한 문제를 건드릴 예정이었다.

☆　　★　　☆

신은 열차 세트장 내부에서 일본군 단역들과 마주 보았다.

내부가 덜컹거리며 흔들거리는 게 실제로 달리는 열차 안에 있는 거 같았다.

지금 신이 촬영하는 장면은 광복이 그의 무술 스승인 수호와 함께 경성과 신의주를 잇는 경의선 열차를 타고 이동하다 일본군과 맞닥트리게 되는 장면이었다.

"레디! 액션!"

신은 카메라 구도에 맞춰 몸 균형을 잡았다.

열차가 덜컹거렸다.

엑스트라 배우들이 신을 향해 달려들기 시작했다.

일본군 배역을 연기하는 배우 몇몇이 바닥에 나뒹굴던 이때, 누군가가 신의 배역 이름을 불렀다.

"사노 히카루."

광복은 여기서 뜻밖의 인물과 맞닥트리게 된다.

바로 조선총독부 총독 다케우치!

그는 신을 향해 씩 웃었다.

"아니, 이광복이라고 불러야겠지."

다케우치 역의 배우는 총을 들고 신을 향해 조준하는가 싶었다.

카메라가 그의 움직임을 담아내자 그는 정말 신을 쏘기라도 할 거 같았다.

이때 그가 방아쇠를 당겼다.

탕!

그런데 반전이 일어났다.

일본군의 몸에 핏물이 번지고 있었다.

그는 지금 상황이 이해가 되지 않는다는 표정을 지으며 쓰러졌다.

누군가가 외쳤다.

"배신이다!"

일본군이 움직이기도 전에 다케우치 역의 배우는 일본군을 향해 총을 방아쇠를 당기기 시작했다.

그의 움직임은 현역 군인 못지않게 날랬다.

탕. 탕. 탕.

잠시 후.

피스톨 총구에서 김이 모락모락 피어올랐다.

"아직 죽지 않았군."

한편, 신은 의아해하는 표정으로 그를 바라보았다.

"아주 이전 자네와 난 한 번 마주친 적이 있지."

신은 눈을 크게 떴다.

"서, 설마……?"

총독 다케우치 배역이 고개를 미약하게 끄덕였다.

둘은 '경신 참변'에서 마주친 적이 있었다.

"난 과거 이 작전에 동원될 때만 해도 이 작전을 맡았다는 게 정말 자랑스러웠지."

그러나 그는 조선인 학살을 목격하면서 그동안 굳게 믿었던 소중한 가치에 대해 강렬한 의구심을 품게 된다.

"그리고 난 이가의 생존자를 쫓게 되는 수색대로 참여

하게 되었고 숨어 있는 한 아이를 발견하게 되지."

이 아이가 이제 '광복'이었다.

그는 군인 다케우치와 인간 다케우치 사이에서 갈등하다 이 아이를 끝내 모른 척하기로 한다.

"난……. 난……. 힘도 없고 아무 죄도 없는 아이를 죽일 수가 없었다."

그가 내뱉는 목소리는 축 늘어져 있었으며 대단히 자조적이었다.

그럴 만도 했다.

그에게 있어 광복은 그가 저질렀던 죗값이자 일본이 저지른 업보였으니까.

그는 고개를 푹 숙였다.

미간을 찡그린 표정에서 괴로움이 묻어나온다.

"난 당시의 일을 단 한 순간도 잊은 적이 없네."

그가 바라본 그 날의 어린 소년은 그의 머릿속에서 선명하게 남게 되었다.

"그리고 그날 이후 나는 조선 총독부 총독으로 임명되었지. 그러던 어느 날, 난 간부로 부임한 자네를 바라보고는 그날의 생존자, 이가의 자손이라는 것을 직감적으로 알아차렸네."

하지만 그는 광복의 정체에 대해 함구하기로 한다.

"언젠가 한번 자네의 양어머니를 찾아갔던 적도 있지."

— 전 사실 사노 히카루의 정체가 뭔지 알고 있습니다.

그냥 제 생각이 맞는 건가 싶어 확인해보고 싶어 이곳에 온 것이니 걱정은 하시지 않아도 됩니다.

다케우치는 사노 아야메에게 그간 있었던 이야기를 듣고서는 히카루의 정체에 대해 어떻게든 함구하겠다고 말했었다.

한편, 사노 아야메는 이렇게 말한다.

– 마음으로 낳은 자식이니 잘 부탁하겠습니다.

다케우치가 묘사하는 사노 아야메의 모습은 일본인이라는 국적을 떠나 자식을 걱정하는 어머니 그 자체였다.

광복은 사노 아야메의 죽음을 진심으로 안타까워했다.

그녀는 광복이 싫어하는 일본인이었으나 광복이 잘 성장할 수 있도록 도와준 어머니였으니까.

신의 입가가 실룩였다.

"그래서 나에게 용서라도 구하려는 겁니까?"

"아니네. 자네는 날 절대 용서 못 하니 용서를 구할 수가 없지. 내가 자네를 도우려는 건 제국을 생각하는 마음을 위해서네."

총독은 자국이 저지른 잘못을 인정하고 반성하는 인물이자 양심 고백을 하는 일본인을 대표하는 캐릭터였다. 물론 이런 캐릭터로 일본이 저지르는 행위를 정당화하고 미화하는 게 결코 아니었다.

이에 신은 주먹을 그저 쥘 뿐이었다.

"물론 난 일본제국이 저지르는 짓을 정당화하고 옹호할 생각도 없어! 지금의 일본제국은 침략과 약탈을 하고 있네. 이는 악마의 길로 걷고 있는 것이지. 난 지금이라도 이 잘못된 걸 똑바로 고쳐잡으려는 거야."

신은 그의 눈동자를 응시하며 말했다.

"그렇게 한다고 일본이 지금껏 한 만행을 그만두겠습니까. 절대 그러질 않을 겁니다. 오히려 더 악랄한 짓을 하고 자신들이 한 짓을 감추고 은폐하려고 들 겁니다."

그의 입가에 쓴웃음이 맺혔다.

"그래…… . 어쩌면 자네의 말이 맞을지도 모르지. 역사를 덮으려고 할지 몰라. 그러나 나는 개인이 역사의 줄기를 바꿀 수 있다고 믿는다네. 나도 자네도 그렇고 역사를 바꾸는 순간에 있는 건지도 모르지."

그는 웃음을 흘리며 말했다.

"자네는 역사의 줄기를 바꿀 수 있다고 믿는가?"

"솔직히 말해 저는 역사를 바꾸건 말건 관심 없습니다. 그 순간순간에 충실할 뿐이죠."

"거참 어리석은 질문에 현명한 대답이군."

그러던 이때 일본군 군대가 광복 일행이 있는 쪽으로 다가오고 있었다.

장내에 있는 인원으로 수적 열세를 이겨낼 수 없었다.

"가게."

그는 광복 일행이 도망칠 수 있는 시간을 벌어줄 작정이었다.

광복은 이런 다케우치의 선택을 이해할 수 없다.

"내가 일본인이라는 점에서 비추어 보면 내 행동은 이해할 수가 없겠지."

경의선 위를 달리고 있는 열차에는 전쟁을 위한 화약과 포 등 막대한 군수물자가 실어져 있다. 이를 폭파하면 일본군은 피해를 보는 건 물론 앞으로 물자 수급에서 막대한 지장을 받으리라는 건 뻔한 일이다.

그러나 다케우치가 이 열차를 터뜨리기로 하는 데는 이유가 있었다.

"이 모든 건 사람을 죽이고 학살하는 일에 쓰일 게 뻔해."

그때처럼 수많은 사람이 죽어 나간 학살극이 재현될 게 틀림없다.

"그런 악몽은 이 세상에 두 번 다시 벌어져서는 안 돼."

신과 그는 시선을 마주친 후 고개를 끄덕였다.

장내에 혼자 남게 된 총독은 눈을 감으며 중얼거렸다.

"여기가 나의 무덤이구나."

그는 열차를 폭파하기로 한다.

열차 폭파는 오래된 열차를 폭파하여 웅장하면서 호화찬란하게 찍을 예정이었다.

광복은 독립군과 중국군 합작 부대에 합류하게 된다.

독립군은 일본이 나라를 빼앗은 건 물론 민족을 상대로 파렴치한 짓을 벌이는 걸 용서할 수 없었고 중국군은 난징에서 수많은 사람의 목숨을 앗아간 일본이 죽도록 미워하는 상황이니 이 두 나라의 군대가 손을 잡는 건 당연한 일이기도 했다.

한편, 광복은 한 단서를 얻게 된다.

일본군 인원이 대규모로 이동한 적이 있었는데 그 인원에 여인이 상당수 끼어 있었다는 정보를 말이다.

신은 군복을 입고서 극 중 만주에서 이동하는 부분을 촬영했다.

그리고 〈광복의 봄〉 촬영진은 극 중 전개에서 절정에 해당하는 부분에 촬영에 들어가기로 했다.

엔도 토야가 의식을 차리며 광복이 제 동생임을 알아보게 되는 부분이기도 했고, 광복이 조인애와 가슴 아픈 이별을 하게 되는 부분이기도 했다.

☆　★　☆

"레디! 액션!"

슬레이트가 탁 부딪쳤다.

조인애 역을 연기하는 남혜정은 막사 내부를 둘러보며 말했다.

"구해주러 오는 사람이 있어요. 모두 무사하게 구출될 테니 안심해요."

그녀는 여인들의 불안감을 애써 달랬다.

여인들은 몸을 부들부들 떨며 서로에게 의지했다. 그러나 일본군이 나타나면서 여인들의 불안감은 증폭되고 말았다.

일본군은 여인들을 훑어보았다.

행색이 하나같이 꾀죄죄하고 몰골도 엉망인 게 썩 마음에 들지 않았다.

그는 혀를 쯧 찼다.

그리고 일본군은 한 여인을 정한 것인지 고개를 끄덕였다.

남자가 지명한 여자 주위로 일본군이 다가갔다.

"잠시만요. 잠시만요."

여인은 울고불고 하지만 일본군은 자비가 없었다.

이들은 낄낄 웃으며 여인의 머리를 붙잡고는 어디론가 끌고 가기 시작했다.

"싫어요, 싫어!"

처절한 발악에도 다들 시선을 회피하며 외면할 뿐이었다.

"안 돼요. 하지 마요."

곧이어 짝하는 소리가 울렸다.

아마 일본군이 여인의 뺨을 때린 모양이었다.

헐떡이는 남자의 소리와 함께 여인이 내뱉는 소리는 점차 줄어들었다. 잠시 후. 여인이 조용히 흐느끼는 소리만이 울렸다.

여인들은 눈을 꼭 감고 겁에 덜덜 떨었다.

이게 끝이 아니었다.

일본군 한 명이 여인들이 있는 곳에 나타났다.

여인들은 머리를 푹 숙였다.

끌려가기 싫었다.

끌려가게 되면 몸이 더럽혀질 게 틀림없었다.

일본군은 여인들의 얼굴을 일일이 확인했다.

그리고 고개를 끄덕였다.

이번에 일본군이 데려갈 여인은 조인애였다.

그녀가 일본군에 저항하는 것도 잠시, 일본군 장교가 있는 곳에 끌려가게 되었다.

일본군 장교는 조인애의 미색이 다른 여인보다 빼어난 걸 보고서는 일찌감치 그녀를 눈여겨보고 있었다.

일본군 장교는 흡족한 미소를 지으며 손가락을 까닥였다.

"이리 오너라."

그녀가 움직일 생각을 하지 않자 일본군 장교는 그녀에게 슬금슬금 다가갔다. 이에 순순히 당할 조인애가 아니었다.

그녀는 일본군 장교가 차고 있던 군도를 재빨리 빼 들었다.

"오지 마라. 네놈에게 순순히 당하지 않을 것이다."

그녀는 일본군 장교가 다가오지 못하게 검을 휘둘렀다.

그러나 남자의 얼굴에는 무서운 기색이 없었다.

그는 입가에 오히려 진한 웃음을 그렸다.

그녀가 내보이는 기개와 당돌함이 그를 기분 좋게 만들었다.

"조선인 계집은 이래서 재밌다니까."

일본군 장교 배역이 히죽 웃으며 말했다.

"찍어 눌러주마."

그녀는 최대한 저항했지만, 아녀자가 훈련받은 남자를 상대하여 이기는 건 쉬운 일이 아니었다. 그녀가 남자의 몸 아래에 깔리는 순간이었다.

차가운 총구가 남자의 머리에 닿았다.

철컥.

"네놈은 누구냐?"

광복에 빙의한 신은 분노에 휩싸여 있었다.

"알 필요 없다."

일본군 장교가 무어라고 말하기도 전에 신은 일본군 장교를 시원하게 밟아대기 시작했다.

'사람들이 속이 뻥 뚫리는 듯한 느낌을 받게 되는 부분이

288 신의
연기6

될 거 같군.'

감독이 만족스러운 표정으로 외쳤다.

"컷!"

촬영진은 잠시 쉬는 시간을 가지기로 했다.

여배우들은 감정을 추슬렀다.

프로 정신으로 촬영에 임해도 쉬운 촬영이 아니었다.

이제 위안부는 잊지 말아야 할 역사이기다 보니 일종의 사명감으로 촬영에 굳건히 임하고 있는 것이었다.

'위안부 문제가 제대로 해결되면 좋겠다.'

한편, 신은 끝이 서서히 다가오고 있다는 것에 아쉽기만 했다.

'그래도 유종의 미를 거둬야겠지.'

신은 촬영진과 함께 광복의 봄 뒷이야기 촬영을 차차 진행해나갔다.

'일본군과 독립군 그리고 중국군 사이에서 싸움이 벌어지게 되지.'

광복과 수호 그리고 조인애는 이 전쟁의 틈바구니에서 도망치기로 하지만 일본인 조직이 광복 일행을 급습한다.

'그리고 상황은 점점 안 좋게 흘러가고.'

광복은 조인애라도 남쪽으로 무사히 데려다 달라 수호에게 부탁하지만, 수호는 이를 거부한다. 자신이 지켜내야 할 대상은 광복이지 조인애가 아니라서다.

때마침 조인애가 입덧을 하자 수호는 조인애가 광복의 아이를 잉태하고 있다는 걸 알게 된다. 광복이 조인애를 찾으러 온 건 그녀가 임신한 것에 있었다. 복수를 위해 자신의 아이와 사랑하는 연인을 희생할 수 없으니까.

수호는 광복의 부탁을 수행하기로 한다.

어쩌면 자신의 목숨을 걸어야 할지 모르지만, 이가의 핏줄을 지키는 건 어떻게든 반드시 이뤄내야 하는 사명이자 자신의 임무.

수호는 임무를 수행하다 죽게 된다.

한편, 광복과 토야는 죽을 뻔하고 만다. 한 일본군이 두 사람을 죽이기 위해 폭탄과 함께 자살하는데 이 두 사람이 폭발에 휩쓸리고 만 것이다.

이 폭발의 여파로 토야는 기억을 되찾게 되지만 광복은 기억을 잃게 된다.

이제 토야가 광복이 못다 한 복수를 하기로 한다.

'형제는 결국 형제구나.'

한편, 남쪽에 무사히 도착한 조인애는 광복이 돌아오기만을 기다리기로 한다.

눈이 오나, 비가 오나……

이러다 1년이 지나가고 2년이 지나가지만, 광복은 끝끝내 돌아오지 않는다.

그리고 광복에 대해 아무리 수소문을 해봐도 그의 생사는 불투명할 뿐.

이로부터 몇 년 뒤 미국이 히로시마에 원자 폭탄을 투하함으로써 일본은 패배를 선언하고 조선은 광복을 맞이하게 된다.

조선의 이름은 이제 조선이 아닌 대한민국이라는 이름으로 변하게 된다.

일제로부터 광복되는 것도 잠시 6·25라는 비극을 거치게 된다.

한민족은 남한과 북한이 갈라서는 분단의 아픔을 겪게 되고 이승만 정부가 지나 1970년대에 들어서는 경부고속도로가 완공되고 새마을운동이 펼쳐지는 등 미래를 위한 초석이 닦이며 중공업 산업이 발전하기 시작하고, 1980년대에 이르러서는 88 올림픽이 유치되는 등 민주화 물결이 일어난다.

광복 이후 수십 년 동안 대한민국은 격동의 역사를 맞이하게 된다.

작품이 이렇게 허무하게 끝나는 게 아니었다.

광복과 조인애는 오랜 세월이 흘러서야 비로소 만나게 된다.

'그동안 두 사람은 서로가 죽은 줄로만 알았으니까.'

참으로 안타까운 운명을 겪은 두 사람이었다.

'그래도 해피엔딩이라 다행이야.'

그리고 두 사람은 얼마 안 가 한날한시에 잠들고 만다.

서로의 손을 놓지 않고 편안한 미소와 함께 말이다.

그리고 조인애와 광복의 가족은 두 사람이 남긴 일기와 두 사람의 이야기를 토대로 하여 '광복의 봄' 이라는 책을 출시한다.

평론가로부터 '실화로 바탕으로 하여 생생하고 현실적이고 감동적이고 이야기' 라는 극찬을 받으며, 수많은 사람에게 사랑받는 베스트셀러가 되는 기염을 토해낸다.

이렇게 두 사람의 이야기는 후세 사람의 기억에서 영원히 사라지지 않고 기억된다.

☆　★　☆

〈광복의 봄〉도 종영되면서 시상식 날이 밝았다.

신은 KTS 홀로 향하기로 했다.

시상식 자리에 도착해보니 비워진 자리가 하나 있었다.

'오 PD님……'

오 PD가 숨을 거둘 때 신은 그의 곁을 지켜주었다.

'그래도 후회는 하지 않으셨어.'

신은 제 손을 바라보았다.

오 PD가 신의 손을 꼭 붙잡아 준 것이 뇌리에서 계속 기억났다.

– 그동안 너무나도 즐거웠고 고마웠다. 신아.

'저도 고마웠어요. 오 PD님.'

신은 싱긋 웃으며 시상식 자리에 앉았다.

'난 지금 영광의 자리에 앉아 있는 거구나.'

사람들은 〈광복의 봄〉이 불후의 명작이라고 떠받들었다.

광복의 봄은 신에게도 사람들에게도 위대한 걸작이었다.

그리고 시상식이 차차 진행되었다.

여우주연상은 남혜정에게 돌아갔고 명예 PD상은 오 PD가 받게 되었다.

그리고 대망의 순간이 다가왔다.

바로 연기대상!

시상식에 참석한 사람들은 진행자의 입이 떨어지는 것을 기다렸다.

"네, 이번 2023년도 KTS 연기대상의 주인공은……!"

☆　　★　　☆

연기대상시상식이 열리기 전부터 사람들은 신이 대상을 받을 거라고 입을 모았다.

이런 이야기가 나오는 것도 당연했다.

중국에서 엄청난 대박을 터뜨리며 외화를 쓸어담는 등 드라마에서 멋진 연기력을 보여줬으니 말이다.

더군다나 오 PD와 관련된 제작에피소드도 밝혀지면서 사람들은 눈시울까지 붉히기까지 했다.

만일 신이 대상을 받지 못한다면…….

한데, 정작 신은 대상에 커다란 욕심이 없었다.

드라마를 촬영하면서 사람들에게서 열렬한 응원과 따뜻한 격려를 받았으니까.

'난 대상을 이미 받은 거나 다름없어.'

그렇기에 신은 시상식에 참석하면서 대상에 신경 쓰기보다 '연기'에 대해 고민하고 있었다.

'사람이 표현할 수 있는 한계. 이 한계를 어떻게 해야 떨쳐낼 수 있을까.'

이 고민은 할리우드에 갈 때부터 신을 정말로 고민케 하는 화두였다.

'염화미소.'

염화미소의 유래는 이렇다.

어느 날, 부처는 제자들에게 설법을 펼치는 자리에서 꽃을 집어 들고 꽃잎을 접는다. 이때 가섭이라는 제자만이 부처가 말하고자 한 요체를 깨닫고 미소를 지었다고 한다.

'즉, 염화미소는 말하지 않아도 아니 굳이 표현하지 않아도 뜻하는 바를 마음으로 상대방에게 전달하는 것이지.'

이 말은 이심전심을 뜻하는 것이기도 했다.

신이 꿈꾸는 궁극적인 연기의 경지가 이런 것이었다.

표현이라는 한계를 버리고 진실한 마음을 전달하는 것.

'기술과 형식에 얽매이지 않는 것.'

평생을 고민해도 도달하기 힘든 영역일지 모르지만 신은 이 불가해의 영역에 한번 도달해보고 싶었다.

신이 연기에 대한 철학과 앞으로 나아가야 할 이상에 정립해나가고 있을 때 시상식 진행자가 활짝 웃으며 말했다.

"네, 이번 2023년도 KTS 연기대상의 주인공은……!"

힘찬 드럼 비트가 울렸다.

"강신 씨입니다. 축하합니다!"

그리고 이 순간, 모두가 신을 주목했다.

신은 생각에 집중하고 있던 탓에 이 시선을 느끼지 못했다.

이때 주위에 있던 배우들이 신에게 인사를 건넸다.

"축하해요, 강신 씨."

"진심으로 축하해요."

신은 이게 무슨 일인가 싶어 시상식 무대에 세워져 있는 대형화면을 바라보았다.

화면에서는 신이 연기하는 영상이 흘러나오고 있었는데, 화면 오른쪽 밑에 대상 트로피 로고와 신의 이름이 함께 떠 있었다.

신은 하하 웃으며 사람들의 인사에 화답했다.

"감사합니다."

이때 남혜정이 신을 향해 엄지를 척 내밀었다.

의미는 이랬다.

'내 말 맞지? 너 충분히 받을 만하다니까.'

신은 그녀와 했던 내기를 떠올렸다.

내기의 내용은 그녀의 말대로 신이 연기 대상을 받게 되면 신이 그녀의 소원을 들어주기로 한 것이었다.

'그녀의 부탁이란 게 뭘까.'

신은 일단 시상식 무대로 향하기로 했다.

시상식 진행자가 말했다.

"네, 강신 씨는 〈광복의 봄〉에서 조선인이지만 일본인으로서의 삶을 살아야 했던 밀정 이광복을 연기했는데요. 인물이 지닌 고뇌와 내면의 갈등을 살려내고 진정성이 있는 연기로 시청자들의 마음을 울리고 뜨거운 감동을 주었습니다."

신이 시상식 무대에 오르자 시상식 진행자는 "다시 한번 축하의 말씀을 전합니다."라는 말을 끝으로 대사를 마무리했다.

무대 위에 선 신은 관객석을 바라보았다.

화려한 조명이 비추는 속에 서 있는 지금 이 순간은 신을 위한 독무대였다.

신은 극 속의 주인공이라도 된 거 같아, 가슴이 좀처럼 진정되지 않았다.

신의 입꼬리에 미소가 떠올랐다.

시상식에 참석한 배우들 그리고 연예계 종사자들은

신이 기뻐하는 모습을 화면으로 바라보았다.

'대단하다, 대단해.'

'어린 나이에 벌써……'

연기자라면 만인에게 주목받고 만인에게 인정받는 자리에 나가 '대상'을 받는 걸 한 번씩 상상해보고는 한다.

지금의 신은 그들이 상상하는 이상향에 가까웠다.

신은 바라보는 사람들의 얼굴에는 존경과 부러움이라는 감정이 깃들어 있었다.

'지금은 부족하지만 나도 언젠가는 저 자리에……'

지금의 신은 젊은 연기자들에게 자극을 주기에 충분했다.

신은 사람들의 반응이 만족스러웠다.

'그래, 연기자라면 이래야지.'

곧이어, 신은 KTS 국장 이두찬과 악수를 하고는 대상 트로피를 받았다.

사람들이 환호했다.

"우와아아아!"

"최고다! 최고!"

이윽고 신은 스탠드 마이크 앞에서 수상소감을 말하기 시작했다.

"음……. 감사하는 마음이 들기보다 죄송하고 무거운 마음이 더 큽니다. 솔직히 말해 전 지금 잘 차려진 밥상에 밥숟가락을 들고 있는 거 같거든요."

신이 자신이 별로 한 게 없다는 말을 하지만 신과 함께 호흡한 연기자들은 신이 얼마나 열연한 건지 잘 알고 있었다.

"이 상이 저에게는 과분한 상이지만 주시는 상이니 감사히 받도록 하겠습니다."

신의 농담에 사람들이 빙긋 웃었다.

"광복의 봄은 저에게 있어 정말로 의미가 깊은 작품입니다. 인생 드라마라고 생각할 정도죠. 이제 이 자리를 빌려 이광복을 연기할 기회를 주신 KTS 측에도 정말로 감사하다는 말씀을 드리고 싶습니다."

신의 말에 KTS 국장이 흡족한 표정을 지었다.

신은 트로피를 바라보며 말했다.

"손에 들린 대상 트로피가 제법 묵직하게 느껴집니다. 이 트로피가 묵직한 것은 여러 사람이 흘린 땀이 서려서일 테죠. 어떤 촬영현장에서든 그렇습니다. 많은 스태프 분들과 그리고 많은 배우들이 정말로 고생하십니다. 이제 이 고생들이 값지고 좀 더 보람찬 수고가 되기 위해서는 드라마 제작 환경과 제작 시스템이 좀 더 개선돼야 한다고 생각합니다."

사람들은 힘 있는 신의 발언에 집중하기 시작했다.

"드라마가 단순히 시청률로 평가를 받고 끝나는 게 아니라 드라마를 만들어가는 촬영현장 속에서 자신이 맡은 임무를 마음껏 할 수 있고 이를 통해 평가받는 모두가 만족하는 드라마 현장이 되면 좋겠습니다. 방송국과 제작사 측에서 현장 개선을 위해 많은 노력을 기울여주시면 좋겠습니다."

배우들이나 촬영에 임하는 사람들이나 작품이 잘 나가든 잘 나가지 않든 제 새끼와도 같이 소중하게 여긴다.

한데, 오로지 시청률만으로 드라마가 평가되는 건 잔인한 일이었다.

사실 더 잔인한 건 작품이 갑작스레 조기 종결되는 경우다.

제작사나 방송사도 조기 종결을 방지하려고 뛰어난 작가와 흥행이 보장되는 배우들을 쓰려고 한다.

한데, 아무래도 배우 캐스팅에 큰 비용을 쏟게 되니 스태프 대우는 열악해질 수밖에 없다.

'영화 업계의 경우 감독을 돕는 조연출의 연봉은 백만 원이 될까 말까지.'

이러한 열정페이가 유지되는 건 거품이 낀 배우 캐스팅 비용에서 비롯된 것만이 아니었다.

업계에 인원이 끊임없이 유입되니 업계 사람들은 '원래 이 바닥이 이렇다. 아니꼬우면 그만둬라. 어차피 할 사람 많다.', '나도 그렇게 이 바닥에서 굴렀으니 너희도 이렇게 굴러야 한다'라는 배 째라는 심보를 보이는 것도 있었다.

흔히 이를 '관행'이라고 말하고는 하지만, 신이 보기에 사라져야 할 폐단이자 악습이었다.

'조광우 선생님도 언제고 한번 이 문제를 지적하셨지······.'

이때 신은 오 PD의 유언이 불현듯 떠올랐다.

– 신이야 부탁한다.

– 오 PD님······.

– 넌 잘해낼 수 있을 거다. 난 널 믿으니까.

그는 신이 미래를 위한 희망이자 풍파에도 아랑곳하지 않는 거목이 되길 원했다.

'잘 될지 모르겠지만, 최선을 다해 노력해볼게요.'

한편, 배우들은 신의 발언에 크게 공감이 간 것인지 고개를 끄덕이고 있었다.

"물론 저 또한 제 역할이 있죠. 바로 연기하는 것. 저는 연기를 잘 해내려는 배우가 되도록 노력해야겠죠."

신은 희미한 미소를 지으며 말했다.

"마지막으로 제가 이 자리에 오기까지 감사해야 할 사람들이 너무나도 많습니다. 일단 제 어머니, 하늘에 계신 제 어머니께 하고 싶은 말이 있습니다."

신은 이런 공식적인 자리에서 어머니에 관해 말한 적이 없었다.

세입자 사건에 휘말리면서 가정사가 본의 아니게 밝혀지게 되었지만······.

신이 그동안 어머니 이야기하기를 꺼린 건 어머니가 부끄러워서가 아니었다.

"일주일 전이 어머니 기일이었습니다. 전 어머니를 찾아가 이렇게 말했죠. 어머니 당신께서는 제가 연기자가 되리라고 상상도 못 했을 거라고요."

신은 제 이야기를 남의 이야기를 들려주는 거처럼 담담하게 말했다.

그러나 콧등은 시큰거리고 있었다.

"예, 조그마한 소년이 지금 이 자리에 섰어요. 그 소년은 연기자의 길을 꿈꾸면서 어머니 당신한테 오늘과 같이 가장 자랑스러운 모습을 보여주고 싶죠. 그리고 오늘 이 자리에서야 이루어졌습니다."

신의 두 눈동자에서는 뜨거운 눈물이 흐르고 있었다.

"이 자리에서 꼭 말해보고 싶은 게 있어요. 어머니 당신을 진심으로 사랑한다고……."

아릿한 감정이 사람들에게 전달되면서 사람들도 눈물을 흘리기 시작했다.

신은 잠시 격해진 감정을 추스르고 수상소감을 마무리해나가기로 했다.

"그리고 저에게 연기를 가르쳐주신 조광우 선생님, 저에게 삶의 깨우침을 주신 인생 선배님 한이만 사장님, 언제나 저에게 힘이 되어주시는 예리 씨, 친구같이 다정한 우진이 형, 드라마 각본을 쓰느라 고생한 수진이 누나, 그리고 저를 보살펴주신 이강우 아저씨 그리고 지금의 저를 있게 해주신 오 PD님."

신은 트로피를 들어 올리며 외쳤다.

"여러분 덕에 오늘 저 대상 탔습니다!"

신의 쩌렁쩌렁한 수상소감이 끝나자 일대에 정적이 흘렀다.

이것도 잠시.

곳곳에서 박수가 터져 나왔다.

짝. 짝. 짝.

곧이어, 사람들이 일제히 일어나 박수를 쳤다.

브라보와 휘파람 소리가 여기저기서 울렸다. 뜨거운 박수갈채가 홀 내부를 물들이기 시작했다.

신은 이 속에서 씩 웃었다.

누구보다 환하게.

☆　★　☆

시상식 이후 신의 '소신 발언'이 네티즌에게 주목받았다. 네티즌은 신의 소신 발언에 이런 말들을 쏟아냈다.

'반도의 흔한 수상자 클라스.'

'서울대생이 우리나라 교육 문제점을 지적하는 것과 같은 기분이다.'

'만약 대상 아니었으면 이런 문제 지적하지도 못했을 듯.'

'제작환경 문제 그동안 벼르고 있었던 게 아닐까?'

한편, 신의 수상 소감은 MNC 연기 대상 시상식에서 대상을 받은 김현정의 수상소감과 비교가 되기도 했다.

비교되는 까닭은 그녀도 신과 비슷한 취지의 발언을 했기 때문이었다.

그녀의 발언은 이랬다.

'드라마를 만들고 연기를 하고 모든 스태프가 작업에 참여할 때의 과정은 아름다운 일이다. 그런데 과정을 잘 모르는 사람들이 이 드라마가 어떻다, 저 드라마가 어떻다고 함부로 평가한다. 또, 배우들을 평가하기도 한다. 시청자들에게 바라는데 시청률 가지고 함부로 애기하지 않으면 좋겠다. 배우가 연기할 때 그 순간은 최선을 다한다.'

그러나 그녀의 수상소감에 대한 반응은 신과는 사뭇 달랐다.

'뭐냐? 과정 잘 모르는 시청자들은 그냥 닥치라는 거냐?'

'전하고자 하는 의도는 알겠는데 내용이 다소 공격적이다.'

사람들의 반응은 날카로웠으나 그녀의 말도 틀린 건 아니었다.

어쨌건 두 사람의 발언은 나비의 날갯짓이 되었다.

제작사와 방송사 내에서 이런 문제가 잘못됐다고 느낀 사람들이 자성의 목소리를 내기 시작한 것이다.

이것만이 아니었다. 배우들 내부에서 강신을 중심으로 '협회'를 혁신하는 게 어떻겠느냐는 소리가 나오기도 했다.

바야흐로 새로운 바람이 서서히 불고 있는 것이었다.

아니, 이 바람은 새로운 시대가 부르고 있는 건지도 몰랐다.

신은 이 '협회'라는 것에 좀 더 심사숙고해보기로 했다.

'한번 고인 물은 썩기 쉬우니까.'

일단 신은 한이만 사장과 함께 쉔다 그룹의 회장 왕제원과 만나기로 했다.

차후에 있을 '계획' 그리고 신의 향후 행로에 관해 본격적으로 이야기하기 위해서였다.

그리고 신은 한국으로 돌아오기 전에 중국 수상을 한번 만나기도 했다.

중국 수상이 신을 개인적으로 보고 싶어 했기 때문인데 외국인 연예인으로서는 정말로 이례적인 일이었다.

이러던 차에 좋은 소식이 있었다.

신과 예리 사이에서 여아가 태어난 것이다.

여아의 이름은 하율.

연기대상을 받았을 때보다도 영화 성적이 천만 관객을 달성했을 때보다 기뻤다.

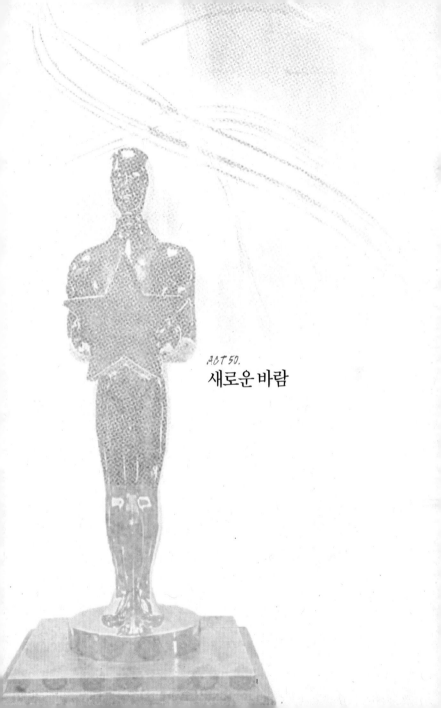

ACT 50.
새로운 바람

ACT 50.

새로운 바람

신은 눈앞에 놓인 프로젝트 보고서를 바라보았다.

이 보고서는 신이 구상한 계획과 관련되어 있었다.

"슬슬 추진해봐야겠어."

신은 언론을 통해 이 프로젝트를 대중에게 공표했다.

프로젝트의 목표는 차세대 배우의 재목을 발굴하고 배우로서 충분히 역량을 가질 수 있도록 키우는 거다.

프로젝트의 이름은 '프로듀스' 였다.

☆　　★　　☆

프로듀스 프로젝트의 모토는 'BE ALIVE', 바로 '살아있자!' 다.

'꿈'과 '도전' 같은 단어는 여기저기서 많이 써서 물리는 감이 적잖지 않게 있었다.

때문에, 신은 신선함을 주고 싶었다.

신의 의도가 통해서인지는 모르겠지만, 뜻밖의 반응이 일어났다.

30대 후반에서 40대 연령층 네티즌들은 현실 때문에 그동안 잊었던 꿈과 열정이 생각난다며 프로젝트에 깊은 관심을 보인 것이다.

솔직히 신은 10대 후반에서 20대 초반 연령층에 속한 이들이 프로젝트에 깊은 관심을 보이리라 예상했다.

중년층이 뜻밖의 관심을 보인 건 프로젝트의 콘셉트가 성공적으로 통했다고 말할 수 있을지 모르지만 무작정 좋아할 만할 일은 아니었다.

현대인들의 서글픈 자화상이기도 했으니까.

신은 이번으로 대한민국 현주소에 대해 한번 생각해보게 되었다.

'난 복 받은 거지. 하고 싶은 걸 하면서 살고 있으니까 말이야.'

솔직히 말해 먹고 사는 것만으로도 빠듯한 세상이다. 이런 세상에서 꿈이나 이상을 좇는 건 힘들다.

꿈과 현실에서 무얼 선택할까 갈등하다 비정한 현실이라는 이름 앞에 무릎을 꿇는 경우가 대다수의 선택일 테다.

한편, 신은 생각했다.

'어떻게 하면 이 프로젝트가 사람들에게 좀 더 힘이 되어 줄 수 있을까?'

신은 이 프로젝트에 '드림'이라는 말을 한번 붙이기로 했다.

'드림 프로젝트라고 하니 뭔가 좀 오글거리고, 희망 프로젝트라고 하기엔 사람들을 놀려대는 거 같고.'

살기 빠듯한 세상에서 무작정 희망을 지니라고 하는 것도 위선일 터였다.

'청춘과 열정이라……'

이러던 차에 ITBC 방송국 프로그램 뉴스데스크에서 신에게 출연해달라는 요청이 들어왔다.

신은 이 요청을 승낙하기로 했다.

방송을 통해 여러 가지 말할 게 있어서였다.

방송은 녹화방송이 아니라 생방송으로 진행하기로 했다.

신은 앵커 이석희와 사전에 만나 어떤 질문을 하고 어떤 대답을 할지 한번 맞춰보기로 했다.

☆　★　☆

"곧, 2부 라이브 들어갑니다."

이윽고 앵커 이석희가 바라보는 모니터 화면에는 숫자 10이 떠오르기 시작했다.

그는 몸 자세를 고쳐 잡고는 입 근육을 이리저리 움직였다.

"이거 긴장되네요."

신의 너스레에 신을 담당하던 음향 감독이 말했다.

"엄살 아녜요?"

"카메라 앞에 있을 때마다 새로운 거 같아요. 그래선지 저도 모르게 긴장되더라고요."

그는 신의 말에 멋쩍게 웃어버렸다.

'말을 이렇게 하면서도 정작 방송에 들어가면 물 만난 고기처럼 헤엄칠 게 뻔하지.'

"그럼 이번 방송도 잘 부탁합니다."

신이 출연한 지난번 방송에서 시청률이 무려 1.5%나 올랐다.

종편방송에서 시청률이 1%만 나와도 대단한 거다. 1.5 프로나 오른 건 대박을 터뜨린 거나 다름없었다.

'이번에도 시청률 대박 나면 좋겠다.'

이때 화면에 숫자 7이 떠올랐다.

숫자가 3이 되고 0이 되는 순간 뉴스 룸 내부에 있는 점등에 on-air 글자가 떠올랐다.

뉴스의 시작을 울리는 음악이 흘러나왔다.

"네, 뉴스데스크 앵커 이석희입니다. 오늘 2부는 말씀드린 대로 특별히 편성된 코너입니다. 지금 이 자리에 아주 귀중한 손님이 와 있습니다."

카메라 감독이 수신호를 내리자 이석희는 정면 쪽에 있는 카메라를 바라보며 싱긋 웃었다.

"오늘의 주인공에 대해 힌트를 드린다면 전역 이후 할리우드에 진출하고 안방극장에 화려하게 복귀한 배우입니다. 아마 눈치 빠르신 분은 눈치채셨겠죠. 네, 배우 강신 씨입니다."

이때, 카메라가 이석희 옆쪽에 있는 신을 비췄다.

"시청자 여러분 안녕하세요, 배우 강신입니다. 영화 〈광군〉 이후로 오래간만에 이곳에 얼굴을 비치네요."

이윽고 두 사람은 '대상 수상 때의 소신 발언'과 〈광복의 봄〉과 관련된 이야기를 나눴다.

"중국 여고생이 드라마를 몰아서 보다가 눈병에 걸리기도 했다니, 광복의 봄이 중국 현지에서 엄청난 인기를 끌었다는 걸 보여주는 사례네요."

"또, 이런 일도 있었는데……."

이석희는 화제를 전환하면서 진행을 매끄럽게 이어갔다.

두 사람은 호흡을 두 번 맞춰본 것에 불과했지만, 둘의 호흡은 아주 척척 맞았다.

모니터실에서 방송화면을 볼 때도 제법 괜찮은 그림이 뽑혀 나오고 있었다.

그리고 코너 진행도 본론으로 슬슬 들어가고 있었다.

"그나저나 지금 프로젝트를 준비하고 계신 게 있다고 들었습니다. 이 프로젝트가 인터넷 포털 N사에서 실시간

검색어 1위에도 오르고 SNS에서도 반응도 매우 폭발적이
죠."

한편, 케이블 방송사 Onet(오넷)이 프로듀스 프로젝트
를 한번 방영해보는 게 어떻겠냐고 신에게 넌지시 제안해
왔다.

Onet이 발 빠르게 움직이는 거 보면 신이 구상한 프로
젝트에서 돈 냄새가 확실히 나는 모양이었다.

그러나 신은 이 제의를 듣자마자 고민할 것도 없이 거
절했다.

방송사 Onet은 시청률을 위해 악의적이고 자극적인 편
집을 하기로 유명한 케이블 방송사였다.

또, 신은 이 프로젝트가 단순히 돈벌이 방송으로 전락
하거나 꿈을 꾸는 사람들이 상처받는 걸 원하지 않았다.

공중파 방송사나 제대로 된 케이블 방송사에서 방송제
안이 온다면 신은 진지하게 생각해 볼 용의가 있었다.

"그런데 이 프로젝트의 목적은 차세대 배우 양성인데,
지원요건이 '누구나' 입니다. 아무래도 숙련자와 초보와
비교해본다면 실력에서 차이가 날 텐데 연기 특기생의 경
우 프로젝트에서 유리할까요?"

"사실 어떤 분야에서건 경력을 쌓거나 기술을 얻는 게
중요합니다. 그러나 전 정작 중요한 걸 놓쳐서는 안 된다
고 생각합니다."

"자기만의 감성과 색깔을 표현해내는 거 말입니까?"

"맞습니다."

무언가를 배우다 보면 일종의 관념이 생기게 된다. 예를 들어 이 부분은 반드시 이렇게 가는 게 좋다는 선입견 같은 거 말이다.

이 가지치기 된 생각에 휩싸이면 좋은 연기를 펼칠 수 없다.

또, 쪼나 쿠세 같은 좋지 않은 습관이 깃들 수도 있는데, 이를 고치느라 애먹을 수도 있다.

무언가를 익힌다고 해서 무조건 유리한 입장에 서는 건 아니었다.

아무튼, 신은 정제되지 않은 생생히 날뛰는 감각과 자유로운 상상력을 지닌 사람들을 원하고 있었다.

정확히는 무궁무진한 잠재력을 지닌 '원석'이었다.

"일반적인 오디션과는 다릅니다. 지원자를 평가할 때 '연기'로만 평가하지 않습니다. 춤이나 노래를 택해서 자기가 지닌 개성과 매력을 보여줄 수도 있습니다."

"이거 어떤 사람들이 프로젝트에 참여할지 기대되는군요."

"저도 기대하고 있습니다."

"아, 그런데 말이죠. 일각에서는 이 프로젝트를 비판하던데……."

이들이 신이 배우로서 성공을 거둔 걸 부정하는 건 아니었다.

다만 이들이 지적하는 건 신의 나이가 20대 중반인데 이런 프로젝트를 추진하기에 나이가 어리지 않느냐는 것이었다.

"솔직히 말해 전 제가 누굴 평가한다는 자리에 있다고 생각하지 않습니다. 저도 제가 연기를 잘한다고 생각하지 않거든요. 그러나."

신은 '그러나'를 힘을 주며 말했다.

"이 부분은 확신하게 말할 수 있습니다. 상대방이 어떠한 마음가짐으로 연기에 임하는지 또, 자신의 내부에서 울리는 목소리와 감정을 연기에 얼마나 절실하게 담아내려고 하는지 말입니다."

이는 불평쟁이들에게 할 수 있는 최고의 반박이었다.

스튜디오 사람들은 서로를 바라보며 엄지를 척 내세웠다.

뉴스데스크 방송이 방영된 뒤 네티즌 사이에서 말이 많았다.

'실력이 중요하지 나이는 중요하지 않다.', '요즘 세상에 나이 타령이라니 오늘도 한국은 평화롭습니다.', '장유유서가 그러라고 있는 장유유서가 아닐 텐데.', '사업적인 관점에서 보면 프로듀스 프로젝트는 엄청나게 돈이 되는 사업이다. 이참에 사업가로 거듭나려는 모양이다.' '그나저나 연기 못 한다고 하다니 역대급 망언인 거 같다.' 등등 의견이 다양했다.

☆　　★　　☆

뉴스데스크 방송 이후 신은 모교인 세일고등학교에 찾아가기로 했다.

추억을 되새겨보려는 것도 있었지만, 연기 스승인 조광우와 만나기 위해서다.

신이 그와 만나려는 건 프로젝트 '프로듀스' 때문이었다.

사전 오디션 신청을 받기 위해 프로젝트 홈페이지를 만들어서 개시했는데 오디션 신청 첫날에 서버가 다운될 정도로 트래픽이 어마어마했다.

신청자들의 분포지를 보니 전국 방방곡곡으로 다양했다.

신 혼자서 이 많은 참가자를 일일이 확인할 수 없었다.

'원석을 가릴 줄 아는 눈을 가진 사람이 필요해.'

신은 프로젝트를 위해 연기 강사들을 수소문해서 찾아보았다. 그러나 제대로 된 역량을 지닌 사람들은 정말로 드물었다.

'조광우 선생님을 섭외해야 해. 내 역량을 맨 처음으로 알아본 사람이 선생님이시니까.'

신은 학교에 몰래 찾아가기로 했다.

'학교 방문할 거라고 연락 주면 주위에 소문이 쫙 퍼지겠지.'

생각만 해도 끔찍했다.

그리고 학교에 몰래 도착한 신은 연극부에 곧장 들르기로 했다.

연극부는 본관 건물에서 다소 구석진 강당 쪽에 있는데다 주차장에 가까운 곳에 있어서 신은 조용하게 연극부실에 도착할 수 있었다.

신은 연극부실을 바라보았다. 내부에서 학생들이 한창 연습 중에 있었다.

'여기서 햄릿 공연 준비한 추억이 새록새록 떠오르네.'

신은 연극부 내부에 들어섰다.

선글라스로 신의 얼굴이 가려져 있지만, 신의 존재감을 지울 수 없었다.

학생들이 신을 힐긋 바라보았다.

"어, 신이 아니냐."

조광우의 친숙한 부름에 학생들은 멍한 표정을 지었다.

"선생님. 그간 잘 지내셨죠?"

"나야, 뭐 언제나 잘 지내지. 그런데 여기는 웬일이냐."

조광우가 손뼉을 짝 쳤다.

"아아, 혹시 그 프로젝트 추진하는 것 때문에 여기 온 거냐."

연극부 학생들이 수군덕거렸다.

"가, 강신이다."

"두 사람 사이좋은가 보다."

"그러게. 그보다 진짜 잘 생겼다. 역시 연예인은 연예인인가 보네. 분위기가 정말로 남다르다."

한 여학생이 남학생 '강윤'에게 말했다.

"근데 너 잘생긴 오징어처럼 보인다."

"하. 잘 생겼다는 거냐. 못생겼다는 거냐?"

"오징어 계에서 그나마 잘 생겼다는 거야."

여학생은 쿡쿡 웃었다.

신은 아이들의 말을 귓등으로 흘리며 말했다.

"그렇죠. 겸사겸사 얼굴 보는 것도 있고."

"음, 글쎄. 난 잘 모르겠다. "

한때 배우였으나 씁쓸함을 뒤로하고 연기를 그만둔 몸이었다. 그런데 지금 와서?

'물론 미련은 있지만⋯⋯.'

미련이 있기에 이곳에서 아이들의 연기를 봐주고 있는 것일 테다.

그의 입가에 쓴 미소가 맺혔다.

"배우로 복귀해달라는 게 아니에요."

"네 말이 무슨 말인지 나도 잘 안다."

그렇지 않아도 그는 심적으로 흔들리고 있었다.

– 바보 같은 놈아. 이제 과거에서 훌훌 털고 일어나라.

이 말은 그가 한때 유난히 따르고 친했던 오민석이 조광우에게 남긴 유언이었다.

'형님……'

조광우의 눈가가 흔들거렸다.

'선생님……. 여전히 망설이고 있으시구나.'

이는 신이 해결해 줄 수 있는 게 아니었다.

그가 알아서 해결해야 할 문제였다.

이때, 한 학생이 손을 번쩍 들며 말했다.

"선생님! 신 선배님께서 하시는 프로젝트에 참여해 주세요."

아이들이 맞장구치기 시작했다.

"선생님은 여기에 있으면 안 되는 거 같아요."

"맞아요. 저 선생님이 최고라고 생각하고 있어요."

"선생님이 말씀하셨잖아요. 멋진 재능은 꽃피워야 한다고. 그런데 정작 선생님 재능을 이곳에서 썩히면 어떡해요."

참으로 촌철살인 같은 말이었다.

"맞아, 맞아!"

그를 독려하는 아이들의 대답에 그의 콧등이 시큰거렸다.

"야, 이 녀석들아."

"선생님 우신다."

"나 우는 게 아니다."

"그럼 마음이 우는 거에요?"

울적하게 흐르던 분위기가 깨지자 학생들이 웃었다.

"이 자식들이!"

신은 서로에게 스스럼없이 대하는 선생과 제자들을 바라보았다.

'역시 선생님이셔. 아니, 그 선생님에 그 제자라고 해야 할까.'

신이 말했다.

"죄송한데 후배님들. 오늘 제가 여기 방문한 거 비밀이에요."

"네."

"알겠습니다!"

한 남학생이 손을 들며 말했다.

"대신 조건이 있어요."

"뭡니까?"

"연기 좀 가르쳐 주세요!"

신은 고개를 끄덕이며 당돌한 남학생의 명찰을 바라보았다.

'강윤아라……. 꽤 자신만만 한데.'

그가 지닌 패기와 당돌함이 신은 자극하고 있었다.

신은 싱긋 웃었다.

"나야 좋지."

학생들이 환호성을 내질렀다.

"와아아아아!"

오직 조광우만이 신의 미소가 악마의 미소라는 걸 알아차렸다.

'왜 사서 고생을 하려는 건지 원, 쯧쯧.'

조광우는 문득 신이 고등학생이었을 때가 새록새록 떠올랐다. 당시 연기에 대한 신의 집념은 정말로 대단했다.

'탈진하기 직전인데도 녀석은 계속 연습하고 싶다고 했지.'

하기야 그런 집념과 열정이 지금의 신을 만든 것일 테다.

'하기야 녀석들은 신이 얼마나 독종인지 모르겠지.'

각종 매체에서 꾸며진 신의 이미지 때문에 사람들은 신이 그저 '선한' 사람이라고 생각한다.

'한번 쓴맛을 봐보는 것도 나쁘지 않겠지.'

그리고 이날 연극부 학생들은 지옥이란 게 뭔지 맛보게 되었다.

☆　★　☆

"휴식."

말 떨어지기가 무섭게 연극부 학생들은 바닥에 주저앉았다.

몸은 땀으로 뒤범벅이었다.

"허어……. 허어…….."

숨을 쉬는데 단내가 나온다.

신은 학생들의 연기를 봐주다가 기본기가 부족한 거

같다며 기본훈련에 곧장 돌입하기로 했다.

학생들은 이때만 해도 여유만만했다.

조광우의 훈련을 거쳤기에 기본훈련에는 자신이 있었기 때문이었다.

여유로운 것도 잠시 기본훈련에 들어가면서 뭔가 잘못 돌아간다는 걸 알게 되었다.

학생들은 제발 신을 말려달라며 조광우를 애타게 바라보았으나 조광우는 아이들의 시선을 외면했다.

'미안하다. 신이는 나도 못 말려.'

학생들은 신나게 굴렀고, 덕분에 여러 가지 사실을 깨달을 수 있었다.

'신 선배님이 이런 면모를 가지고 있었구나.'

'우리가 배운 건 새 발의 피에 불과하잖아?'

'내가 그동안 뭘 배운 거지?'

사실 조광우식 훈련은 아마추어나 연기 입문자에게 맞춰진 훈련이다.

게다가 연극부 학생 대부분이 취미 삼아 연기를 하니 강도가 셀 필요는 없었다.

그러나 신의 스파르타 훈련은 체력과 정신력을 한계까지 몰아붙이는 것에 중점이 맞춰져 있었다.

한편, 강윤은 충격에 휩싸여 있었다.

'난 연기에 최선을 다해본 적이 있던가.'

단순히 연기만이 아니었다.

공부도 그렇고 악기연주도 그렇고 어떤 하나에 깊게 집중하고 몰두한 적이 없었다.

왜냐고?

조금만 노력해도 뚜렷한 성과가 바로 나오니 그리 노력할 필요가 없는 것이었다.

때문에 강윤은 흥미를 쉽게 잃는 편이었다.

'저 사람 밑에서 연기를 배우면 어떻게 될까.'

훗날 연기자가 될지 아닐지 모른다. 그러나 소중한 교훈을 익힐 수 있을 거라는 건 확실했다.

'어쩌면 내 인생이 달라지지도 몰라.'

이때 연극부 매니저가 강윤에게 음료수를 내밀었다.

"고마워. 그렇지 않아도 목말랐는데."

"지금 프로젝트에 나가고 싶다고 생각하지?"

"뭐?"

연극부 매니저 여학생이 후후 웃었다.

"얼굴에 그렇게 쓰여있는데?"

"장난은 무슨."

"너 지금 미소 짓고 있다고."

"뭐?"

그녀의 말은 진짜였다.

"그러지 말고 한번 해봐. 기회는 올 때 잡는 거니까."

그녀의 말이 강윤의 가슴을 울렸다.

한편, 신은 강윤을 바라보며 조광우에게 말했다.

"그나저나 저 강윤이라는 친구 다른 친구보다 제법 잘 따라오네요."

"꽤 재밌는 친구지."

"호오, 그래요?"

신은 흥미로운 시선으로 강윤을 바라보았다.

'끈기가 없기는 하지만……. 지지 않으려는 오기는 있어. 저 친구가 프로젝트에 참여하면 일이 재밌어질 거 같은데.'

"그나저나 멋진 친구들이네요."

"나도 그렇게 생각한다."

☆　　★　　☆

이후 신은 프로젝트 준비에 막바지를 가하며 바쁜 나날을 보냈다.

일과가 끝나고 나면 숨이 죽은 파김치가 되었다.

신은 오늘도 여김 없이 흐느적거리는 해파리가 되어 현관 내부에 들어섰다.

"나 왔어."

"오늘도 고생 많았네."

예리가 쪼르르 다가와 신의 볼에 가벼운 뽀뽀를 했다.

신도 그녀의 볼에 입을 맞췄다.

"율이는?"

"이제 슬슬 깨어났을 때 됐어."

"그래?"

"율이 방에 들어가기 전에 씻고 들어가. 감기 옮아."

신은 예리의 명을 따랐다.

예리의 말이 곧 법이었으니까.

잠시 후, 신은 하율이 있는 방에 들어섰다.

"율이야, 아빠 왔어."

신은 아기 침대에서 잠들어 있는 하율을 가만히 바라보았다.

'누구 딸이길래 이리도 예쁜지.'

누가 그랬다.

딸 낳으면 딸 바보 된다고.

당시 신은 이 말을 이해할 수 없었다.

한데, 이제는 이 말이 이해가 된다.

'하율아, 네 덕에 내가 힘내서 일한다.'

이때 잠결에서 깬 하율이 눈을 떴다.

"으으응."

하율은 사슴 같은 순진한 눈망울로 신을 바라보았고 기분 좋은 웃음을 터뜨렸다.

"까르륵."

이윽고 그녀는 신에게 안아달라고 몸을 아등바등 움직였다.

신은 하율을 안으며 등을 토닥거렸다.

"우웅."

"율이야, 배고파?"

"까우우."

뭐라 말하는지 알 수 없는 웅얼거림이었지만 신은 그녀의 말을 알아들었다.

"배고픈가 보네."

예리가 모유가 든 젖병을 들고 왔다. 신은 하율의 입에 젖병을 물려주었다.

하율은 젖병의 젖꼭지를 힘차게 빨아먹었다.

'이대로 씩씩하게 커 주렴.'

신이 그녀에게 바라는 건 이게 다였다.

예리는 신을 빤히 바라보고 있는 하율을 바라보며 말했다.

"난 이해할 수 없어."

"뭐가?"

"이전부터 느끼는 거지만 율이가 유독 당신을 좋아한단 말이야. 내가 어르고 달래도 소용없을 때가 있는데 당신이 안아주면 금방 울음도 그치고. 가끔이지만 질투가 날 정도야."

신은 그녀의 투덜거림에 잠시 뜨끔했지만, 아무것도 모르는 척 말했다.

"비결이 있지."

"뭔데?"

"마음으로 대화를 걸어봐."

예리는 신이 무슨 말을 하는 건가 싶어 눈을 가늘게 좁혔다.

"지금 그걸 말이라고 하는 거야?"

"그나저나 누구 아내길래 이리 예쁜지 모르겠네."

아이를 낳은 후에도 그녀의 미모는 여전했다. 외모와 몸매가 망가지지 않으려고 자기관리를 철저하게 했기에 가능한 일이었다.

"뭐, 뭐라는 거야. 애 있는 앞에서."

"내가 생각해봤는데 말이야. 이참에 우리 아이 한 명 더 낳을까? 율이 혼자서 심심할 거 아니야."

예리의 두 볼이 붉게 달아올랐다.

"아이 참. 나도 몰라."

하율은 젖병의 꼭지를 쪽쪽 빨아먹으며 붉은색으로 달아오른 두 사람의 마음을 바라보았다.

그녀가 바라볼 때 세상에서 참으로 따뜻한 색이었다.

하율은 붉다는 언어적인 개념은 몰랐지만, 이 붉은색을 보고 있을 때 행복해지는 걸 느꼈다.

"우우우우!"

"이제 잠 와?"

하율의 눈꺼풀은 잠기고 있었다. 신은 하율의 머리를 쓰다듬어주었다.

'너도 마음의 색깔이 보이겠지.'

신도 하율도 서로에게서 깊은 동질감을 느끼고 있었다.

신은 생각했다.

이것이 바로 '가족' 이라는 것이구나.

☆　★　☆

신은 남혜정의 부탁이 무엇인지 알게 되었다.

그녀 또한 프로젝트에 참여하게 해달라는 것.

신은 이 부탁을 승낙하기로 했다.

그렇지 않아도 일손이 부족한 마당이니 고급인력인 그녀를 마다할 이유는 없었다.

주예리도 '프로젝트 프로듀스' 에 참여하게 되었다.

이들만이 아니었다.

신과 친분이 있고 실력을 지닌 감독들 그리고 배우들도 프로젝트 프로듀스에 대거 참여하게 되었다.

심사위원만 해도 이 정도 규모가 되니 신의 군단, 아니 '사단' 이라고 불러도 이상할 게 없었다.

한편, 공중파 방송국 MNC가 '프로젝트 프로듀스' 를 제작하고 방영하기로 했다.

공중파 방송사 KTS는 오디션 프로그램을 기획 중인 게 있어서 눈물을 머금고 MNC에 양보해야 했다.

TVS도 양심적인 케이블 방송사이기는 하였으나 파급력을 따져봤을 때 공중파 방송사보다는 아래였다.

두 방송사의 오디션 프로그램이 치열하게 경쟁할 예정이었다.

그리고 시간은 흐르고 흘러 프로젝트 '프로듀스'가 본격적으로 시작되었다.

☆　★　☆

신은 서류에 적혀 있는 이름을 불렀다.

"김일주 씨."

"네."

무거운 분위기가 장내에 맴돌았다.

오디션 참가자 김일주는 눈을 감았다.

'제발, 제발 붙으면 좋겠다. 강신 씨가 합격을 말하면!'

그는 신을 아예 믿지도 않으면서 그의 기억 속에 있는 신이란 신의 이름을 부르며 소원을 빌고 또 빌었다.

"연기에 대한 종합평가를 듣고 싶나요?"

"듣고 싶습니다."

"딕션도 좋고 감정표현도 나쁘지 않습니다. 그러나 사람을 끌어들이는 흡입력이 부족한 게 아닌가 싶습니다."

비판적인 평가에 그는 눈을 감았다.

"내면을 행동과 대사에 얼마나 투사하느냐가 앞으로의 과제가 아닐까 합니다. 열심히 하시는 모습 정말 인상적이었습니다. 그리고 아쉽지만……."

328

신은 말을 쉽게 잇지 못했다.

'마음 같아서는 모든 사람을 뽑고 싶다.'

그러나 시간과 자원은 한정적이니 모두를 뽑을 수는 없다.

'내가 이 사람을 탈락시킬 권한이 있나.'

오디션 프로그램이니 냉정해질 필요가 있었다. 신은 심사숙고하며 또 심사숙고했다.

"저는 '불합격' 드리도록 하겠습니다"

불합격이라는 통보에 청년은 실망했다. 이것도 잠시 그는 씩씩한 표정을 지으며 우렁차게 말했다.

"좋은 평가 감사합니다! 다음번에 지금보다 더 멋진 모습 보여드리겠습니다."

"멋진 각오네요. 말씀대로 기대하고 있겠습니다."

오디션 심사 시스템은 이랬다.

세 명의 심사위원이 예선을 통과한 참가자를 평가하는 것.

이때 심사위원 두 명 이상이 합격을 말해야 오디션 참가자는 합격이 되는 것이었다.

〈양과 늑대〉의 이종화 감독이 말했다.

"이제 나이가 몇 살입니까?"

"스물하납니다."

"앞길이 창창한 젊은이네요. 제가 볼 때 오디션을 별로 보지 않은 거 같아요."

"마, 맞습니다."

"여기에 탈락했다고 해서 꿈을 접지 않으셨으면 합니다. 기회가 여기에만 있는 건 아니거든요."

그의 말은 여러 오디션을 봐보라는 것이었다.

"감사합니다!"

이윽고 다음 차례의 참가자가 어슬렁거리는 발걸음으로 오디션장 내부에 들어섰다.

그녀는 힙합 복장을 하고 있었다. 인상적인 게 있다면 코와 귀에 피어싱을 뚫은 것이랄까.

"요맨. 왓첩맨. 전 뉴요커 유주하라고 합니다."

그녀는 '주하'를 말할 때 혀를 매끄럽게 굴렸다. 표정이 으쓱한 게 그녀 딴에는 세련되게 말한다고 생각하는 모양이었다.

"아까 뉴요커라고 하시던데 뉴욕에 얼마나 거주하셨나요?"

"뉴욕에 two weeks 있었죠."

'고작 이 주 동안 있어 놓고 뉴요커라…….'

신이 생각할 때 그녀는 뭔가 독특한 캐릭터였다.

뭐, 캐릭터가 독특한 건 나쁜 게 아니었다.

오히려 강렬한 인상을 심어줄 수 있었다.

'특기가 랩과 연기.'

신은 일단 한번 기대해보기로 했다.

"그럼 시작해주세요."

"비트 주세요. Drop the beat."

스피커에서 음악이 흘러나왔다.

'랩에서 관건은 라임을 가지고 놀고 플로우를 타고 제대로 노는 것이라 할 수 있지.'

일반적은 라임이라고 하면 가사에서 끝 글자를 맞추는 거로만 생각하는데 그렇지 않다.

라임은 랩의 분절단위, 박자에 가깝다고 할 수 있다.

라임 없는 랩은 박자 없는 중얼거림에 불과했다.

그녀가 랩을 하기 시작하자 신은 속으로 허허 웃었다.

'라임도 엉망이고, 플로우도 엉망이고.'

신은 미소를 애써 유지하며 말했다.

"유주하 씨, 연기 보여주실 수 있나요?"

이윽고 신과 두 심사위원은 탈락을 주기로 마음먹었다.

탈락자의 반응은 대체로 이랬다.

마음을 다시 잡고 재도전을 외치거나 실의에 빠져 펑펑 울거나 그리고……

여성 참가자는 분을 이겨내지 못해 씩씩거리기 시작했다.

"아, 못해 먹겠네, 진짜. 너희가 뭔데 감히 날 평가해. 난 미래의 어머니야. 미래!"

그녀는 가슴팍에 부착되어 있던 번호 배지를 바닥에 내팽개쳤다. 삽시간에 분위기가 험악해졌다.

PD와 FD 그리고 스태프들이 그녀를 제지할 것도 없었다.

그녀는 제 발로 순순히 걸어나갔다.

신은 이 이상으로 볼 것도 없다는 듯이 말했다.

"네, 이제 다음 분 들어와 주세요."

한 참가자가 오디션장 내부로 들어섰다.

신은 참가자를 보지 않고 앞으로 있을 참가자 서류를 정리하고 있었다.

앙증맞은 외모를 지닌 그녀는 허리를 직각으로 숙이며 인사했다.

"안녕하세요."

신의 귓가 쫑긋했다.

'어라. 이 목소리는?'

남혜정이 미소를 지으며 말했다.

"어마, 귀여워라. 몇 살이에요?"

"나이는 16살이에요."

"이름은 뭐예요?"

"유정화라고 합니다."

신은 황당하다는 표정으로 그녀를 바라보았다.

'네가 여기에 왜 온 거야?'

'왜요, 전 오면 안 돼요?'

'아니, 딱히 그건 아니지만.'

눈치 백 단인 둘은 오로지 눈치로만 대화를 주고받았다.

"이곳에 왜 나왔어요?"

"제가 보육원 출신이라 어머니 아버지 얼굴을 잘 몰라
요."

"아……."

정화는 제 이야기를 담담하게 말하며 미소를 지었다.

꽤 서글퍼 보이는 표정이었다.

"그리고 유명해지고 싶은 것도 있고요. 그리고 도움을
많이 주신 분이 있어서 그분께 은혜를 갚으려고 나온 것
도 있어요."

정화가 말하는 '그분'은 바로 신이었다.

신은 그녀와 친분이 있다고 하여 그녀의 사정이 딱하다
고 해서 봐줄 생각은 없었다. 공정한 심사가 이루어져야
했다.

신의 눈이 가라앉았다.

"음, 유정화 씨. 좋습니다. 한번 시작해보시겠어요?"

그녀는 숨을 골라 내쉬며 연기에 몰입하기 시작했다.
그러나 그녀는 살짝 떨고 있었다.

신은 안타까운 마음에 속으로 중얼거렸다.

'정화야, 긴장하지 마. 긴장을 풀어.'

이때 남혜정이 말했다.

"긴장을 많이 하셨네요. 처음으로 오디션 봐보는 건가
요?"

"네."

신이 말했다.

"평소에 하고 싶은, 속에만 쌓아둔 이야기를 한번 보여줄 수 있을까요?"

그녀는 "네."라고 대답하고는 눈을 슬며시 감았다.

"어른들은 나에게 그래요. 꿈이 아닌 현실을 쫓으라고요."

지금 그녀는 힘없는 애벌레였다.

모진 사회 속에서 발버둥 치는 가여운 존재.

그러나 그녀는 가엾지가 않다.

"저는 꿈이 많아요. 희망을 생각하고 미래를 상상해요."

그녀의 입가에 미소가 맺힌다.

그녀는 무릎을 꿇고 기도하기 시작했다.

신은 애벌레가 실을 내뿜기 시작한 것을 바라보고 있었다.

애벌레의 몸 주위로 딱딱한 고치가 만들어지고 있었다.

"물론 힘들 거예요. 쉽지 않을 거예요."

고치가 된 애벌레는 번데기가 되어가고, 번데기는 나비의 꿈을 꾸고 있었다.

애벌레는 훨훨 날 것을 상상하면서. 화려한 '변태'를 준비하고 있었다.

"이제 나 솔직하게 말할래요."

그녀는 눈을 뜨고 자리에서 일어났다.

대사는 없다.

정적만이 흘렀다.

그녀는 신이 있는 쪽으로 발걸음을 내디뎠다.

조그마한 발걸음이지만 조그맣지 않았다.

조그마한 동작이지만 의미는 커다랬다.

그녀는 코웃음을 쳤다.

"웃기고 있어! 너희가 나에 대해 뭘 알아? 나 유정화에요. 고아면 뭐 어때! 나는 나인걸!"

고치가 된 애벌레는 고치를 가르고 축축한 몸을 세상에 드러냈다.

나비가 된 그녀는 화려한 날개를 내뻗었다.

"누가 뭐래도 난 내 꿈을 꿀 거야!"

정적이 흘렀다.

감정적인 폭발력이 장내를 휘어잡은 것이다.

스태프들이 박수를 짝짝 쳤다.

연기를 끝낸 정화는 숨을 몰아 내쉬고 있었다.

신이 만족스러운 표정으로 말했다.

"유정화 씨."

"네."

"합격입니다."

두 심사위원도 합격을 주었다.

"만장일치로 합격하셨네요."

이종화 감독이 말했다.

"끝 부분이 정말 좋았어요. 뭔가 약한 거 같은데 속은 꽉 차고 강렬하다고 해야 할까. 이건 초짜 연기라고 하기에는……. 혹시 연기를 배운 적 있나요?"

"배운 적은 없고요. TV 드라마 연기 보면서 따라 한 거에요."

남혜정이 말했다.

"나이도 어린 데 정말 대단하네요. 이 언니보다 잘하는 거 같아요. 난 그 나이에 뭐했나 몰라."

"아니에요. 전 아직 많이 모자래요. 어쨌건 칭찬 정말 감사합니다. 앞으로 열심히 하겠습니다."

신은 싱긋 웃었다.

'너 좀 제법이다?'

'당연하죠. 전 오빠 같은 멋진 여배우가 될 거니까요.'

'우상'을 바라보며 꿈을 꾸던 소녀는 이제 그 '우상'과 점점 닮아가고 있었다.

<7권에서 계속>